UNE AUTRE ÉPOQUE

DU MÊME AUTEUR

Un garçon parfait, Éditions Jacqueline Chambon, 2008 (prix Médicis étranger) ; Babel n° 1116.
Leçons particulières, Éditions Jacqueline Chambon, 2009.
Une autre époque, Éditions Jacqueline Chambon, 2011.
Une mesure de trop, Éditions Jacqueline Chambon, 2013.

Titre original :
Zur falschen Zeit
Éditeur original :
Verlag Galiani Berlin /
Verlag Kiepenheuer & Witsch GmbH & Co. KG, Cologne

ISBN 978-2-330-02274-7

ALAIN CLAUDE SULZER

Une autre époque

roman traduit de l'allemand
par Johannes Honigmann

BABEL

Pour Martin

… car il existe des événements qui doivent d'abord advenir avant que nous puissions élargir notre pensée.

EDUARD VON KEYSERLING, *Vagues.*

I

Mon père était mort quelques semaines après ma naissance. Il ne me restait de lui qu'une photo. Elle faisait partie des meubles comme le lit ou la table, la reproduction de la *Vierge au buisson de roses* de Martin Schongauer, les rideaux et l'armoire, toutes choses avec lesquelles ma mère avait aménagé ma chambre il y avait déjà des années de cela. Bien que le portrait encadré de mon père ait toujours été là, je n'y faisais plus attention depuis longtemps, jusqu'à cet après-midi pendant les vacances d'automne où je m'arrêtai devant l'étagère de livres et où, pour la première fois depuis longtemps, je l'examinai attentivement. Attentivement, comme jamais. J'avais dix-sept ans, c'était un mercredi après-midi, il y a longtemps.

L'homme sur la photo, mon père, appuyait légèrement le menton sur les fines jointures de sa main gauche repliée. La montre qu'il portait à son poignet attira mon attention, peut-être par hasard. Jusque-là, je ne l'avais pas remarquée. Comme le cadran était tourné vers l'observateur, on pouvait lire l'heure et la marque. Les aiguilles indiquaient sept heures et quart, il s'agissait indubitablement d'une Omega. Soudain, je fus frappé de l'avoir ignoré jusque-là, et j'en fus irrité.

Bien que l'heure soit parfaitement lisible, le moment de la journée était aussi indéfini que l'endroit où la photo avait été prise. Elle avait pu l'être à sept heures quinze du matin comme à sept heures quinze du soir. Qui l'avait prise ?

Un quelconque photographe, bien entendu. La photo qui fixait pour toujours mon père avait été prise, c'était mon impression, chez un professionnel, pas dans un environnement naturel, soit par un photographe, soit par un amateur doué, en tout cas par quelqu'un qui s'y entendait. Il n'aurait pas été difficile d'en avoir le cœur net. Il m'aurait suffi de détacher les fixations du cadre, d'enlever le carton de protection et de chercher au dos de la photo le tampon de son auteur, mais plus tard, pour l'instant quelque chose me retenait de le faire. Sept heures quinze, matin ou soir, ce n'était pas une heure habituelle pour un rendez-vous chez un photographe, sept heures quinze, en tout cas, c'était inhabituel.

Le cliché n'avait pas été pris au hasard. Une prise de vue sur le vif dans une atmosphère détendue n'aurait pas eu cette qualité, cette photo devait être le résultat d'une séance prolongée. La lumière ne tombait pas incidemment sur son visage, mais de façon ciblée, en tout cas c'était mon impression, ce qui plaidait aussi contre une photo d'amateur. Le visage était éclairé de face mais ne paraissait ni plat, ni sans contour. Toute dureté avait été évitée avec adresse, mais aussi tout flou artistique. Les ombres sous les yeux, sous le nez et la lèvre inférieure étaient fines, plutôt hachurées que dessinées. Tout était mis en valeur avec netteté mais sans exagération, le nez, la bouche, le menton et les joues. Les yeux formaient le centre, le point d'attraction de l'image, et ils étaient presque identiques aux miens, ils avaient en tout cas la même forme et la même clarté, quelque chose de perçant, d'un peu troublant. Ils étaient un peu plus sombres que les miens. Je dois peut-être préciser qu'il s'agissait d'une photo en noir et blanc, elle avait été prise vingt ans auparavant, dans les années 1950.

Elle montrait ce qu'elle était censée montrer, et peut-être un peu plus encore. En premier lieu, on y voyait un très jeune homme dont le visage, contrairement au col de sa chemise ou bien au style de la photo, n'était pas désuet comme ces visages sur les vieilles photos que les années font paraître presque toujours surannés, actuels pour leur époque mais démodés pour la nôtre. Sur cette photo-ci, les choses étaient bien différentes. Il n'y avait pas de fossé béant entre aujourd'hui et le passé.

Peut-être qu'en cherchant à placer son sujet dans une certaine lumière le photographe avait poursuivi un but particulier. Je ne savais pas lequel, mais cette éventualité ne me semblait pas impensable. D'un autre côté, je n'arrivais pas à me rappeler pourquoi on avait besoin de ces photos, pour quelles candidatures elles pouvaient être utiles ou même indispensables. L'époque à laquelle elle avait été faite, je ne la connaissais que par ouï-dire.

Il ne s'agissait en aucun cas d'une photo d'identité. C'était exclu en raison non seulement du format inhabituel, mais aussi du cadrage non réglementaire, du menton appuyé et de la montre-bracelet, dont le cadran clair formait un pendant presque équivalent, quoique comparativement anodin, au visage. Au contraire de la photo d'identité, qui ne révèle que les détails significatifs, cette photo-ci révélait une personnalité. Tout cela, j'avais jusqu'ici négligé de le voir, mais ce mercredi après-midi, j'en fus frappé de plein fouet.

Un photographe avait décidé d'ouvrir et de refermer la lentille de son appareil. Il avait développé l'image et l'avait fixée sur un support. Une fois sur le papier, la photo avait été glissée derrière une plaque de verre, entourée d'un cadre en bois qui avait l'air de dater de bien avant ma naissance, d'une époque où ses quatre petites languettes avaient dû fixer une aquarelle ou une broderie. À présent, il conservait l'image de mon père pour la postérité. La postérité, c'était moi.

Combien d'années cette photo avait-elle été posée là sans que je lui jette le moindre coup d'œil, combien de milliers de fois étais-je passé devant, depuis que j'occupais cette chambre, sans y prêter attention, de combien s'en était-il fallu que je la range quelque part avant de l'oublier ? Mais soudain, la photo de mon père échappait à cette indifférence qui frappait l'ours en peluche lui aussi posé sur l'étagère et qui avait jadis bénéficié de toute mon affection et de toute mon attention. À présent, impuissant, avec ses pattes presque entièrement dégarnies, il me faisait signe comme d'un autre monde. Mais, alors que je pouvais me rappeler le goût salé que ses oreilles en feutre avaient laissé sur ma langue quand je les mâchouillais, l'homme sur la photo n'éveillait aucun souvenir, ni d'une odeur ni d'un contact. La photo était sans commencement et sans fin. Mais ce mercredi après-midi, elle me montrait quelque chose que je ne connaissais pas. Je ressentis la perte d'un homme que je n'avais jamais rencontré. Il avait peut-être fallu que j'aie dix-sept ans pour m'en rendre compte, à seize ans je n'aurais pas su le voir, à dix-huit ans j'y aurais probablement été de nouveau aveugle.

Sept heures et quart. Quelle heure étrange pour un rendez-vous chez un photographe, pensais-je, en prenant la photo de sur l'étagère. Je la rapprochai de mes yeux jusqu'à ne plus rien distinguer. Le verre s'embua légèrement sous mon souffle. Je l'essuyai avec le dos de la main. L'impression d'une grande perte que j'éprouvai en regardant cette image était nouvelle et modifiait ma perception.

Soudain, je vis une autre image et une autre personne. Soudain, je ressentis quelque chose qui, jusque-là, m'avait été étranger. L'irruption de ce moment n'avait été qu'une question de temps, et ce moment était venu sans fracas ni éclats. Pas d'éclairs, pas de tonnerre, seulement un battement de paupières. Le changement ne prit qu'un bref instant, et pourtant j'eus la sensation d'un ralentissement notable, et aussi, dans un premier temps, d'un grand calme.

Je vis un homme que je n'avais jamais vu auparavant, un homme qui n'était pas beaucoup plus âgé que moi, mais qui, contrairement à moi, était adulte et qui me ressemblait. Jamais auparavant je n'avais saisi avec une telle évidence que je ne savais rien de lui et que je ne possédais pas l'unique objet de lui que j'aurais dû posséder : la montre visible sur cette photo. Où était cette Omega, qui l'avait prise, pourquoi ne la possédais-je pas ?

Je ne saurais jamais comment parlait cet homme sur la photo, si sa voix était aiguë ou grave, résolue ou hésitante, puissante ou faible, distincte ou indistincte, claire ou sombre, cassée ou sonore. Quel effet faisait-elle ? Quel effet faisait-il ? Je ne pouvais pas l'entendre et ne l'entendrais jamais parler. Qu'il ne parle pas ne signifiait pas qu'il se taisait, et que je n'entende pas ne signifiait pas que je ne percevais rien. Comment avais-je pu négliger la photo si longtemps, pourquoi y avais-je été aveugle tant d'années ? Je replaçai le cadre sur l'étagère, mais je ne m'éloignai pas, je ne me détournai pas, je reculai simplement d'un pas et continuai à regarder la photo avec fascination. Puis je m'allongeai sur mon lit. Sans quitter la photo des yeux. J'avais beaucoup de questions et aucune réponse.

Ma mère avait perdu tous ses papiers. Quelques semaines avant ce mercredi décisif s'était offerte une de ces rares occasions de parler de mon père que ma mère savait éluder avec tant d'adresse. J'étais habitué à ses esquives, et je me disais qu'il était trop douloureux pour elle de parler de mon père.

Nous étions installés au jardin, elle était assise sous le parasol, j'étais allongé sur une chaise longue, en plein soleil. Sur la table, un livre ouvert était posé, couverture vers le haut, elle était en train de se vernir les ongles. La couverture du livre était aussi rouge que le vernis qu'elle étalait avec un mouvement régulier sur ses ongles et dont l'odeur d'acétone chatouillait agréablement les narines. Petit garçon déjà, j'avais souvent reniflé le flacon ouvert, quand elle avait le dos tourné, à m'en donner des vertiges.

Elle semblait nerveuse, et elle était pâle. Puis, brusquement, elle dit qu'elle avait quelque chose de déplaisant à me confier.

Je m'attendais à tout sauf à ça. Aussi réussit-elle à me surprendre malgré elle. Elle se racla la gorge et parla des papiers ayant appartenu à mon père.

– Ils se sont perdus, je ne sais pas comment, dit-elle hâtivement, mais sur un ton préoccupé.

Je n'aurais pas été moins intrigué si elle avait été plus explicite. Je sentis qu'il y avait probablement un certain temps qu'elle désirait me livrer cette information. Elle n'allait pas faire de grands discours, elle voulait simplement que je le sache. C'était cette façon de parler de cette perte comme en passant qui me fit dresser l'oreille. Cela me parut presque plus suspect que le ton qu'elle avait pris pour en parler.

Je l'interrogeai, et elle me raconta qu'elle avait perdu cet héritage, ces deux mots résonnent aujourd'hui encore à mon oreille, « héritage » et « perdu ». Elle ne mentionna ni quand ni où. Mais ses mots ne laissaient planer aucun doute, la perte était définitive. Sans doute avait-elle perdu ses papiers depuis des années. Et il lui semblait que le temps était venu de me dire la vérité. Elle aurait pu me cacher l'existence de ce qui n'existait plus. Elle était assez honnête pour ne pas le faire.

Je suis certain que ma stupeur ne lui avait pas échappé. Elle cessa de passer le petit pinceau chargé de vernis sur ses ongles et me regarda. Au moment où nos regards se rencontrèrent, elle ne put soutenir le mien. Elle baissa les yeux sur ses ongles à moitié vernis en roulant d'un air absent le petit pinceau entre son index et son pouce. Mon silence l'embarrassait, mais elle ne savait que dire. Je n'avais pas connu mon père, qu'y avait-il donc qui pouvait me manquer ? Quand rien n'évoque le passé, le passé ne peut être évoqué. Elle se disait cela, probablement. Elle le pensait, peut-être.

C'était l'une des rares occasions où nous avons parlé de lui, mais contrairement aux autres fois, celle-ci me parut dramatique, et apparemment elle ressentait la même chose. Sinon, elle ne serait pas restée assise là comme si je l'avais surprise en train de commettre une indiscrétion. Il était clair à présent qu'en dehors d'une photo et de quelques clichés sans valeur il ne restait rien de lui, que même les traces écrites de son existence avaient été perdues, qu'il n'existait rien à quoi je pouvais me raccrocher pour me faire une idée de lui.

Elle avait peut-être cru que je me contenterais de cette information succincte, or j'étais surpris que ce qui avait eu de l'importance pour lui, qui devait avoir eu de l'importance pour elle, ait pu se perdre sans lui manquer. De toute évidence, le seul problème de ma mère avait été de m'annoncer la perte, elle-même semblait la supporter aisément. Était-ce parce qu'elle remontait à un certain temps ? Je n'allai pas jusqu'à me demander si elle avait jeté ses papiers dans un moment d'inattention, sans réfléchir. Ou plutôt j'évitai d'y penser, car je croyais que c'était exactement ce qu'elle avait fait.

Ma mère était une bonne maîtresse de maison. Elle s'efforçait de tenir sa maison si impeccablement que celle-ci en paraissait, à mes yeux, presque inhabitée, ce qui m'embarrassait quand je recevais des amis venant d'un autre milieu, pour lequel je les enviais presque. Comme elle m'avait, depuis belle lurette, confié le soin de ma propre chambre, celle-ci était plutôt en désordre, mais les autres pièces de la maison ressemblaient à des chambres d'hôtel en attente de clients. Comment, elle qui aimait tant l'ordre, avait-elle pu perdre quelque chose d'aussi important que la succession manuscrite de son défunt mari, pourquoi n'avait-elle pas conservé comme la prunelle de ses yeux les quelques papiers qui étaient restés ? Comment expliquer cette perte ? L'inexplicable ne s'explique pas, me disais-je, mais cette réponse convenue ne me satisfaisait pas. Soudain me vint l'idée assez naturelle que ces papiers avaient cessé d'être importants à partir du jour où mon père avait cessé d'être important pour elle. Mon beau-père et moi étions-nous tout ce qui comptait à ses yeux désormais ?

Elle ne me donna pas le moindre espoir de retrouver un jour ces papiers, ils n'existaient plus. De quoi s'agissait-il ? Elle réfléchit brièvement puis elle dit :

– De paperasses.

– De paperasses ?

Son acte de naissance, son passeport, son permis de conduire, je ne savais même pas s'il en avait possédé un, ses bulletins scolaires, lettres, journaux intimes, je ne savais pas ce dont j'étais privé, je ne savais pas ce qui me manquait, je ne savais pas ce qu'on m'avait pris. Ma mère haussa les épaules.

– Tout ce dont je me souviens, c'est que c'était un porte-documents noir, je ne l'avais pas ouvert depuis une éternité. Je crois qu'il avait une doublure rouge à l'intérieur, de soie rouge. Je m'en souviens à peine.

– Et qu'y avait-il dedans ?

– Je ne m'en souviens pas.

Elle soupira, mais son soupir me parut aussi peu crédible que son chagrin de tout à l'heure. Contrairement à ce qu'elle essayait de me faire croire, la perte de ces papiers ne la touchait guère.

– C'est vrai, on perd des choses sans arrêt.

Celles-ci avaient pu être perdues à l'occasion de deux déménagements, le premier d'un appartement dont je ne me souviens pas à un autre dont je me souviens à peine, et le second quand nous nous étions installés dans la maison que j'ai toujours considérée comme ma maison familiale, la maison de ma mère et de mon beau-père, où je vivais et que j'allais quitter deux ans plus tard, sans que personne n'en soit surpris.

J'étais toujours allongé dans ma chaise longue et le comportement de ma mère me semblait de plus en plus incompréhensible. C'était comme si elle avait avoué ce que je n'avais pu que subodorer : le porte-documents n'avait eu aucune importance pour elle. Elle avait dû se dire que mon père me serait aussi indifférent qu'à elle-même ; puisque je ne l'avais pas connu, comment aurait-il pu me manquer ? De plus, je ne pouvais rien lui reprocher. Je n'avais pas été accablé par les récits d'un père exceptionnellement bon, et je n'avais pas de raisons d'être jaloux de demi-frères inexistants, pas plus que de Roland, qui se montrait loyal envers moi. Ce n'était pas de sa faute s'il y avait un trou dans le passé. Longtemps, je ne l'avais pas ressenti. Quelles réponses, quels renseignements les papiers de mon père auraient-ils pu me fournir ? Elle n'avait jamais dit du mal de lui, elle en parlait à peine.

Notre conversation, qui n'en était pas une, fut interrompue lorsque ma mère voulut poser le vernis à ongles sur la table. Comme elle était myope mais ne portait pas de lunettes la plupart du temps, elle heurta le flacon contre le rebord de la table et le fit tomber. Il atterrit silencieusement dans l'herbe et son contenu visqueux se répandit sur la pelouse verte, y laissant une tache rouge vif qui, devenue de plus en plus sombre, se voyait encore des semaines après.

Je devais me faire à l'idée qu'il n'existait pas d'autres portraits de mon père. Les autres photos que ma mère conservait dans une enveloppe chiffonnée au fond de son secrétaire étaient des instantanés sur lesquels on ne l'identifiait que vaguement. Je résolus de soumettre aussi ces images, que je n'avais jusque-là contemplées que fugitivement, à un examen approfondi. Je n'avais qu'à me lever et aller fouiller dans le secrétaire de ma mère, qui n'était jamais fermé, je les trouverais à coup sûr, mais je restai allongé. Je me dis que j'avais le temps.

Mais quelques instants plus tard, je me levai, ouvris le secrétaire et tombai aussitôt sur l'enveloppe contenant les photos.

Elles étaient petites et carrées, et avaient été prises un an avant ma naissance, au cours de l'été 1953. C'était ce qui était inscrit au dos de l'enveloppe. Les quelques personnes sur ces clichés non datés clignaient des yeux face au soleil, protégeaient leur visage de la luminosité ou bien se trouvaient trop loin de l'objectif pour offrir plus que de simples silhouettes. Elles étaient presque méconnaissables. Sur la plupart des photos on voyait mon père, une fois assis seul sur le sable, une fois avec ma mère, une fois avec un chien abandonné qui regardait en direction du photographe d'un air triste et désemparé, dans l'espoir peut-être de l'attendrir. Les autres photos représentaient des paysages : une plage lumineuse déserte. De l'eau, des nuages, du sable et du ciel, et un chien errant.

La peau halée et luisante de mon père contrastait avec son maillot de bain blanc à large ceinture. Un jeune homme dégingandé, de taille moyenne, dont le visage sous la large bordure d'un chapeau de paille n'exprimait rien. Les yeux et le nez étaient cachés, on reconnaissait nettement les lèvres pleines de la bouche à moitié ouverte ainsi que le menton rond. Autour du cou, il portait un fin collier de coquillages qu'il avait probablement acheté à un marchand ambulant, peut-être justement l'homme qui avait pris cette photo. Sur la photo où il était seul, on apercevait un ballon à droite de l'image, et à gauche s'était glissé un pied étranger isolé.

Ce n'étaient pas les gens sur les photos, c'étaient les photos elles-mêmes qui jouaient ici le rôle principal. Elles prouvaient que les gens photographiés avaient réellement séjourné à l'étranger, qu'ils étaient bien allés dans des endroits, à des centaines de kilomètres, comme il n'en existait pas dans leur propre pays, pour raconter, photos à l'appui, comment c'était là-bas, ce qu'on y mangeait, ce qu'on y buvait, les parfums qu'on y respirait, ce qui était différent d'ici, la chaleur, le sel et le sable, aux gens d'ici qui ne connaissaient la mer que d'après des photographies ou pour l'avoir vue au cinéma.

Ce n'étaient, je l'ai dit, que de simples instantanés. On y voyait ma mère et mon père, quelques inconnus, tous en maillot de bain, et en outre la mer, la plage, un minuscule café de plage avec des parasols, des chaises, des tables et un panneau publicitaire vantant crêpes et glaces. Je connaissais tout cela, car aussi loin que je puisse remonter, nous partions chaque année dans le Midi, quoique pas en France. Mais jamais, au cours de ces voyages, ma mère n'avait évoqué mon père, jamais je ne l'avais entendue dire : nous y étions venus aussi, ou bien : cela me fait penser à ton père, jamais elle n'avait pris un air songeur quand elle parlait de lui. Ils avaient passé leurs uniques vacances en France, leur brève lune de miel les avait conduits à Venise.

Quand elle parlait de lui, c'était, semblait-il, pour me faire plaisir et non pour raviver les souvenirs qu'elle avait encore de lui, c'était pour moi, pas pour elle. Ses souvenirs avaient presque vingt ans. Je ne savais même pas si les photos de vacances avaient été prises avant ou après leur mariage. À cette époque, il n'était pas d'usage que de simples fiancés passent leurs vacances ensemble. Était-elle déjà enceinte ? Il n'existait aucune photo du mariage. Étaient-ce des photos de leur voyage de noces ?

Des photos avaient certainement été prises à leur mariage, mais elles aussi avaient dû se trouver dans le porte-documents disparu. Les photos qui avaient été prises pour le mariage de ma mère avec Roland, elles, existaient toujours. Peut-être par égard pour moi, elles n'étaient pas exposées à la vue mais conservées dans le secrétaire, deux photos datées d'août 1957, j'avais alors trois ans. Ma mère s'était remariée trois ans après le suicide de mon père.

Combien de temps avait-elle été heureuse avec mon père, dans quelle mesure avait-elle été heureuse avec lui, avait-il attendu, par égard pour son état, qu'elle accouche pour prendre sa décision ?

Les relations avec les parents de mon père n'avaient pas été complètement rompues, pas même lorsqu'un an après la mort de ma grand-mère mon grand-père était allé vivre à Lugano où il s'était remarié quelques années plus tard. Mais il n'était pas simple de garder le contact à cette distance. Il envoyait régulièrement une carte pour les anniversaires, mais aucune invitation à venir lui rendre visite dans le Tessin ne suivait. Son ancienne patrie ne semblait pas lui manquer, aussi je me souvenais à peine de lui. Jusqu'à mes quinze ans je recevais chaque année un billet de cent francs accompagné d'une carte postale en couleurs représentant la mer ou des montagnes avec « Bonjour de Lugano et meilleurs vœux pour ton anniversaire, Dieu te protège, ton papy », des mots qui me donnaient parfois la sensation qu'on me passait la main sur les cheveux, geste que Roland ne faisait jamais et contre lequel je me serais certainement rebellé s'il avait tenté de le faire. La sensation était forte, mais elle ne durait guère. Mon grand-père, ou bien sa nouvelle épouse, devait posséder tout un stock de ces cartes postales, durant toutes ces années je reçus alternativement toujours les mêmes.

Nous aurions pu aller voir mon grand-père quand nous partions dans le Sud. Que nous ne l'ayons jamais fait était un mystère que je ne cherchais pas à percer.

L'argent était placé sur un livret d'épargne auquel je ne touchais pas. À dix-sept ans, je possédais près de deux mille francs. « Ton argent de Lugano », disait ma mère.

Je me souvenais vaguement d'un grand homme à cheveux blancs, vêtu d'une veste en tricot jaune. On m'incitait à lui écrire pour le remercier, ce qui m'était difficile, car j'étais persuadé que l'on ne peut trouver ses mots que si l'on connaît leur destinataire. Je suppose que j'écrivais toujours plus ou moins la même chose et que seule mon écriture se modifiait peu à peu. Elle devenait de plus en plus négligée, ce que l'on me reprochait à l'école. Au lieu de tendre vers l'avant, mes lettres s'inclinaient en arrière, et plus on m'en faisait la remarque, plus elles étaient de guingois. Je faisais exprès de mal écrire.

Je reçus le dernier billet pour mes quinze ans. Puis il ne m'écrivit plus et je n'eus plus à lui répondre, je n'avais aucune raison de le faire et personne ne m'y forçait. Si mon grand-père était mort, nous l'aurions sûrement appris. Apparemment, lui et sa nouvelle femme avaient oublié mon anniversaire. Je ne me sentis pas négligé. La première impression que ses mots m'avaient faite ne se renouvela pas. Avant je ne pensais pas souvent à lui, à présent encore moins. Il était vivant et il m'avait oublié.

J'ignorais totalement si mon grand-père exerçait encore une profession et dans quelles conditions matérielles il vivait, mais en raison de ses cadeaux je supposais qu'il était à l'aise.

Mon père avait été l'unique enfant de mes grands-parents, de la même façon que j'étais l'unique enfant de mes parents.

Soudain, j'en eus assez de regarder la photo. Je me retournai abruptement vers le mur. Je ne voulais pas.

Je ne voulais rien de lui. Si j'avais réclamé quelque chose, je ne l'aurais pas obtenu. Durant un moment, je fixai le mur, le papier peint que je connaissais si bien. Le silence régnait dans la maison et je percevais ma propre respiration.

Ma mère était sortie. Quand je restais à la maison le mercredi après-midi, elle en profitait pour aller voir ses amies. Bien qu'il n'y eût aucune raison de se faire du souci, elle n'aimait pas laisser la maison vide. Elle ne sortait pas quand personne n'était là, elle gardait la maison comme un chien qui a besoin qu'on lui confie une mission, c'étaient ses propres termes. Pourtant, nous vivions dans un quartier sûr. D'ailleurs, existait-il des quartiers peu sûrs chez nous ? Il pouvait y en avoir là où vivait mon grand-père. Pourquoi mon père n'avait-il pas trouvé d'autre issue ? D'ailleurs en avait-il cherché une ? Je ne savais pas grand-chose de lui, et quasiment rien sur sa fin tragique. Guère plus que les maigres informations contenues dans les allusions que j'avais glanées au cours des années. J'avais l'impression de sortir d'un engourdissement. Je me tournai de nouveau vers la photographie. J'ignorais tout des circonstances qui l'avaient conduit au suicide. Était-ce parce que je n'avais jamais posé de questions sur le sujet ?

Avant la séance photo, on avait probablement tiré les rideaux puis dirigé un projecteur sur lui. On avait probablement déployé un de ces parapluies blancs de photographe, afin de mieux distribuer la lumière. Le visage, la main et la montre-bracelet se découpaient nettement sur le fond sombre. Mais absolument rien n'indiquait où la photo avait été prise. Il portait un veston sombre, une chemise blanche et une cravate à rayures diagonales. C'était un portrait en buste, à peu près du sommet du crâne jusqu'à la poitrine.

Il portait les cheveux assez longs, plus longs qu'il n'était de mode à l'époque de la prise de vue. La coupe aurait mieux convenu à un artiste qu'à un enseignant. Les cheveux étaient coiffés en arrière et foncés, peut-être fixés avec du gel. Peut-être avait-il voulu se distinguer des autres par sa coiffure.

Je ne savais pas à quelles classes ou groupes d'âge il avait donné cours. Je ne savais pas s'il avait été sportif, contrairement à moi. Sur les photos de vacances, on voyait un homme mince mais pas particulièrement athlétique. Je savais qu'au terme de sa formation pédagogique il avait enseigné durant deux ou trois ans, mais je ne savais pas dans quel établissement. Il avait enseigné le français et l'allemand, voilà ce qu'on m'avait raconté. Au moment de sa mort, il était âgé de vingt-quatre ans, un an de plus que ma mère.

J'en savais plus sur les coiffures à la mode à l'époque de sa jeunesse que sur ses préférences et ses répugnances. J'ignorais tout de sa relation aux parents et aux autorités. Je ne savais rien de ses professeurs ni de ses élèves, je ne savais pas s'il avait désiré avoir un fils. J'avais dix-sept ans et j'ignorais tout, je n'avais jamais regardé au-delà des limites de ma propre existence, jusqu'ici cela n'avait pas été nécessaire. J'étais renfermé et timide.

Être réservé et conciliant, ce ne sont pas des vertus dont on fait son idéal à dix-sept ans. Mais c'est exactement ainsi que je devais paraître aux autres, réservé et raisonnable, peut-être tout simplement ennuyeux. Comment aurais-je pu me révolter contre cela ? En me laissant pousser la barbe et me mettant à fumer ? Je fumais, mais le peu de poils qui poussait sur mes joues n'aurait fait que souligner mon manque d'assurance. Je n'avais pas d'aversions marquées. J'avais des amis, mais quand ils n'étaient pas là, ils ne me manquaient pas. Je suppose qu'ils ressentaient la même chose vis-à-vis de moi. Personne n'éprouvait de véritable antipathie à mon égard, on me laissait tranquille. À l'école, je ne faisais partie d'aucun groupe, mais aucun groupe ne m'évitait non plus. Personne, ou presque, n'était au courant de ma situation familiale. Mon beau-père m'avait adopté, je portais son nom. Je crois que cela ne se voyait pas, que nous n'étions pas du même sang.

J'avais grandi au sein d'une famille que j'avais toujours perçue unie. J'aimais mon beau-père comme mon géniteur ou plutôt à la façon dont je m'imaginais qu'on devait aimer son géniteur. Peut-être était-ce plutôt de l'estime, mais celle-ci n'était-elle pas aussi indispensable à la vie en commun que l'affection ? Je savais que l'estime n'était pas équivalente à l'amour. Je savais qu'il existait des formes de relation qui n'avaient pas grand-chose à voir avec l'amour ou l'estime, ça allait du manque d'attention à la négligence et, trop souvent, jusqu'au mépris. L'aversion totale était trop souvent l'expression la plus évidente d'un lien mais aussi d'une incompatibilité. Je croyais reconnaître chez mes condisciples toutes sortes de sentiments contradictoires dont j'étais dépourvu. Mon respect pour Roland n'était pas soumis à des variations. Peut-être n'était-ce que de l'indifférence.

Quand, à sept ans, j'étais allé à l'école, on m'avait appris avec ménagement que mon géniteur véritable était mort quelques semaines après ma naissance. Une révélation qui n'avait pas laissé d'impression durable. J'avais stocké l'information brute. On ne m'avait pas dit de quelle façon il était mort, je ne l'appris que plus tard, de ma mère, à dix ou onze ans. Cette conversation, en revanche, je m'en souviens dans ses moindres détails. Elle avait eu lieu un dimanche après-midi d'hiver. Dehors, de vieux amoncellements de neige fondaient au soleil, quelque part un pneu de voiture crissait comme si quelqu'un freinait brusquement. Comme pour toutes les conversations importantes sur mon père, ma mère avait fait en sorte que Roland soit sorti. Elle ne pouvait pas se douter que dans ce cas précis j'aurais préféré qu'il soit présent. Aujourd'hui, je me demande pourquoi il n'en parlait jamais avec moi. Je me demande aussi pourquoi je ne l'ai jamais interrogé. Est-ce que je craignais de le gêner, lui qui n'avait rien à voir avec cette histoire, ou est-ce que je refusais de partager « la chose » avec quiconque ?

Ma mère l'avait exclu de la conversation, cela ne regardait que nous deux. Elle était assise sur le canapé et me demanda de m'asseoir à côté d'elle, c'était inhabituel mais je ne pouvais pas m'y dérober. J'ai oublié si nous avons bu quelque chose.

À un moment, nous nous sommes regardés, ou bien elle a fait en sorte que cela se passe. Elle a posé une main sur mon épaule et m'a regardé dans les yeux. Durant quelques secondes, je n'ai pas pu détourner le regard. Tout cela était inhabituel. C'était mélodramatique, et cela ne lui ressemblait pas. Cela ne lui ressemblait pas de se dominer, elle n'avait jamais de raisons de se dominer. Elle me dit que mon père n'était pas mort juste comme cela. Il n'avait été ni malade, ni fauché par un accident. J'étais étonné, et je devais en avoir l'air. Elle s'est mise précautionneusement à parler de sa fin, de sa « mort » comme elle finit par le dire. Tout ce qu'elle disait, elle le disait de son plein gré. Pourtant, elle parlait comme si on la forçait à parler de choses qu'elle aurait préféré passer sous silence. Je ne posais pas de questions, je me contentais d'écouter. Ce n'était pas moi qui lui demandais quelque chose. Je l'écoutais attentivement, je la regardais, et soudain elle n'a plus supporté mon regard. Peut-être avait-elle mûri chaque phrase, probablement s'était-elle même attendue à ma réaction. Je me taisais et je la dévisageais. C'était comme si je refusais avec entêtement de recevoir l'information. « Tu as compris ? » a-t-elle demandé à la fin. Je me rappelle encore que j'ai hoché la tête. J'avais compris que mon père s'était suicidé, mais pas ce que cela signifiait.

II

Il me fallait une loupe. Après l'avoir cherchée un moment, je la trouvai dans le bureau de Roland, dans le tiroir supérieur de sa nouvelle table de travail. Je devais agrandir ce qui était à peine reconnaissable, ce qui avait signifié quelque chose pour mon père. Ce qui m'intéressait, c'était la montre à son poignet. Elle était élégante et paraissait précieuse.

Je posai la photo encadrée sous ma lampe de bureau, j'allumai la lumière et je promenai lentement la loupe dessus, des cheveux au cou, et plus bas, jusqu'à la poitrine puis au poignet. Enfin le verre se retrouva au-dessus de la montre-bracelet. La marque de fabrique, que l'on identifiait dans le quart supérieur du cadran, ressemblait à une sole en train de suffoquer. La gueule ouverte était dirigée vers le haut, en dessous étaient écrits en capitales le nom du fabricant et le mot *Automatic*. Un autre mot écrit en italiques au niveau du quart inférieur du cadran n'aurait pas été lisible sans loupe. À présent, je comprenais pourquoi je n'avais pas su déchiffrer ce mot. J'avais pris la première lettre pour un *G* et j'avais lu tout un choix d'absurdités : *Gernastor*, *Gamsaseit*, *Garmador*, *Gumraster*.

Maintenant qu'avec la loupe la lettre en question s'avérait être un *S*, je déchiffrai facilement le mot : *Seamaster*. Un modèle dont je n'avais jamais entendu parler.

Je ne savais pas encore que ce mot allait désormais indiquer, telle l'aiguille d'une boussole, la direction dans laquelle l'image de mon père allait peu à peu apparaître. Je n'aurais plus alors de loupe à ma disposition, aussi ce processus allait-il durer bien plus longtemps que le déchiffrage du mot.

Je ne trouvai de traduction pour *Seamaster* dans aucun dictionnaire, et personne ne put m'expliquer ce que cela voulait au juste signifier. Ce modèle avait-il reçu ce nom parce qu'il permettait de plonger plus profondément qu'avec les autres montres étanches qui existaient sur le marché ? Peut-être ne fallait-il pas chercher un sens littéral, les concepteurs s'étaient de toute évidence efforcés de créer un tremplin adéquat pour l'imagination de leurs clients.

La montre-bracelet de mon père exerçait sur moi une telle attraction que je ne pouvais pas croire qu'elle ne puisse rien valoir. J'ignorais complètement le prix des montres anciennes, j'ignorais absolument tout de leur valeur.

Les incrustations claires des minces aiguilles des heures et des minutes devaient être du radium luminescent, ce qui, vingt ans plus tard, serait considéré comme dangereux pour la santé, et ne serait donc plus fabriqué.

Un autre regard à travers la loupe me fit apercevoir des poils isolés sur le dos de la main de mon père. Sa main et ce qu'on pouvait voir de son poignet avaient beaucoup de ressemblance avec ma main et mon poignet à moi. Le poignet était fin, la montre le cachait presque entièrement. J'étais fier que ce détail ne m'ait pas échappé. À présent, il faisait partie de moi-même et constituait en même temps un décalque. Je regardai ma main, sur laquelle aucun poil ne poussait encore, puis la sienne, et soudain j'eus la sensation que sa main se posait sur la mienne. Je savais que c'était dans mon imagination, mais c'était aussi intense qu'un contact physique véritable. Je me penchai, posai ma joue sur le verre froid et attendis qu'il se réchauffe. Puis je me redressai.

J'éteignis la lumière. Bien que le verre n'ait pas fait obstacle à mes observations, je décidai d'enlever la photo de son cadre. Cette décision était un pas de plus dans la direction que m'indiquait la boussole invisible. Je passai délicatement la pointe d'un couteau de cuisine sous les minuscules pointes qui fixaient le carton, et les redressai. Je faisais mon possible pour ne rien abîmer. Finalement, tous les clous furent ramenés à la verticale, et je glissai le couteau sous le carton. Lorsque la lame heurta le verre, il grinça désagréablement. Je soulevai le carton et je contemplai le revers jauni de la photo. J'avais trouvé ce que je cherchais, le tampon du photographe, un nom, une adresse. ANDRÉ GROS, ATELIER DE PHOTOGRAPHIE, 53, RUE BLANCHE, PARIS 9E ARR. Pas de numéro de téléphone.

Je connaissais ce nom.

J'étais comme quelqu'un qui, en examinant la couture d'une chemise, se rend compte soudainement que celle-ci n'a pas été faite à la machine, mais à la main. L'habit recelait quelque chose de l'autre monde, une particule grosse comme un grain de poussière, un atome invisible – une empreinte humaine que le lavage n'avait pu effacer.

Je connaissais ce nom, mais il me fallut une fraction de seconde pour faire le lien avec celui qui le portait. C'était le nom de mon parrain, que je n'avais jamais vu. Il possédait un atelier de photographe à Paris. André Gros était l'homme que nous avions perdu de vue et dont je ne savais que trois choses : il avait passé son enfance et sa jeunesse en Suisse, il avait été un camarade de classe de mon père et il n'avait plus donné signe de vie depuis l'enterrement de celui-ci. « Plus jamais », avait dit ma mère une fois. Sans ajouter « dommage » ni essayer de renouer le contact. Trois informations qui n'avaient, semble-t-il, rien à voir mais qui avaient été prononcées dans un même souffle. Un parrain qui ne s'occupe pas de vous après la mort de votre père ne fait pas très bonne figure. Pas étonnant qu'on ait voulu l'oublier. Qu'il ait laissé son tampon au revers de la photo faisait avancer mes investigations. Je tenais quelque chose, une photo et un nom.

André était parti vivre à Paris, cela, elle me l'avait dit. Qu'il soit photographe, je ne l'apprenais que maintenant. Mon père était allé à Paris se faire photographier par lui, ou bien André l'avait photographié ici. Peut-être qu'il avait fait sa formation de photographe en Suisse. Peut-être la photo avait-elle été prise au cours de cette période. Peut-être faisait-elle partie de ses travaux de fin d'études, mon père avait pu lui servir de modèle par amitié. Il m'avait suffi de sortir la photo de son cadre pour apprendre ce que j'aurais pu savoir depuis belle lurette. Le photographe, c'était mon parrain. André devait avoir le même âge que mon père.

Ce qui m'avait frappé comme une évidence m'échappa l'instant d'après et je me retrouvai plein d'incertitude. Ce n'était rien. Je ne savais rien. Je ne tenais rien. Je n'avais rien compris. En dehors de l'existence de ce portrait et de la montre disparue, tout était incertain. Non, je ne comprenais rien. Ma mère n'avait pas cru nécessaire de me raconter qui avait pris cette photo. Ou bien elle l'avait passé sous silence sciemment. J'essayais de me convaincre que cela n'avait aucune importance que ce soit mon parrain ou un étranger qui ait pris la photo. Mais je savais que ça avait de l'importance. On ne l'avait pas banni de ma vie par hasard. Tout ce qu'on taisait devait être trop grave pour pouvoir être dit. Mais moins j'en savais, plus ma soif de savoir était grande. Il fallait que je le voie. Si je voulais apprendre quelque chose sur mon père, je devais retrouver André et en discuter avec lui.

Personne ne devait s'apercevoir que j'avais ôté le carton derrière la photo, même s'il était douteux que quelqu'un s'y intéresse. Je remis les clous en place, avec moins de patience, cette fois. Après, tout avait l'air comme avant. Le portrait se dressait là où il s'était toujours dressé. Le portrait de mon père inconnu, qui s'était éteint à vingt-quatre ans d'une façon qui excluait qu'il puisse s'agir d'un accident. À l'époque, m'avait-on dit, il suffisait d'une poignée de cachets de somnifère.

Le lendemain, j'ouvris l'annuaire et notai l'adresse de quatre horlogers au hasard. S'il le fallait, j'irais les voir tous les quatre ; cela dit, je n'avais pas une idée précise de ce que je cherchais réellement. Ce que je voulais apprendre était tout aussi flou que ce que je savais déjà.

Il ne s'agissait pas pour moi de faire établir la valeur de cette montre dans une monnaie quelconque, je ne voulais pas apprendre ce qu'elle coûtait aujourd'hui ou avait coûté hier, mais ce qu'elle pouvait signifier pour quelqu'un qui la possédait aujourd'hui ou l'avait possédée en 1950. Un horloger, quelqu'un qui s'y entendait, me semblait le plus apte à répondre à ces questions. J'avançais vers mon but comme un aveugle qui se fie aux sens qui lui restent. Dès lors qu'il interprète correctement les bruits qui l'entourent, il ne peut rien lui arriver. Il atteindra son but même s'il ne l'a jamais vu.

Je me mis en route et j'eus de la chance du premier coup. « Rentsch – horloges et bijoux » figurait en tête de ma liste et se trouvait dans une petite ruelle à proximité de la place de l'Hôtel-de-ville, juste à côté de l'arrêt de tramway où j'étais descendu. Je me trouvais au centre-ville, là où l'on va faire des courses, mais où l'on ne connaît personne. Je trouvai le magasin et examinai la devanture. La vitrine semblait ne plus avoir été touchée depuis longtemps, et sur les montres et les bijoux, qui étaient exposés sur un présentoir recouvert de velours bleu foncé, s'était accumulée une fine poussière et, par endroits, des écailles de peinture. Le revêtement de velours était un peu juste, il laissait apparaître sur le côté le contreplaqué du support bon marché. Un rideau plissé de la même couleur sombre, couronné d'une plaque en cuivre jaune, formait l'arrière-plan. Sur la plaque était gravé ACHAT VENTE RÉPARATION, BIJOUX ET MONTRES – RENTSCH ainsi que les heures d'ouverture.

J'essayai de me concentrer sur les détails. Montres de gousset, montres-bracelets, réveils, épingles à chapeau ou de cravate, broches, boucles d'oreilles et boutons de manchettes étaient piqués sur de petits coussins, posés dans de petites boîtes, sur des étagères en verre de dimensions diverses, sans ordre apparent, comme jetés sur la surface veloutée, des bagues serties de pierres précieuses étaient glissées sur des mains dressées de porcelaine blanche, des colliers de perles ou de coraux pendaient à des branches artificielles, mais rien ne captivait le regard, peut-être parce que la poussière qui recouvrait tout avait ôté aux objets leur éclat. Les pierres précieuses ne scintillaient pas et l'or était terne. Tout semblait avoir la même valeur, ou en être pareillement dépourvu, et rien n'était particulièrement tentant.

Je reportai mon attention sur les montres-bracelets, ce qui, en raison du désordre de la présentation, demanda un certain effort d'attention. À côté d'une douzaine d'autres marques il y avait bien quelques montres Omega, mais, d'après moi, aucune *Seamaster*. Je n'arrivais pas à déchiffrer ce qui était écrit sur les petites étiquettes suspendues à cordonnets rouges. Les prix indiqués étaient-ils toujours valables ? D'ailleurs, étaient-ce des prix, n'étaient-ce pas plutôt des numéros ? La vitrine n'était pas éclairée, bien qu'un éclairage n'eût pas été de trop.

J'hésitai un peu avant de poser ma main sur la poignée. Si la porte avait été verrouillée, j'aurais fait demi-tour sur-le-champ et ne serais probablement plus revenu. Mais la boutique était ouverte, et j'entrai. La pièce était petite, exiguë et tout aussi bourrée d'objets que la vitrine, une grotte obscure qui avait un habitant dont je ne vis, dans un premier temps, que les cheveux. L'air, qui sentait le fioul, était rayé par le tic-tac agité d'innombrables montres et horloges de toutes les tailles qui, de façon impromptue, ne cessaient de sonner des demi-heures, des heures entières et des quarts d'heure, sur tous les tons et plus ou moins fort. Ces marées sonores, qui montaient et descendaient sans cesse, interrompues par les mourants appels au secours de clochettes abandonnées et de cordes pincées, ne suivaient aucune règle. Au bout d'un moment, je ne perçus plus qu'un ronflement et cliquètement général.

L'éclairage parcimonieux, qui plongeait la boutique dans un clair-obscur diffus, ne venait pas de l'extérieur, mais de la lampe de l'horloger, qui, penché sur son établi, ne leva la tête que lorsque je me fus approché. Au-dessus du comptoir était suspendue une lampe supplémentaire qui s'alluma après que j'eus refermé la porte derrière moi.

L'homme leva les yeux de son établi. Il avait la soixantaine, portait une blouse bleue et avait coincé un oculaire dans son œil gauche, qu'il conserva durant tout notre entretien, c'est en tout cas le souvenir que j'en ai. Lorsqu'il poussa la lampe de côté, elle heurta dans un fracas métallique une étagère en fer sur laquelle s'entassaient des montres démontées, des pièces de rechange, des ressorts, des pendules, des rouages, des boîtes et des boîtiers. Il se leva assez lourdement. Quelque chose n'allait pas avec ses jambes. Il contourna précautionneusement sa table de travail, sur laquelle s'étalaient des limes, des pinces, des pincettes et des tournevis très fins ainsi que des outils que je n'avais jamais vus auparavant, et il prit place derrière le comptoir, qui, dominé par une vieille caisse enregistreuse en bronze à manivelle et à touches larges comme le bout des doigts, divisait la pièce en deux.

L'horloger – Rentsch, supposais-je, puisque c'était ce qui était écrit sur la plaque en cuivre jaune – posa une main sur la caisse et se pencha par-dessus le comptoir. Je constatai avec étonnement qu'il avait les mains larges et grossières, et je me demandai comment il faisait pour tenir et travailler les minuscules objets de sa profession. Il me parut gigantesque.

– C'est pour quoi ?

– Je voulais me renseigner au sujet d'une montre.

Il me regarda d'un air interrogatif et attendit.

– Je ne sais pas si je pourrai t'aider. Je veux bien essayer.

Il fit un geste circulaire de la tête et demanda :

– Sur laquelle veux-tu que je te renseigne ? Et comment ? Je ne sais pas si j'ai ce dont tu as besoin.

Il se tapota le front.

– Ma mémoire, dit-il, elle n'a jamais été très bonne. Rien de plus qu'un rouage, en fait. Il faut la remonter pour qu'elle fonctionne, et parfois aussi la rafraîchir. On nous appelle aussi les *rhabilleurs*. Ça convient parfaitement.

Il rit. Et au lieu de perdre patience devant mon silence, continua.

– C'est donc des conseils d'un rhabilleur que tu as besoin ? Je t'en prie.

Je hochai la tête, je posai sur le comptoir l'épaisse enveloppe dans laquelle j'avais glissé la photo de mon père et je sortis le portrait. Rentsch semblait être aussi patient que ses horloges. Sa main reposait à nouveau sur la caisse enregistreuse, qui annonçait le dernier montant calculé en chiffres noirs sur de petites plaquettes de métal blanc.

Je tournai la photo vers lui et je dis :

– Cette montre est une Omega. Une *Seamaster*. Vous la connaissez certainement.

Il se pencha, contempla la photo à travers son oculaire puis acquiesça.

– C'est exact.

– Pourriez-vous me dire quelque chose à son sujet ?

– Cela dépend de ce que tu veux savoir.

– J'aimerais connaître son âge. Quand elle a été fabriquée. Si on la fabrique encore. Et ce que vous en pensez, comment vous la trouvez, comment vous l'évaluez. Si elle est belle, si vous la trouvez belle et précieuse. Si elle représente quelque chose de particulier, quelque chose de particulièrement précieux. Et aussi, si vous en avez une ici. C'est cela que je voulais savoir. Et peut-être aussi, qui pouvait s'offrir ce genre de montre.

Je parlais trop vite. Je bafouillais un peu. Comment allait-il faire pour se souvenir de toutes ces questions ?

Il répondit tranquillement :

– Je n'en ai malheureusement pas ici. Mais j'en ai vu passer fréquemment. Cela dit, ça remonte à longtemps. Tu n'as que cette photo ?

– Oui.

– Tu n'as donc pas la montre ?

– Non.

– J'en ai vu passer plusieurs, mais pas ce modèle-ci. Des modèles plus récents.

– Elle est différente ?

– Celle-ci, sur la photo, a dû être une des premières. Vers 1950 ou 1951. Si elle représente quelque chose de particulier ? Cela dépend de l'importance qu'on lui accorde, elle peut représenter quelque chose de très particulier, bien qu'elle ne soit pas très précieuse en soi. C'est peut-être même là le tout premier modèle. Je ne pourrais le dire que si je pouvais l'avoir dans les mains et l'ouvrir. Cette montre est arrivée sur le marché en 1948. Comme tu peux voir, mes rouages fonctionnent à peu près correctement. Son aspect extérieur a été régulièrement modifié. La *Seamaster* de 1954 ne ressemble pas à celle de 1950. À la fin des années 1950, c'est la forme des index qui a été changée. Ils avaient longtemps été en forme d'épi, maintenant ce sont de simples traits.

Il montra avec les pincettes qu'il avait sorties de la poche de sa blouse les affichages entre les chiffres, de fins triangles équilatéraux.

– Ce n'est pas du tout comme avec les voitures. L'extérieur d'une montre peut changer aussi souvent et aussi profondément que le veut le fabricant, à l'intérieur elle reste fidèle à elle-même aussi longtemps que la mécanique fait ses preuves. Le meilleur que nous puissions imaginer a déjà été inventé, l'enveloppe ne joue qu'un joli rôle accessoire. La voiture par contre est encore loin d'avoir fini d'être développée. Une Ford Taunus de 1951 n'a pas seulement l'air différente d'une Ford Taunus de 1962, c'est au niveau du moteur qu'il y a eu de grosses avancées. Et cela ne va pas changer de sitôt.

Omega, poursuivit-il, avait déjà livré des montres automatiques étanches et résistantes aux aviateurs de la Royal Air Force pendant la Seconde Guerre mondiale. Elles étaient très appréciées des pilotes. Du coup, après la guerre, il n'a pas fallu longtemps pour qu'elles deviennent des montres sport à la portée de tous. Toutes les pièces pouvaient être remplacées sans difficulté et à bas prix. La particularité de la *Seamaster*, c'était le boîtier solide, le verre armé incassable et l'anneau intérieur en métal. Personne ne voulait rien y changer. Il y a toujours eu de nouveaux modèles. Fondamentalement, cependant, elle restait ce qu'elle était, une montre fiable pour tout un chacun.

– C'est ton père sur la photo ? me demanda-t-il, et je répondis que oui. Il te ressemble vraiment. Tu lui ressembles. Et où est la montre aujourd'hui ? Est-ce qu'il l'a perdue ?

– Mon père n'est plus en vie. Je ne sais pas ce qu'elle est devenue. Je ne sais pas si elle a été perdue, aucune idée. Je vais essayer de la récupérer.

– Si tu la retrouves, tu me l'apportes.

– Oui, si je la retrouve. J'aimerais bien la retrouver.

– Je l'examinerai. Je regarderai si elle est en bon état et je la nettoierai. Les montres anciennes doivent être régulièrement révisées et nettoyées. Si on s'y tient, elles durent longtemps, plus que les voitures. Je ne t'en demanderai pas beaucoup. Promis ?

– Si je la retrouve.

– Quand ton père est-il mort ?

Je me tus et il me regarda.

– Peu après ma naissance. Je ne l'ai pas connu du tout. Je ne me souviens pas de lui.

Il hocha la tête et poussa la photo dans ma direction.

– Prends bien soin de la photo. Avec de la chance, elle t'aidera à retrouver la montre.

C'est alors que je dis à cet horloger inconnu, qui ne connaissait même pas mon nom, quelque chose que je n'avais encore jamais dit à personne.

– Mon père, dis-je sans réfléchir, n'est pas mort comme ça, d'un coup. Il s'est tué. Au moment de son suicide, il avait certainement la montre à son bras. Pourquoi l'aurait-il enlevée ?

– Peut-être s'est-elle cassée à ce moment-là.

Je secouai la tête.

– Il a pris des cachets. Il ne s'est pas jeté du haut d'une falaise, ça, je le sais.

Soudain, son corps se tendit et il sembla encore grandir de quelques centimètres. Il fit ce que j'aurais dû faire, il prit la photo, la glissa dans l'enveloppe et referma celle-ci.

– Peut-être l'a-t-il tout de même enlevée, dit-il finalement en haussant les épaules. Porte-toi bien, mon garçon, fais bien attention à toi, et s'il y a autre chose que tu désires savoir, passe me voir.

Je fis demi-tour. Ce ne fut qu'une fois sorti que je me rendis compte que je n'avais dit ni merci ni au revoir. La porte du magasin retomba et après avoir fait quelques pas, je pris conscience du calme qui régnait au-dehors. L'espace d'un instant, le tic-tac et le ding-ding des montres et horloges me manqua, mais à peine avais-je tourné le coin de la rue que le bruit de la ville revint, refoulant les sons de l'intérieur de la boutique. Je me demandai si je reverrais l'horloger un jour.

Le lendemain, je restai au lit plus longtemps, mais sans dormir. Je voulais garder mon calme quand je lui parlerais, mais je craignais que cela ne dépende pas de moi. Comme toujours, je choisis un moment où nous ne serions pas dérangés. J'entrai dans la cuisine vers dix heures et demie, ma mère apparut peu après, elle avait dû entendre que j'étais levé. Elle n'avait rien à faire, elle ne cuisinait que le soir, Roland était au travail et il rentrait rarement déjeuner. L'époque où j'aurais préféré qu'il assiste à ce genre de discussion était passée.

J'avais fait ma toilette, mais je n'avais pas encore pris mon petit déjeuner. J'étais affamé. Mon assiette, ma tasse et la confiture étaient encore sur la table, mais je savais que je ne pourrais pas avaler la moindre bouchée tant que je n'aurais pas parlé à ma mère, et après j'y arriverais peut-être encore moins. Elle ouvrit le réfrigérateur et posa le beurre et le lait sur la table, puis elle coupa le pain.

– Pourquoi tu ne manges pas ? demanda-t-elle après avoir jeté un coup d'œil à mon assiette. Il est presque onze heures.

– Je n'ai pas faim.

– Que se passe-t-il ?

– Rien.

– Tu es malade ?

– Non, dis-je, il faut que je sache quelque chose.

Je gardais les yeux fixés sur mon assiette, pourtant je sentis que quelque chose s'était modifié ou du moins déplacé. Je l'entendis respirer un grand coup puis retenir son souffle. Quoi qu'elle ait voulu faire à ce moment-là, elle ne le fit pas.

– Oui, demanda-t-elle, et quoi ? et j'eus l'impression qu'elle savait ce qui allait suivre et qu'elle avait envie de prendre la fuite. Je n'y allai pas par quatre chemins. Je fus direct, poussé par l'incertitude qui me rongeait. Je demandai :

– Où est la montre ?

L'espace d'un moment, elle sembla soulagée. Je l'entendis pousser un soupir. Ignorait-elle donc ce que j'allais dire ?

– Quelle montre ?

– La montre-bracelet sur la photo.

Elle heurta légèrement la table. Elle savait de quoi je voulais parler. Je ne pouvais pas voir si son visage changeait de couleur, étant donné que je ne levais pas les yeux.

– La montre de mon père. L'Omega *Seamaster*. Où est-elle ? Tu veux que j'aille chercher la photo ?

– Non.

Je m'aperçus que sa réaction, son trouble me remplissaient de satisfaction. Elle posa les mains sur la table et les retira aussitôt. Je restai comme pétrifié devant l'assiette vide, devant la tasse vide, devant les couverts inutilisés, devant la serviette pliée. Je ne savais pas ce qui se passait dans sa tête. Je ne savais pas ce qui se passait dans la mienne. Je me taisais. Le silence qui suivit était tout sauf rassurant. Peut-être mon père était-il là à cet instant, un corps sans âme avec nous, dans cette cuisine. Peut-être s'était-elle attendue depuis longtemps à ce que je pose cette question, tout en espérant que je ne le ferais jamais. Peut-être était-elle soulagée d'y être enfin confrontée et de pouvoir crever l'abcès. Elle savait de quoi je parlais. Mais savait-elle ce qui se passait en moi ?

Je répétai :

– Où est la montre qu'on voit sur la photo ? Où est cette montre ?

– S'il l'a toujours, elle doit être chez ton parrain dont nous n'avons plus entendu parler après l'enterrement de ton père. Je la lui ai donnée après l'enterrement. Ensuite, je n'ai plus eu de nouvelles de lui, ni de la montre bien entendu, aucune nouvelle de Paris. Paris ! Elle n'avait aucune importance pour moi. Ton père l'avait déjà quand nous nous sommes rencontrés. Si ça avait été moi qui la lui avais offerte, je ne l'aurais probablement pas donnée. Elle ne signifiait rien pour moi.

Il y avait une certaine froideur dans sa voix, et en lui répondant, je crus reconnaître la même froideur dans ma propre voix.

– Mais elle est importante pour moi !

– Oui, tu as sûrement raison. Bien sûr que tu as raison. C'était une erreur de la donner. C'était stupide et irréfléchi. Tu étais encore si petit et sans doute je ne pouvais pas m'imaginer qu'un jour tu serais adulte. J'en suis désolée. Après coup, je me suis dit qu'elle aurait dû te revenir. Mais c'était trop tard.

– Tu n'aurais eu qu'à écrire à André.

Elle me jeta un coup d'œil, et j'évitai son regard.

– Je veux la reprendre, dis-je comme si c'était facile à faire, et à mon étonnement elle hocha la tête, comme si elle était du même avis. Pourquoi m'étais-je attendu à de l'incompréhension de sa part plutôt qu'à de la bienveillance ? Elle me donnait l'impression qu'il n'y avait rien de plus facile que de récupérer cette montre.

– Pourquoi est-ce lui qui a reçu la montre ?

Au bout d'un moment, elle répondit :

– André et ton père se connaissaient depuis si longtemps, et si bien.

La froideur était revenue dans sa voix et la compréhension que j'y avais sentie peu avant s'était évanouie.

– Que vas-tu faire maintenant ?

– Je ne sais pas encore. Je voudrais avoir quelque chose de mon père. Pourquoi pas la montre ? Il ne reste plus qu'elle, puisque tout le reste a été perdu.

Elle regarda par la fenêtre.

– Il n'y a que cette montre, il faut que je l'aie. Une montre, ça ne se jette pas. Surtout pas celle-là. Un souvenir. Un objet de valeur. André ne peut pas l'avoir jetée. Ça ne se fait pas. J'ai besoin de quelque chose à quoi me raccrocher. Tu as l'adresse d'André ?

– Je n'ai aucune idée de l'endroit où il habite.

– Peut-être à Paris ?

Elle répondit en hésitant :

– Peut-être à Paris.

– Pourquoi peut-être ? Quand il a pris la photo, il vivait à Paris.

Elle ne répondit pas.

– Mon père est-il allé à Paris pour se faire photographier ?

Elle haussa les épaules.

– J'ai oublié. Cela fait trop longtemps.

André avait rompu tout contact avec ma mère. Ce n'était assurément pas un hasard. Ma mère avait pu oublier que le tampon de son atelier se trouvait au revers de la photo. Impossible qu'elle ait oublié qui avait pris la photo. Pouvait-elle avoir oublié que mon père était allé se faire photographier à Paris ? Combien de fois avait-elle épousseté la photo quand elle venait nettoyer ma chambre ? J'avais l'impression d'être de pierre.

– Et si nous faisions en sorte que tu aies la même montre ? demanda-t-elle. Si nous t'achetions le même modèle, cela devrait être faisable et...

– C'est qui, nous ?

Elle ne répondit pas. Pourquoi essayait-elle de mêler Roland à cette histoire, et pourquoi ne disais-je pas tout simplement non ? Roland n'avait rien à voir avec tout cela. Ma mère n'avait fait sa connaissance que bien après la mort de mon père. J'eus l'impression que je ne pourrais plus jamais discuter avec elle. Quelque chose s'était glissé entre nous deux que nous ne comprenions pas, parce que nous le considérions d'une façon différente. Chacun le voyait avec ses propres yeux. C'était aussi fort que mon père, aussi insupportable que sa mort, aussi insurmontable que l'incompréhension de son acte, de ce qu'il nous avait fait, d'abord à sa femme, puis à moi. Elle en savait plus que moi, elle savait tout, mais elle ne voulait pas partager son expérience avec moi, ou bien elle ne pouvait pas. Je ne pouvais pas le lui pardonner. Qui aurait pu, à mon âge ?

L'après-midi même, j'allai à la banque, retirai mille francs, en échangeai neuf cents contre des francs français et m'achetai avec les cent qui restaient un billet pour Paris. Comme le livret d'épargne était à mon nom, je pouvais disposer librement de mes économies, aussi l'employé de la banque n'eut-il pas d'autre choix que de me remettre l'argent sans commentaire.

Le premier train partait tôt le matin, mais je choisis de prendre le train de nuit, meilleur marché. Si mes souvenirs sont exacts, j'obtins environ deux mille francs français contre la somme que j'avais échangée. Je n'allais probablement pas en dépenser autant. L'argent que j'avais reçu de mon grand-père me reliait à mon père. S'il avait été encore en vie, cet argent aurait été le sien, mon grand-père ne me l'aurait pas donné, mais son fils aurait pu en faire ce qu'il voulait.

J'allais partir pour Paris sans en informer ni ma mère ni mon beau-père. Le même hasard qui avait voulu que je choisisse ce jour-là fit aussi que Roland et ma mère ne rentreraient que tard d'un dîner où l'on mangeait et buvait toujours abondamment. L'alcool et l'habitude des hôtes de ne pas laisser leurs invités s'en aller avant minuit rendraient leur sommeil profond et ils ne s'apercevraient de mon départ que le lendemain matin, lorsqu'ils ne me verraient pas au petit déjeuner.

Si je ne réussissais pas à trouver André à son ancienne adresse, il me serait plus facile de trouver la nouvelle en étant sur place, j'en étais persuadé et pourtant je ne m'étais jamais trouvé dans une grande ville, ni seul ni avec mes parents. Nous étions allés à Florence mais pas à Milan, pas à Rome mais à Terni, et toujours nous nous garions aux portes de la ville.

Je n'informai donc pas ma mère de mes projets. Le secret faisait partie de mon plan, aussi vague fût-il par ailleurs. Il consistait essentiellement à ne faire de confidences et à ne demander conseil à personne. Je poursuivais un but. Moi et mon père étions seuls à pouvoir l'atteindre.

Mais comme je voulais éviter que mes parents paniquent et déclenchent des recherches, je leur écrivis une brève lettre dès qu'ils eurent quitté la maison, vers sept heures. J'informai ma mère et Roland – cette fois-ci, je l'impliquai – que je serais de retour à temps pour la rentrée scolaire dans une semaine, vraisemblablement plus tôt. Je ne disais pas où j'allais, mais j'étais sûr que ma mère le devinerait. Même si, en ce moment, nous n'avions plus rien à nous dire, je supposais tout de même qu'elle comprendrait ma façon d'agir, qu'elle l'approuve ou pas. Je ne me trompais pas. Plus tard, Roland m'a raconté que ma mère était restée très calme en constatant, le lendemain, que ma chambre était vide. Elle avait déplié la lettre, que j'avais posée sur le coussin du lit intact, et l'avait lue attentivement, une seule fois. Elle avait montré à Roland ce que j'avais écrit. Il n'avait pas eu besoin de la calmer. Elle n'avait pas pleuré, d'ailleurs elle n'était pas du genre à faire des scènes. J'ignore ce qu'ils ont dit ensuite, mais je suis convaincu qu'à aucun moment ils n'ont envisagé de faire appel à la police.

Je fourrai mes affaires dans le sac de marin peu maniable en plastique blanc que j'avais, à la grande horreur de ma mère, acheté des mois auparavant chez un brocanteur. Lorsque je quittai la maison vers huit heures, il faisait encore jour, le chat noir du voisin était assis devant la porte de la maison, il léchait sa patte et se la passait à intervalle régulier sur les yeux. Quand je fermai la porte, il me jeta un regard bref et indifférent.

III

J'arrivai peu après six heures du matin en gare de l'Est, descendis, mal reposé, du train, et ne me rendis compte qu'au bout du quai que j'avais oublié mes bagages dans le wagon-lit. Encore ivre de sommeil, je revins à la hâte sur mes pas ; de retour dans le compartiment, je constatai que quelqu'un dormait toujours sur une couchette du haut. Je réveillai l'homme et reçus une injure qui allait bien avec l'air vicié qui s'était accumulé entre les couchettes superposées. Je quittai le compartiment en traînant mon sac de voyage derrière moi et en me jurant de ne plus jamais prendre un train de nuit, encore moins un wagon-lit. Je me promis aussi de remplacer le plus tôt possible mon encombrant bagage, que je ne pouvais ni porter ni soulever facilement, par un sac plus pratique, et, s'il le fallait, par une valise.

Lorsque je sortis sur le grand parvis de la gare, d'où on avait un premier aperçu de Paris, l'air frais du matin me fouetta le visage. Je traversai la rue. Il y avait partout des cafés ouverts et des gens affairés, je pris mon temps. Je ne savais pas vers où me diriger car je n'avais même pas un plan de la ville. Je me dis que le plus indiqué était de suivre la rue la plus animée, elle me mènerait directement au cœur de Paris. Mais quelle était la plus animée des deux artères qui s'ouvraient devant moi, le boulevard de Strasbourg – je lus sur les plaques – ou la rue du Faubourg-Saint-Martin ? Je choisis cette dernière.

L'aube s'éclaircissait rapidement et, au fur et à mesure que je m'éloignais de la gare, mes narines étaient frappées par cette caractéristique odeur composite : caoutchouc et métal s'échappant des tunnels du métro, gaz d'échappement des voitures, âcre parfum de l'eau de Javel versée, sans égard pour les passants, sur les trottoirs des maisons d'où elle dégoulinait dans les caniveaux.

La cigarette que je fumai ce matin-là n'était pas ma première, cela va de soi, mais c'était certainement la première que je fumais avant le petit déjeuner. Chez moi, une telle chose ne me serait jamais venue à l'esprit. Ici, cela paraissait s'imposer à moi. Après en avoir inhalé deux larges bouffées, j'éprouvai le besoin de m'asseoir. Mais il n'y avait de banc nulle part ; je m'adossai contre un mur et respirai lentement et profondément en fermant les yeux. Je ne jetai pas la cigarette, dont la fumée me chatouillait le nez. Au bout de quelques secondes, je me sentis mieux, et je tirai une nouvelle fois sur la cigarette afin d'affronter à nouveau le vertige. Il ne se répéta pas. Il avait cédé la place au sentiment inhabituel, libérateur et inconnu, d'être mon propre maître. J'étais mineur, j'étais seul dans une ville que je ne connaissais pas et dont je n'avais aucune idée de l'étendue. Je savais uniquement qu'elle était immense et sillonnée par un vaste réseau de lignes de métro et de gares qui s'entrecroisaient. Il y avait une cathédrale, des cafés célèbres, la tour Eiffel, la Seine, et, ainsi que je pouvais dès à présent le constater, des gens de diverses couleurs de peau. Avais-je jamais vu auparavant un Noir ou une Asiatique, si ce n'est au cinéma ?

Était-ce de me trouver dans la ville où mon père s'était trouvé qui renforçait encore cette sensation jubilatoire de liberté et d'indépendance ? Ma mère et Roland ne venaient jamais à Paris, ils préféraient le Midi, le ciel lumineux et clair, la chaleur. Dans la vie de mon père, cependant, me disais-je, Paris avait joué un rôle important. Je n'en avais aucune preuve hormis le tampon au revers d'une photo, mais je le ressentais aussi clairement que la présence de mon père dans cette image. Je ne savais pas quand et combien de fois il avait séjourné ici, mais j'imaginais que Paris avait eu plus d'importance pour lui que toute autre ville au monde. Ici, je le voyais respirer plus librement, tout comme en ce moment même je respirais et fumais ma cigarette, comme un adulte que personne n'importune ou ne réprimande.

Mon corps s'habitua si bien à la nicotine qu'il allait bientôt exiger sa dose horaire et que durant des années il la supporterait très bien, même l'estomac vide. Je n'ai cessé de fumer que beaucoup plus tard, lorsque j'ai commencé à avoir de sérieux problèmes.

Après avoir suivi sur un bon kilomètre et demi la rue du Faubourg-Saint-Martin, le sac de marin me pesant de plus en plus, je pénétrai dans un bistro qui était soit déjà ouvert, soit pas encore fermé. Les rares clients du Coq-d'Or me parurent épuisés non par un travail quelconque mais par la vie elle-même, une vie qui ne ressemblait en rien à celle de Roland et de ma mère. À l'exception d'une femme d'un certain âge, assise seule sous un miroir et dont le corps d'une maigreur frappante était secoué à intervalles réguliers par d'effrayantes quintes de toux, tout le monde fumait, et l'air s'en ressentait. Personne ne leva les yeux lorsque je pris place près de la fenêtre. Quelques clients buvaient du café, d'autres avaient de petits verres d'eau-de-vie devant eux, certains pleins, d'autres vides. Ils n'échangeaient que de rares paroles, je ne comprenais pas un mot d'un petit haut-parleur crachouillant accroché dans un coin et d'où provenait de la musique sans cesse interrompue par la voix d'un speaker radiophonique.

À peine m'étais-je assis qu'un serveur vint à ma table. Il était d'une pâleur frappante mais paraissait nettement plus éveillé que ses clients. Il se déplaçait avec rapidité et élégance, et ne semblait rien faire sans but ni réflexion. Il portait un costume noir un peu taché, mais parfaitement ajusté. Depuis combien de temps était-il éveillé, combien d'heures de travail avait-il déjà derrière lui ? Il posa devant moi la carte sous plastique où était maladroitement imprimée la liste des plats disponibles. Des veines bleues et fines se dessinaient sur ses mains blanches. Avant de se retirer, il m'adressa un sourire encourageant. Il me traitait comme si j'étais un client important dans un restaurant qui ne l'était pas moins. Je me sentis percé à jour. Dans cette ville, j'étais aussi insignifiant que cet établissement, aussi anodin que sa clientèle, dont une partie n'avait probablement pas de domicile fixe.

Mon français était tout sauf fluide, mais je n'eus pas trop de mal à comprendre le menu. J'avais à peine choisi et reposé la carte que le serveur était debout devant ma table. Je commandai un café au lait et une omelette, ce que je n'aurais jamais mangé à la maison. J'étais affamé après mon long trajet nocturne.

J'essayai d'ignorer les mains du serveur lorsqu'il posa devant moi d'abord le café, qu'il avait préparé lui-même à une machine qui sifflait en projetant de la vapeur, puis dix minutes plus tard la grande assiette qui avait été passée par le passe-plat par un employé resté invisible. Une omelette et une demi-baguette. « *Attention, l'assiette est chaude**[1]. » J'évitai son regard, qui s'attardait sur moi d'un air interrogateur. Pensait-il que j'avais fugué ? Lisait-il clairement en moi ? N'y avait-il pas de quoi s'étonner de voir un adolescent seul à cette heure dans cette ville ? Ailleurs, on m'aurait renvoyé chez moi. Mais comme on ne prenait pas la peine de se demander ce qui avait bien pu m'amener ici, on ne s'en étonnait

---

[1] Les mots et phrases en italique suivis d'un astérisque sont en français dans le texte.

pas et on ne me renvoyait pas. J'allais bientôt me lever, ne plus jamais remettre les pieds dans cet établissement et je serais vite oublié.

Après avoir quitté le bistro, je succombai à la tentation de tout voyageur curieux arrivé dans une grande ville qu'il ne connaît pas. Ayant sous-estimé les distances, je marchai jusqu'à tomber d'épuisement et n'avoir qu'un seul désir, monter dans un taxi. Mais si je l'avais fait, je possédais suffisamment d'argent après tout, où lui aurais-je dit d'aller ? Je n'avais aucun point de chute à part l'adresse d'André. Je n'avais aucune idée de là où je me trouvais.

Vers onze heures du matin, j'achetai dans un tabac un *Plan de Paris**, un livre de poche aubergine où étaient répertoriés les vingt arrondissements, avec une carte et un index des rues pour chacun. Je m'assis sur un banc, dépliai la carte de la ville et me rendis compte que je me trouvais à proximité des Champs-Élysées et de l'Arc de Triomphe. J'avais marché durant des heures parallèlement à la Seine, côté rive droite.

Je décidai de descendre dans cette contrée inconnue qu'était le métro, un univers qui de prime abord m'angoissait et peuplé seulement d'autochtones sûrs de leur destination et sachant exactement quelle ligne prendre pour s'y rendre. Sans doute, trop pressé d'arriver, aucun n'avait-il envie de s'arrêter pour donner un renseignement.

Ma poche remplie de petits tickets rectangulaires en carton fort couleur sable, achetés au tabac en même temps que le plan, je descendis dans la station

Miromesnil. J'avais décidé d'aller jusqu'à Châtelet, d'une part parce qu'à cet endroit – ainsi que j'avais pu le repérer – plusieurs lignes de métro se croisaient, et d'autre part parce qu'il me semblait que c'était là-bas, près de l'Hôtel de Ville, que devait se trouver le centre de Paris, ce qui n'était pas tout à fait exact, sans être complètement faux non plus. Je ne compris que bien plus tard qu'en réalité il n'y avait pas de centre parce que la ville était trop grande pour cela. Ce qui me décida, c'était aussi qu'à proximité de l'Hôtel de Ville se trouvaient les anciennes halles qui, je l'avais lu dans les journaux, étaient sur le point d'être démolies. Les protestations que cette démolition avait suscitées étaient restées sans suite, peut-être n'avaient-elles pas été assez opiniâtres. Le souffle de la révolution qui, à peine quelques années plus tôt, s'était emparé de la moitié de la ville manquait à présent aux rebelles d'alors. Je me disais que j'allais sûrement trouver un hôtel bon marché dans ce coin.

Dans la station de métro, je passai le poinçonneur qui, d'un air indifférent, validait les tickets en les trouant à l'aide d'une pince qu'il tenait dans sa main droite gantée de noir, et peu après je me retrouvai dans les sous-sols de Paris. Je compris instinctivement quelle direction je devais prendre et à quel endroit je devais changer afin d'arriver le plus rapidement possible à Châtelet, peut-être à cause de mon état d'épuisement. Mon esprit fut soudain frappé par tout ce qui était nouveau et inconnu. Rien ne me parut plus facile que de comprendre le plan des lignes. Je changeai deux stations plus loin et pris la direction Châtelet. Six stations plus tard, j'étais arrivé où je voulais. Tout au long du trajet, je serrai contre moi mon minable sac de marin qui ne contenait rien de précieux hormis la photo encadrée de mon père, enveloppée dans du papier journal.

Je suivis la rue de Rivoli durant quelque temps, puis je tournai à droite dans la rue Saint-Martin, puis deux rues plus loin encore à droite, dans la rue de la Verrerie. J'ignore complètement pourquoi je jetai mon dévolu sur l'hôtel Saint-Merry. Peut-être parce qu'il n'était pas très attrayant, qu'il semblait ordinaire et même assez défraîchi. Il n'y avait ni porte tournante, ni hall d'accueil. On pouvait facilement passer devant sans le voir, ce qui m'arrangeait parce que moi aussi, je voulais être discret. La ville était beaucoup trop grande pour y dénicher un garçon dont on ne savait même pas dans quel quartier il séjournait. Et l'eût-on su, ça n'aurait été guère plus facile.

L'hôtel me parut être un refuge bien situé et bien dissimulé. Je n'avais aucune raison de me cacher, mais la conscience de ne pas être repéré me donnait plus d'assurance, ou en tout cas l'assurance dont j'avais besoin. L'inscription *Hôtel*[*] passait aisément inaperçue, la porte d'entrée aussi, toute la maison, en fait, un immeuble étroit, haut de plusieurs étages, très proche de l'ancienne église à laquelle l'hôtel devait son nom, à la minuscule différence près que le *i* du Saint-Merri ecclésiastique s'était transformé en *y*. Je ne sais pas si cette minuscule différence m'avait frappé à l'époque ou beaucoup plus tard, après que l'établissement eut été rénové et fut devenu chic et cher.

J'entrai dans l'hôtel. Une flèche rouge à angle droit surmontée de l'inscription *Réception** indiquait qu'il fallait monter à l'étage. La réception se trouvait dans une antichambre où les rayons de soleil qui entraient par la vitre étalaient leur lumière et leur chaleur sur une table recouverte d'un tas de journaux. Deux fauteuils étaient glissés profondément sous cette table, comme si on voulait empêcher que quelqu'un s'y assoie. La table était garnie d'un bouquet de fleurs, qui se révélèrent fausses. C'était tout le confort qu'on s'était autorisé. À part cela, la pièce était vide, sans rideaux, et le papier peint ocre, plutôt sombre et usé, était la seule décoration. Une deuxième porte menait de toute évidence au logement des propriétaires, on y apercevait un poste de télévision et ça sentait la cuisine. Je dus actionner plusieurs fois la sonnette avant que quelqu'un arrive, un homme d'âge moyen. Sa femme demeura invisible. Comme je pus le constater durant mon séjour, ils se partageaient le travail avec équité, elle, le matin, lui, la journée, elle la nuit, je ne les ai jamais vus ensemble dans la pièce.

L'hôtelier me regarda d'un air interrogatif, mais il savait ce que je voulais. Je lui demandai s'il avait une chambre et à quel prix. Ce dernier s'avéra bas, soixante francs la nuit, cent quatre-vingts d'avance pour trois jours si je voulais rester autant. Je répondis par l'affirmative. Si je voulais prolonger mon séjour, je devais payer de nouveau deux jours d'avance le quatrième jour, etc. M. Delorme, je me rappelle son nom, me remit une clé, deux serviettes et un rouleau de papier hygiénique, et m'indiqua le numéro de la chambre au troisième étage. J'y trouverais aussi du savon. J'ajoutai ces affaires à mes bagages et montai. Dès que j'eus quitté la pièce qui servait de réception, le volume du téléviseur augmenta. Sans doute toutes les chambres étaient-elles à présent occupées et de nouveaux clients, pas souhaitables.

Pour mon argent, j'eus droit à un large lit avec draps, couverture en laine et couette rose clair brillante, une simple table, une simple chaise, et un fauteuil dans lequel je ne m'assis pas une seule fois pendant la durée de mon séjour. Je m'en servais comme penderie. Les toilettes et la douche étaient sur le palier, dans une salle carrelée jusqu'au plafond, dont la vitre opaque donnait sur un puits d'aération. Je les partageais avec les locataires des deux autres chambres de l'étage, que je ne vis jamais. Il y avait aussi dans la chambre un lavabo qui était séparé du reste de la pièce par un épais rideau en plastique que j'évitais de toucher. Il était difficile de dire quelle vue était plus laide, celle du rideau ouvert ou celle du rideau fermé. Mais je m'y habituai vite.

Je fermai la porte, je posai le sac de marin dans un coin, où il s'affaissa sur lui-même comme s'il manquait subitement d'air, et je m'étendis sur le lit sans même défaire mes bagages. Dans l'armoire, plusieurs cintres en fil de fer pendaient à une barre transversale, et il y avait quatre étagères. J'allais disposer de toutes ces choses comme si elles étaient à moi, pendant trois jours et, si je le voulais, ou si c'était nécessaire, plus longtemps encore.

Il n'y avait qu'un seul téléviseur dans la maison, celui des Delorme, dans leur salon au premier étage. On l'entendait toute la journée à partir de neuf heures dès qu'on sortait dans le couloir, ou dans les toilettes et en sortant de la douche. Il n'y avait que dans la chambre qu'on ne l'entendait pas. La moquette absorbait les bruits venant du dessous, et les murs étaient apparemment assez épais pour garantir ma tranquillité.

De toute évidence, les propriétaires de la maison limitaient leur curiosité à ce qui se passait hors de leur établissement. La télévision était allumée en permanence et diffusait des images de la France et du reste du monde. Ils ne s'intéressaient pas le moins du monde à leurs clients.

Le soir même, au moment où je quittai l'hôtel, madame m'invita à me joindre à eux au cas où je voudrais regarder la télévision. « *Faites comme chez vous, venez voir la télé si vous en avez envie*[*] », dit madame, qui se montrait en robe rouge avec un profond décolleté finement plissé, et je hochai la tête. Elle parlait sérieusement et en même temps pas tant que cela, c'était une façon de parler, elle connaissait ses clients, ils ne venaient pas à Paris pour s'installer devant son téléviseur et faire connaissance avec leur couple. Mon passeport ne l'intéressait pas. Les Delorme se contentaient de mon paiement d'avance et de mon faciès. Le centre de leur univers était constitué par leur téléviseur, et ce centre, pour autant que j'aie pu en juger, ils ne le quittaient jamais des yeux, ils ne s'absentaient que pour de courtes durées et jamais en même temps. La télévision était allumée aussi longtemps qu'il y avait une émission ; à vingt-deux heures précises, ils baissaient le volume. Ils n'avaient pas d'enfants, ou bien ceux-ci n'habitaient déjà plus avec eux. En tout cas, ils n'y faisaient pas allusion. Ah oui, et ils ne servaient pas le petit déjeuner, monsieur me l'avait expressément signalé lorsque je lui avais demandé les modalités de la pension : « *Désolé, nous ne servons pas le petit déjeuner**. »

Après avoir rangé mes affaires, je me rallongeai sur le lit et m'endormis aussitôt. Je ne me réveillai que vers six heures. Je m'aperçus dans l'ovale du miroir. Je me levai et allai à la fenêtre ouverte qui donnait sur les toits des maisons voisines, puis j'allumai une cigarette. La vue était impressionnante et déconcertante. Le pêle-mêle des fenêtres et des toits, des cheminées et des antennes de télévision qui s'offrait à mon regard restait impénétrable.

Pour la première fois de ma vie, je dînai seul au restaurant. La brasserie *Le Zimmer* sur la place du Châtelet était si fréquentée qu'elle ne pouvait échapper à l'attention des passants, même distraits. L'agitation devant et dans l'établissement était à son comble, toutes les tables de la terrasse étaient occupées, des serveurs affairés couraient dans tous les sens, portant des plateaux surchargés. Un coup d'œil à la carte affichée dans une vitrine m'indiqua que j'avais les moyens de manger ici, aussi je pénétrai dans la salle et j'attendis qu'on m'indique une table. Je commandai le moins cher des trois menus, et l'on me servit une terrine de légumes, de la choucroute au confit d'oie, du fromage et un dessert. On posa sans un mot une carafe d'eau froide sur ma table après que j'eus refusé le vin. Je bus l'eau dans un petit verre à vin. Je n'aimais pas le goût de l'alcool et, contrairement à aujourd'hui, je n'en avais besoin ni pour me distraire, ni pour me détendre.

Bien que les mathématiques ne fassent pas partie de mes passions, j'essayai de calculer combien de fois j'allais pouvoir manger dans de tels endroits avec l'argent que j'avais retiré avant qu'il soit complètement dépensé.

Quand il m'arrivait de lever les yeux de mon assiette, je constatais qu'on m'observait. Mais apparemment, ma vue ne frappait les clients qu'une fois qu'ils s'étaient assis. Une fois installés, ils avaient tout loisir de regarder autour d'eux, et leurs regards s'attardaient sur moi, un adolescent assis seul dans un restaurant parisien, en train de manger en silence. À quoi pouvait-il penser, celui-là ? Je n'avais rien derrière quoi me cacher, ni livre ni journal, alors je regardais mon assiette ou devant moi en essayant de les ignorer et en suivant des yeux les serveurs qui, rapides et aveugles à tout ce qui aurait pu les distraire de leur tâche, passaient près de moi à toute allure. J'avais soin de ne pas attirer leur attention sur moi, je ne voulais ni payer ni partir. Il y avait plus de couples que de familles, plus de clients âgés que de jeunes. À un moment donné, une mère avec deux enfants s'assit à la table à côté de la mienne. Elle fit à peine attention à moi, regarda dans ma direction sans répondre à mon salut, puis sembla m'oublier.

Cela fit remonter dans ma mémoire le village de pêcheurs de Vernazza dans les Cinque Terre, où mes parents et moi avions passé cette année les vacances d'été, et l'étrange état de nervosité de ma mère à la vue de deux hommes qui étaient venus déjeuner à notre hôtel.

Tandis que la mère ne semblait pas me remarquer, ses deux filles ne cessaient de me jeter des coups d'œil curieux. Je ne compris pas pour quelle raison elle gronda une de ses filles, elle parlait beaucoup trop vite.

Le surlendemain, nous avions quitté Vernazza, deux jours avant la date prévue. Roland avait haussé les épaules comme pour dire que les femmes étaient sujettes à des humeurs qu'elles ne comprenaient pas elles-mêmes. Il me restait le souvenir agréable du petit port qui, une fois le soleil couché, se remplissait de gens affamés et assoiffés qui, en très peu de temps, occupaient les chaises de tous les établissements à la ronde et devenaient de plus en plus bruyants, si bien que leurs voix, une fois qu'on s'était suffisamment éloigné, formaient comme un raz de marée persistant qui ne perdait de sa vigueur que longtemps après minuit. Nous étions installés en plein air durant cette dernière soirée à Vernazza, et pourtant je me sentais pour la première fois à l'étroit en compagnie de mes parents, limité dans ma liberté de mouvement, j'avais l'impression qu'eux aussi se seraient sentis plus libres si je n'avais pas été avec eux. Je sus que ces vacances étaient les dernières que nous passerions ensemble. Maintenant, à Paris, le sentiment devenait certitude, j'étais trop vieux pour partir en vacances avec eux. À l'avenir, je n'irais plus en Italie ni avec ma mère, ni avec Roland, ni avec les deux ensemble, et ils ne m'y forceraient certainement pas, ni même ne me demanderaient d'y réfléchir.

Je payai trente francs français, c'est-à-dire environ quinze francs suisses, et je donnai quinze pour cent de pourboire, ce qui, supposai-je, était plus que suffisant. On était aimable et rapide. Surmonterais-je jamais cette solitude, viendrais-je un jour dîner avec quelqu'un d'autre ici ? On encaissa l'argent, on me remercia brièvement, cela me plut. Je ne m'étais pas levé que la table était desservie et dressée pour les clients suivants. Aussi longtemps qu'avait duré le repas, je ne m'étais pas senti seul. À présent, je ne savais que faire de mon temps.

L'air s'était réchauffé. Enveloppés de couvertures sales, les premiers clochards s'étaient couchés sur les bouches d'aération du métro ou dans les renfoncements des magasins fermés. J'étais aussi libre qu'eux. À mes propres yeux, j'étais presque aussi étranger qu'ils l'étaient. L'espace d'un instant, j'oubliai ce que je venais faire à Paris. Je m'arrêtai devant une vitrine, me demandant ce que j'espérais réellement. Ne devais-je pas m'attendre à des révélations bien plus inquiétantes que mon ignorance actuelle ? Et que ferais-je une fois ces révélations sur la table ? En obéissant à une soudaine lubie, n'étais-je pas en train d'agir contre moi-même ? De toute façon, ça ne rendrait pas la vie à mon père. Et si je n'arrivais à aucun résultat ? Et si à la fin de mon aventure je n'en savais pas plus que maintenant, allais-je renoncer sans combattre ? Combattre contre qui, alors que ne se montrait aucun moulin à vent ? N'était-ce pas le moment de laisser les choses au point où elles en étaient et de faire demi-tour ? Pourquoi ne pas laisser tomber à ce stade, reprendre le train demain et oublier ce qui m'avait conduit ici, mon père, André, son camarade de classe, la photo ? Je me laissai glisser dans la foule sans but en me disant que la décision tomberait d'elle-même. J'allais tout simplement de l'avant, vers le nord, vers l'est. Je n'avais aucune raison valable de rejoindre ma chambre d'hôtel à cette heure.

Quand je partais en vacances avec mes parents, je pouvais plus ou moins librement organiser mon temps, du moins depuis deux ans. Au cours de nos dernières vacances, cela avait signifié qu'après le dîner j'avais le choix entre trois directions, la plage, la route côtière ou le port. Je ne songeais même pas à me promener le long de la route côtière, située à une certaine hauteur, car dans les deux directions les endroits les plus proches étaient situés à plusieurs kilomètres. Je choisissais la plage ou le port, généralement le port, toujours très animé. Le dernier soir cependant, j'étais retourné à la plage, je m'étais assis sur le sable et je m'étais laissé distraire par les gens qui attendaient que le soleil se couche. Presque uniquement des visages inconnus, excepté les deux hommes de midi, qui avaient rendu ma mère si nerveuse.

Je me réveillai le lendemain, trempé de sueur, dans mon lit de l'hôtel Saint-Merry, j'avais la nausée, ma tête résonnait et chaque mouvement accélérait les battements de mon cœur. Je fermai les yeux, mais la sensation de vertige ne diminua pas. Il me fallut un moment avant de me rappeler où je me trouvais.

En rouvrant les yeux, je reconnus le rideau devant le lavabo, et grâce à lui l'endroit où je me trouvais. Mais que se passait-il ? Quand avais-je eu les idées claires pour la dernière fois ? Un rayon de soleil qui tombait de la fenêtre, aussi rougeoyant qu'une lame de couteau à peine forgée et qui semblait trancher la chambre en deux, me frappa en plein visage. Je me retournai vers le mur. Le vertige augmenta d'abord en intensité, et ne diminua que peu à peu. Il suffisait que j'évite de bouger. Ma bouche était sèche, ma gorge me faisait mal comme au début d'un refroidissement, et soudain je me remémorai que j'avais bu des verres de bière à n'en plus finir, peut-être aussi d'autres boissons, que je n'avais pas comptées, peut-être même du cognac ou une autre liqueur forte. Moi, qui n'aimais pas l'alcool et qui n'en avais pas l'habitude, moi, un de ces *mineurs** à qui la loi interdit sur les affiches placardées dans tous les établissements parisiens de servir de l'alcool, j'avais bu sans modération. Il n'y avait pas d'autre explication à mon état. Une silhouette indistincte apparut, qui m'avait accompagné au cours de la nuit passée. Mince, grande, nettement plus âgée que moi. Mais ses contours refusaient de se préciser. Ils cédaient la place à d'autres, tout aussi flous et schématiques. À cela s'ajoutaient quelques lambeaux de phrases, des fragments de comptoirs, de tables, de bars et de bouteilles, ainsi que des odeurs dont le souvenir n'améliora pas mon état. Je songeai à mon portefeuille mais fus incapable de le saisir, il se trouvait à une distance inaccessible, dans la poche gauche de mon pantalon, si du moins on ne me l'avait pas volé. M'avait-on entraîné pour me détrousser ? Qui oserait faire les poches d'un garçon de dix-sept ans ? Celui qui a besoin d'argent, il le fait, me dis-je. Je me tournai et fus de nouveau ébloui par le rayon de soleil puis cherchai des yeux mon pantalon, qui était étalé par terre. Mon compagnon m'avait-il réellement détroussé ?

Pourquoi aurait-il fait cela, d'où venait ma méfiance, avais-je une raison pour cela, alors que je ne me souvenais même pas de son visage ? J'eus peur de vomir si j'accordais une autre pensée à mon portefeuille, et plus encore si je me levais, mais je n'arrivais pas à me lever. Je ravalais l'état misérable dans lequel je me sentais en même temps que le contenu de mon estomac, qui avait commencé à remonter. J'adoptais la position horizontale, sans pouvoir me rappeler où j'avais été la nuit dernière.

J'essayai de dormir.

Il était impossible de retracer le moindre pas que j'avais fait après le dîner au Zimmer. Dans quelle direction étais-je allé ? Je n'avais probablement pas traversé la Seine. Je m'en serais souvenu, non ? qu'y avait-il de l'autre côté de la Seine ? Après tout, je connaissais mal Paris. Pendant que la pièce dans laquelle j'étais étendu se balançait d'avant en arrière puis se remettait à tourner latéralement autour de moi, je vis soudain devant moi, comme si je venais de m'y heurter, un comptoir avec des gens debout qui levaient leur verre et trinquaient à moi ou à mon compagnon, et qui disaient des choses qui me faisaient rire. Quelqu'un dit *« Dommage »*, un autre *« Il ne restera rien, j'te jure. »* Et un troisième, en haussant les épaules : « *Tant pis !*[*] » Et une fois on aurait dit que quelqu'un parlait allemand. Mon cerveau avait-il emmagasiné les mots français puis les avait-il transposés dans ma langue maternelle ? Je sombrai de nouveau et je dormis profondément et longtemps.

Je ne me réveillai que vers midi. Je me sentais un peu moins misérable. Le martèlement avait cessé, les maux de tête avaient cédé la place à un sentiment sourd de vide abyssal. Le peu de chose que je voyais, je le contemplais de loin. Ce n'était pas désagréable. Certes je ne me sentais pas frais, mais j'étais réconcilié avec ce moment d'absence inquiétant. C'est cela, Paris, me dis-je, et je résolus de me lever. J'irais m'acheter de l'Alka Seltzer dans une pharmacie et j'avalerais deux comprimés.

Mais ensuite, je passai presque toute la journée au lit. Le soir, je mangeai légèrement dans un bistro de la rue de Rivoli. Je ne dis pas non lorsque le serveur me demanda si je voulais du vin. Juste un verre. Puis j'allai me coucher tôt. L'alcool m'avait fait peu d'effet. J'étais juste fatigué. Aucun message ne m'attendait à l'hôtel, pas de petit mot glissé sous ma porte. Apparemment, mon compagnon ne savait pas où j'habitais, ou bien il ne s'intéressait plus à moi. Je n'avais plus pensé à mon père durant des heures. Vidé comme j'étais, je me sentais mieux armé pour aller voir André.

IV

Le lendemain à dix heures du matin, je sortais de la gare Saint-Lazare. Je m'orientai brièvement puis me dirigeai vers la droite. Il tombait une pluie fine qui bientôt devint plus dense. Comme je n'avais pas de parapluie, je rasais les murs, dans l'espoir qu'ils me protègent de l'humidité pénétrante. Dans la rue Saint-Lazare régnait un vif trafic automobile, on ne voyait que peu de piétons. Il y avait à peine moins de lumière qu'au crépuscule de la veille, et le temps s'était sensiblement rafraîchi. L'automne s'annonçait.

La rue Blanche était facile à trouver. Je n'avais pas besoin de chercher sur le plan, je la repérai exactement là où je l'avais mémorisée grâce à la carte. Après avoir parcouru environ cinq cents mètres dans la rue Saint-Lazare, je traversai la rue de Clichy puis tournai à gauche dans la rue suivante. C'était la rue que je cherchais. Je ne m'étais pas attendu à ce qu'elle soit légèrement en pente, j'avais pensé que Paris était plat partout. Aucun panneau ne renseignait sur l'origine du nom de la rue. En tout cas, elle n'était pas particulièrement blanche. Des voitures de livraison à trois roues circulaient sur le pavé, des femmes isolées revenaient du marché avec des cabas remplis, il devait y en avoir un à proximité. Pas de chiens, pas de chats, pas de clochards et pas de mendiants. Tout le monde semblait pressé d'échapper le plus rapidement possible à la pluie, dont l'intensité augmentait encore. Tout le monde sauf moi, car plus je me rapprochais de l'adresse qui était ma destination, plus je ralentissais. À quelle lenteur pouvais-je avancer sans me faire remarquer ? Personne ne l'aurait remarqué, car personne ne faisait attention à moi. Mes mouvements étaient inversement proportionnels à ma panique, qui croissait à mesure que la distance, jusqu'au numéro 53, diminuait. Encore trente, encore vingt, encore dix numéros.

Les maisons aux numéros impairs se trouvaient du côté gauche de la rue. C'est ici que j'espérais retrouver André, un homme que je ne connaissais pas, qui ne m'avait vu que nourrisson. La photo de mon père servirait de signe de reconnaissance.

J'avais un peu d'argent sur moi, des tickets de métro, le plan de Paris. Pas de parapluie. Rien à quoi j'aurais pu m'accrocher. Un paquet de gauloises, à moitié fumé. Uniquement le désir de posséder la montre qui me revenait, ce qui me restait de mon père. Ce n'était pas moi, c'était lui qui me devait quelque chose, me disais-je. J'essayais de me donner du courage, mais j'ignorais comment m'y prendre.

Étais-je arrivé trop tôt ? Je regardai ma montre, 10 h 20. Aucun rendez-vous n'avait été fixé. Je me faisais à l'idée d'être la surprise la plus désagréable qu'on puisse s'imaginer. Nulle part je ne voyais d'établissement dans lequel je puisse attendre encore un petit moment.

J'étais debout devant l'immeuble de cinq étages et avant même que mon regard tombe sur le numéro, je vis la plaque en cuivre jaune vissée au mur qui m'apprit en toutes lettres que le camarade de classe de mon père n'avait pas déménagé. Cette maison abritait toujours ANDRÉ GROS, ATELIER DE PHOTOGRAPHIE, 1ER ÉTAGE À DROITE. Depuis le jour où il avait, probablement, photographié mon père dans cette maison, rien n'avait changé.

Avant de traverser la rue, j'essayai de reconnaître derrière les fenêtres du premier étage quelque chose qui puisse me renseigner sur les habitants, mais je constatai que les rideaux étaient tirés. Aucune lumière ne filtrait vers l'extérieur ni, on pouvait le supposer, vers l'intérieur. Toutes les fenêtres du premier étage étaient fermées. J'attendis.

Finalement, je traversai la rue et appuyai sur le bouton d'ouverture. Un léger bourdonnement m'indiqua que je n'avais qu'à pousser le vantail droit du portail bleu. Je dus m'appuyer dessus car il était lourd et difficile à déplacer, puis je fus dans l'entrée. Dans la cour intérieure se trouvaient un petit atelier, une modiste et un laboratoire, mais je n'eus pas le temps de tout voir car à peine le portail se fut-il refermé derrière moi qu'une étroite porte s'ouvrit à ma gauche et qu'une petite femme, sans doute la concierge de l'immeuble, en sortit. Elle s'enquit de ce que je voulais et de qui je venais voir. Ses mains, serrées en de petits poings, étaient profondément enfoncées dans les poches bosselées d'un gilet gris à grosses mailles et à boutons de cuivre, qui devait avoir plusieurs décennies.

– *On vous attend ?*

– *Oui.*

Elle me regarda sans expression :

– *Qui ?*

– *Ah bon*[*], fut tout ce qu'elle dit lorsque je lui eus donné le nom d'André Gros. Comme si elle avait l'habitude de bien des choses et en avait déjà vu et entendu beaucoup. De ses petits poings, qu'elle ne sortit pas des poches de son gilet, elle fit un mouvement en direction de la porte vitrée en face, derrière laquelle un escalier courbe montait aux étages supérieurs. Je la remerciai, en sachant que ce n'était pas nécessaire. Elle savait que j'étais un étranger. Elle ne m'avait encore jamais vu. Je ne vis pas de raisons de prendre congé. Je me demandai pourquoi André n'avait pas installé son atelier dans la cour intérieure, il me semblait qu'il y avait plus de lumière.

J'ouvris la volumineuse porte vitrée et pénétrai dans l'aile droite du bâtiment. Dans la sombre cage d'escalier, je fus assailli par les odeurs pénétrantes de pisse de chat, de fumée, de friture, de fioul et de détergent. À plusieurs endroits du mur, le crépi manquait, une fine poussière de mortier couvrait le bord des marches et l'escalier. Des parties de la rampe en fer forgé étaient arrachées. Cela ne semblait pas gêner les habitants. Les chats, qui avaient soigneusement marqué leur territoire pour le cas où ils seraient absents, étaient apparemment trop vieux ou déjà morts pour venir à bout des souris, qui avaient laissé leurs traces partout. Si jamais nettoyer l'escalier faisait partie des attributions de la concierge, elle l'avait négligé depuis des années. J'essayai d'ignorer la crasse, la puanteur, toute la triste décrépitude du lieu.

Je n'y parvins qu'une fois debout devant la porte d'André. La plaque en cuivre jaune était identique à celle de la façade de la maison : c'était ici que se trouvait l'atelier de photographie d'André Gros. Ainsi que son appartement, probablement. Il n'y avait pas de deuxième porte, j'en conclus donc que les pièces étaient assez grandes pour servir à la fois d'appartement et de lieu de travail. Alors que la question aurait dû me paraître évidente, je ne m'étais jamais demandé si André était marié. S'il avait des enfants, ils devaient avoir mon âge. En Suisse, il était courant d'ajouter le nom de jeune fille de l'épouse à celui du mari, mais pas en France. Qu'il n'y eût que son nom à lui ne voulait donc rien dire. Je m'attendais à découvrir des pièces vastes et hautes de plafond derrière la porte imposante.

J'entendais dans la cour un marteau taper à intervalles réguliers sur un objet qui n'avait pas l'air très résistant, du cuir ou du feutre ; une modiste ou un cordonnier. La concierge était-elle au courant de la présence et de l'absence de chacun des habitants de l'immeuble ? Était-elle chargée d'informer les visiteurs sans rendez-vous si les locataires étaient là ou non, afin de leur épargner de monter les escaliers pour rien ? Était-elle encore debout devant son appartement à compter les minutes qui passeraient avant que je revienne la voir, la mine déconfite ? J'avais le sentiment qu'André n'était pas chez lui, dans mon for intérieur je devais probablement le souhaiter. Ne pas avoir à aller jusqu'au bout. Remettre à une autre fois. Je sonnai. Il fallait y aller, je n'avais plus le choix. Devais-je déballer la photo tout de suite, afin de la lui tendre dès qu'il ouvrirait ? S'il ouvrait, me disais-je, il me prendrait pour un client aussi longtemps que je n'aurais pas dit mon nom, ou plutôt le nom de mon père, que je ne portais pas.

Peut-être attendait-il un client, en tout cas il ne fallut que quelques secondes avant que la clé tourne dans la serrure. Cela alla si vite que je n'eus même pas le temps de me passer la main dans les cheveux et de réfléchir à l'expression que je devais adopter. Il était possible que la concierge l'ait averti de ma venue par téléphone. La porte était ouverte. Devant moi se tenait un homme mince, presque chauve, élancé, qui portait ses lunettes sur le nez. Il ouvrit la bouche. Il me reconnut sur-le-champ. Il ôta ses lunettes.

– Emil.

Sa main, qui était encore posée sur la poignée de la porte, retomba. Brusquement il la leva et se frotta les yeux, comme pour essuyer quelque chose qui le gênait. Puis il chaussa ses lunettes, et ses yeux se brouillèrent derrière les verres épais qui les agrandissaient de façon démesurée. De toute évidence, il m'avait reconnu parce que je devais ressembler à mon père plus que je ne le pensais. C'était la raison du choc qu'il avait ressenti. Il n'avait pu prévoir qu'il existerait quelqu'un qui porterait sur sa jeune peau les traits de son ancien camarade de classe comme une copie carbone. Il avait réussi à rayer Emil de sa mémoire, et voilà que quelqu'un se tenait debout devant lui qui lui ressemblait, plus que je croyais.

Qu'allait-il faire à présent ? Comment aurais-je réagi s'il m'avait claqué au nez la porte à laquelle il s'accrochait toujours d'une main ? Mais avant qu'il ait pu entreprendre quoi que ce soit, je lui demandai en allemand :

– Vous êtes André ?

C'était mon parrain, j'aurais aussi bien pu le tutoyer.

Il hocha la tête et me regarda avec de grands yeux. Puis il répéta le nom de mon père à voix basse, en le prononçant à la française, en mettant l'accent sur la deuxième syllabe.

J'eus l'impression d'apercevoir une ombre derrière lui, quelqu'un qui passait furtivement avant de disparaître dans une pièce adjacente. La femme de ménage, un client, ou bien sa femme ? Puis il se corrigea :

– Le fils d'Emil.

Il avait dû oublier mon prénom depuis belle lurette.

– Je ne suis pas un fantôme, dis-je.

Jusqu'ici, je ne pensais pas avoir le sens de la repartie, à présent je trouvais que si, et j'en étais presque fier. André posa sa main sur mon bras et me tira légèrement par la manche pour me faire entrer dans l'appartement, dans un vestibule spacieux et ovale sur lequel s'ouvraient plusieurs pièces. Les portes, de couleur claire et à moitié vitrées, étaient fermées. Les vitres étaient taillées en facettes et constituées de douzaines de petits carrés. Une seule uniquement permettait de voir la pièce qui se trouvait derrière. Ce devait être la cuisine. Dans les autres pièces régnait une obscurité impénétrable, ou bien les vitres des portes étaient intérieurement couvertes d'un tissu.

Il dit :

– Entre. Je t'ai reconnu tout de suite. Le fils d'Emil. Je le reconnaîtrais au premier coup d'œil.

Il était sorti de sa sidération. Au-dessus de nos têtes, un immense lustre brillait faiblement, il aurait certainement diffusé beaucoup de lumière si la plupart de ses ampoules n'avaient pas été grillées. André referma la porte et se tourna vers moi. En observant plus attentivement, on remarquait ici aussi la tristesse qui m'avait frappé si désagréablement dans la cage d'escalier et que j'avais oubliée dans l'excitation du moment. Cependant l'appartement d'André ne sentait pas le chat et il n'était pas sale, pour autant que je puisse en juger.

– Que veux-tu ?

Cette question, qui aurait pu être blessante, fut amortie par le ton délicat avec lequel elle fut formulée. Je me l'expliquai en me disant qu'il n'avait plus parlé allemand depuis bien longtemps. Je comptai cinq portes.

Je n'entendais aucun son.

Les pas devaient avoir été les fruits de mon imagination.

Rien n'indiquait qu'on se trouvait dans l'atelier d'un photographe. Pas de salle d'attente, comme on aurait été en droit de s'y attendre. Entre deux portes se dressait une grande horloge, et cela convenait bien aux lieux que son lourd battant soit arrêté. Elle était immobile comme tout en cet endroit. Une tombe, pensais-je, un caveau sans cercueil, mais qui me dit qu'il n'y a pas de morts ici ? Il fait beaucoup trop sombre pour respirer librement. Sous le lustre blafard, des chaises étaient arrangées autour d'une antique table ronde à pieds garnis de laiton, sur laquelle un Amour noir pointait sa flèche vers la porte par laquelle j'étais entré. Le corps du gros poisson sur lequel il était accroupi se terminait par une tête de lion. Il ne ressemblait pas à un dauphin. La lumière du jour ne s'égarait pas ici. Cette pénombre était-elle intentionnelle, avait-elle un lien avec le métier qu'exerçait André ? Était-ce l'indication qui manquait par ailleurs ?

Le sac avec la photo de mon père sous le bras, je restais debout dans le vestibule, et j'attendais qu'André fasse quelque chose, dise quelque chose, car moi-même j'ignorais ce que je devais faire, à part attendre que quelque chose se produise. Et, de fait, il perdit soudain la contenance qu'il avait gardée jusqu'ici. Les mots jaillirent inopinément de lui.

– Tu ressembles à ton père. Tu ressembles à ton père lorsqu'il avait ton âge. Tu sais à quel point vous

vous ressemblez ? Quel âge as-tu ? Comment t'appelles-tu ? J'ai oublié ton nom. Tu dois avoir seize, dix-sept ans. Pas vrai ? Combien il m'a manqué, parfois, comme je lui en voulais d'avoir fait ce qu'il a fait, qu'il n'aurait jamais dû faire. On n'a pas le droit de faire ça, pas à son âge ! Et maintenant, quand je te vois, je le vois, lui, et il me manque à nouveau. Nous étions de grands amis, de grands amis, c'est dur à expliquer. C'est bien que tu sois venu. Une surprise vraiment réussie. C'est bien. Tu as fait ce qu'il fallait. Je ne m'y attendais pas. Tu t'y es bien pris. Ton père aurait fait pareil. Son portrait tout craché.

– Vous êtes mon parrain.

N'était-ce pas vrai ? Bien sûr que si, pourquoi ma mère m'aurait-elle menti ? Il n'y avait qu'un seul parrain, celui-là, qui me regardait comme s'il en entendait parler pour la première fois, puis qui hocha la tête et eut soudain quelque chose de flétri dans son apparence, comme les feuilles accrochées à des branches sèches.

– Oui, tu as raison, quoi que tu en penses. Je ne me suis pas soucié de toi. Je ne me suis jamais soucié de toi. C'est impardonnable. Impardonnable. Cela aurait été de mon devoir. Mais c'est souvent comme ça dans la vie, le temps passe et on n'est pas exempt de défauts, au contraire, on est plein de défauts, on fait tout le temps de nouvelles erreurs ; si on ne fait pas attention, il n'y en pas de moins en moins mais de plus en plus. Toujours plus, à chaque respiration. Mais à quoi servent les reproches et la mauvaise conscience ? J'aurais pu agir et téléphoner ou au moins écrire une lettre. Qu'est-ce que ça m'aurait coûté, après tout ? Et maintenant, il ne me reste plus qu'à m'excuser. On se cherche des prétextes et on n'avance pas d'un pas. J'ai souvent pensé à t'écrire, puis le temps a passé, puis j'y ai pensé de moins en moins, les semaines et les mois se sont précipités, beaucoup de boulot, un truc par-ci, un autre par-là, du personnel, du professionnel, et je me suis dit, à quoi bon t'embêter avec ça, un enfant va son propre chemin, il n'a pas besoin des conseils d'un vieillard.

Il n'avait pas l'air particulièrement vieux, et j'eus l'impression désagréable qu'il attendait un compliment. J'ignorai sa remarque et son sourire ironique, il ne pouvait pas sérieusement attendre de moi qu'en un moment pareil je flatte la vanité d'un homme vieillissant. Je levai le sac et je dis avec hésitation : « Ce n'est que ça », et il sautait aux yeux qu'il était impatient de voir ce que j'allais lui montrer dans un instant, peut-être un peu irrité aussi. « Je n'ai rien d'autre », dis-je en sortant la grosse enveloppe du sac puis la photo encadrée de l'enveloppe, que je posai doucement sur la table, sous l'Amour assis sur le poisson à crinière de lion. Sa déception à la vue de ce que je lui montrais était aussi visible que l'avait été sa curiosité. Il se souvint de la photo. « Oui, je l'ai faite à l'époque », dit-il, et il regarda le cercle des portes fermées autour de lui d'un air si vague que je ne pus deviner dans quelle pièce la photo avait été prise.

– Elle fait partie de toute une série que j'avais faite de lui à l'époque, juste avant qu'il se marie, si mes souvenirs sont exacts. Tu voudras certainement les voir. Tu veux que je te les donne ?

Je hochai la tête. Naturellement que je voulais les voir, ces photos-là.

– Mais cela va prendre un bout de temps avant que je les retrouve. Je ne suis pas quelqu'un de très ordonné, je suis toujours en train de chercher, mais quand je cherche, je finis généralement par trouver.

Il me proposa du café, et je hochai la tête. Il me guida vers la cuisine et me pria de m'asseoir. La fenêtre donnait sur la rue. Il ne fit pas la conversation pendant qu'il manipulait la machine à café orange, et je ne fis rien moi non plus pour lancer une discussion. Il essayait de paraître détendu, mais ses efforts étaient vains. Il aurait sans doute aimé être débarrassé de moi, qui étais assis là sans savoir que faire de mes jambes et de mes bras. La table était vide à l'exception d'un chandelier dans lequel se dressait une bougie presque noire, à moitié consumée.

« Et encore une chose », dis-je alors qu'il quittait la cuisine, mais il ne m'entendit pas. Il avait dit : « Je reviens tout de suite » et traversé le vestibule. Je l'entendis refermer une porte derrière lui, puis le silence, en plein Paris, comme dans une église à l'écart de tout. Église et caveau, ces associations étaient venues toutes seules. Peu après, de l'eau chaude se mit à couler bruyamment à travers la machine à café. Je regardai autour de moi, la grande cuisine n'était pas en désordre. Pas un morceau de pain n'y traînait, on n'y voyait pas de vaisselle crasseuse, ni de taches de graisse, tout était propre mais un peu vieillot, mis à part la machine à café dernier cri, dont la couleur agressive ne s'accordait avec rien. Comme si un étranger l'avait installée là délibérément pour qu'elle jure avec le reste.

J'étais assis à la table de la cuisine et je ne me sentais pas à ma place. Je n'avais pas acquis le droit d'être ici par une basse manœuvre, mais le plus licitement du monde, en tant que fils d'Emil, et pourtant je ne savais pas comment faire pression. Faire pression sur quoi ? Il n'existait aucune loi qui ordonnait qu'on me dise la vérité.

Difficile de dire si je me sentais moins à l'aise en présence d'André ou maintenant seul dans la cuisine. L'espace d'un instant, j'imaginai ma mère assise à côté de moi. Elle aurait su poser les bonnes questions. Puis je me dis qu'elle n'aurait pas eu de questions à poser, puisqu'elle était au courant de tout. Je cessai de penser à elle aussi brusquement que j'avais commencé, ça ne servait à rien. J'étais désemparé.

La distance entre André et moi semblait encore croître en son absence. Entre nous deux, il n'y avait pas seulement le vestibule et son atelier ou son bureau, il y avait aussi les années qui s'étaient écoulées depuis le suicide de mon père. C'étaient elles qui créaient une véritable distance, elles étaient la tombe où il était couché.

L'eau coula à travers le filtre de la machine à café et une odeur aigrelette commença à envahir la cuisine. À l'heure qu'il était, André regrettait certainement de m'avoir ouvert.

En regardant par la fenêtre, je vis qu'il pleuvait toujours. Désœuvré, je regardais autour de moi en me demandant qui faisait le ménage. Il n'y avait aucune trace de présence féminine, ni tablier, ni gants de caoutchouc, ni même brosse à vaisselle, juste une vieille éponge et une demi-douzaine de serviettes et de torchons suspendus à divers crochets. L'évier était large et profond, le robinet, un monstre désuet fait de conduites entremêlées. Le réfrigérateur ventru de la marque Arthur Martin était lui aussi de grande dimension. Je fus tenté de me lever et d'aller l'ouvrir.

Mais à ce moment-là, une clé tourna dans la serrure, la porte d'entrée fut ouverte d'une poussée et une voix qui paraissait juvénile appela André. Le temps de me retourner, le visiteur avait déjà disparu de mon champ de vision. André ne répondit pas, je restai assis, cela ne me regardait pas. De nouveau « André ! », puis une deuxième voix murmura quelque chose que je ne compris pas. Ou bien une deuxième personne était entrée à la suite du visiteur, ou bien quelqu'un qui se trouvait déjà dans l'appartement le saluait. J'entendis un bref échange de propos, trop distant pour être intelligible. Tandis que je devais attendre dans la cuisine, les deux nouveaux venus pouvaient circuler librement dans l'appartement. De la vapeur jaillissait de la machine à café. Apparemment, ils se sentaient ici comme chez eux. Je n'avais pas envie de café.

Peu de temps après, André revint dans la cuisine. Il n'avait pas retrouvé les photos, mais il promit de me les envoyer dès qu'elles referaient surface.

– Je les retrouverai, et bien sûr tu pourras les garder.

– Les photos n'ont pas tellement d'importance pour moi, dis-je. Je ne suis pas venu ici pour elles. Je veux récupérer la montre de mon père.

Il me regarda sans comprendre.

– Quelle montre ?

– La *Seamaster* que ma mère vous a donnée à l'époque. La montre qu'il porte sur la photo.

Il avait du mal à se souvenir, mais finalement cela lui revint.

– Bien sûr, bien sûr, sa montre, dit-il, la montre qu'il ne quittait jamais. C'est elle que tu veux ?

– Oui, dis-je.

– Mais bien entendu, dit-il en se levant. Ta mère avait beaucoup insisté à l'époque pour que je la prenne, comme si elle ne voulait plus la voir.

Quand le lourd portail se fut refermé derrière moi, l'objet froid à mon poignet commença peu à peu à se réchauffer. Arrivé au bout de la rue Blanche, je ne sentais presque plus la montre. Et pourtant, j'avais conscience à tout instant de la porter et de la posséder enfin. Son propriétaire légitime, c'était moi et personne d'autre. La montre m'appartenait à moi et à personne d'autre. André n'avait pas hésité un instant à me la remettre.

J'évitais pourtant de la contempler trop souvent et trop attentivement, comme par crainte que mon regard lui fît perdre de son poids ou de sa valeur, ou bien la brise. Elle était légère, fine et sobre, je la trouvais irrésistible. La porter ravivait le sentiment que j'avais éprouvé lorsque, à l'âge de sept ans, on m'avait offert ma première montre, une fierté un peu ridicule mais néanmoins irrépressible de posséder un bien auquel j'avais droit parce que je savais lire l'heure, c'était le premier témoignage de mon entrée dans le monde adulte. Cette montre, que je portais encore quelques minutes auparavant, je l'avais glissée dans la poche de mon pantalon. La montre qui à l'époque m'avait rendu si orgueilleux n'avait plus aucune valeur.

Je n'avais aucune raison de tirer vanité de mon succès. André n'avait même pas montré l'ombre d'une réticence à me rendre ce qui me revenait. Bien qu'apparemment elle n'ait aucune signification pour lui, il savait très bien où il avait rangé la montre, contrairement aux photos, en tout cas il ne lui avait fallu que quelques minutes pour la poser devant moi sur la table de la cuisine.

Il ne savait pas si elle fonctionnait encore, m'avait-il dit. Il ne l'avait jamais portée, il ne portait jamais de montre, les montres le rendaient nerveux même lorsqu'on n'entendait pas leur tic-tac. J'étais ravi d'apprendre qu'André ne l'avait jamais portée. Mon père avait donc été le dernier à le faire, personne ne l'avait remontée au cours des dix-sept longues années qui s'étaient écoulées depuis.

J'avais tendu la main et je l'avais prise.

Elle était plus petite, plus fine et plus légère que je ne l'avais imaginée en voyant la photo. Mon père devait avoir les poignets délicats, car sur le portrait, elle paraissait plus lourde. Comme elle était automatique, je commençai par la remuer doucement, mais les rouages ne se mirent en branle que lorsque je l'eus remontée à la main.

– Louis Armstrong, avait raconté André, avait jadis fait de la réclame pour cette montre. Je m'en souviens. Ça devait être juste après la mort de ton père, au début des années cinquante. Il y avait des affiches dans toutes les stations de métro. Louis avec sa trompette, et chaque fois que je voyais la réclame, je pensais à Emil et à la montre rangée dans mon tiroir. Je ne pouvais pas la porter. C'était sa montre à lui, et maintenant, bien entendu, c'est ta montre à toi. Ta mère n'aurait pas dû me la donner à l'époque, mais elle était si bouleversée. Si triste et horrifiée. Nous avons à peine échangé un mot alors. Elle a été durement touchée. Il était si doué. Il aurait pu aller si loin. Tant de talent fichu en l'air. *Quel gâchis !**

Ce mot que je ne connaissais pas et dont à Paris je ne pus que deviner le sens, je le retins et j'en cherchai la traduction en allemand une fois rentré chez moi, il pouvait signifier beaucoup de choses, une matière boueuse, un embarras, un gaspillage. Il aurait mieux valu ne pas le comprendre, ne pas le préciser. Un gaspilleur.

Je levai la *Seamaster* à mon oreille droite. Elle tictaquait allègrement, discrètement et opiniâtrement, pour la première fois depuis dix-sept ans. Combien de jours avait-elle encore marché après sa mort, quand avait-elle cessé de fonctionner, qui l'avait détachée de son bras ? Ma mère ? Un employé des pompes funèbres. Mon grand-père ? Et où ? Mon réservoir de questions était loin d'être épuisé. Je n'avais même pas son avis de décès. Je le chercherais et je le trouverais.

Bien qu'il y ait eu entre André et moi, juste un instant et sur un mode assez mineur, une sorte de communion, quelque chose qu'en droit juridique on aurait pu qualifier d'accord à l'amiable, je n'avais pas avancé d'un pas dans la connaissance de son passé commun avec mon père. Nous avions été incapables, en tout cas à ce moment précis, d'en parler.

Le bracelet brun sec et cassant était déchiré par endroits. Le cuir avait perdu sa souplesse. Cela faisait des années qu'aucune peau ni transpiration humaines n'avaient contribué à lui conserver son élasticité. Contrairement au temps, caché parmi les rouages, les années qu'il avait passées abandonné dans un tiroir ou une armoire avaient laissé des traces. Le boîtier en acier se posa sur mon poignet gauche, je serrai le bracelet.

– Elle doit être précieuse, dit André.

– Non. Je ne crois pas. On en a fabriqué une infinité d'exemplaires.

Il ne m'échappa pas qu'il croyait que c'était faux. Pensait-il vraiment que je la savais précieuse et que je voulais simplement lui faire croire qu'elle ne l'était pas ?

– Elle ne coûtait pas cher à l'époque et c'est toujours le cas, poursuivis-je.

– Même si elle était précieuse...

– Elle l'est en tout cas pour moi, dis-je. Vous devez certainement avoir du travail, et moi, je dois m'en aller.

Je n'avais rien à faire, mais la présence d'André ne m'était pas agréable et je ne voulais pas l'importuner.

– Je ne veux pas vous déranger plus longtemps, dis-je en me levant.

À sa demande, je lui indiquai le nom de mon hôtel, qu'il ne nota pas et oublia certainement aussitôt. Les adieux furent brefs, mais pas hostiles. J'entendis les deux hommes rire, et un sourire passa sur le visage d'André.

– Je devrais te prendre en photo, dit-il.

Je ne répondis pas. Je n'avais pas l'impression que sa proposition était sérieuse.

Dans la rue, il avait cessé de pleuvoir. J'attendis en vain le sentiment de soulagement que j'avais espéré ressentir. Je regardai la montre. Il était maintenant onze heures et quart.

La nuit suivante, j'eus un sommeil agité et je me réveillai plusieurs fois, baigné de sueur. Vers deux heures, je fus la proie d'un cauchemar, dont je gardai longtemps le souvenir avec tous les détails. Dans ce rêve, j'ouvrais le réfrigérateur d'André, ce qui me coûtait autant de courage et de maîtrise de soi que s'il s'était agi de surmonter un obstacle dangereux ou un gouffre profond. Le réfrigérateur dans mon rêve était beaucoup plus grand que le vrai dans sa cuisine, et contrairement à celui-ci, il ne se trouvait pas dans l'appartement d'André, mais dans une cave voûtée humide, vaste et labyrinthique qui sentait les matières fécales et l'urine et dans les coins de laquelle étaient édifiés de grossiers cagibis en bois contenant d'innombrables w.-c. dont, heureusement, je ne faisais que subodorer la présence. Leur vue m'était épargnée, mais j'entendais régulièrement des bruits qui m'embarrassaient affreusement. J'étais convaincu que les w.-c. étaient très sales et la présence d'hommes, qui, contrairement à moi, ne s'intéressaient pas au réfrigérateur d'André et voulaient uniquement se servir des toilettes, m'était désagréable. Comment pouvaient-ils, ici, en bas ! Mais ils le faisaient comme si cela allait de soi, sans ressentir le dégoût et la gêne qui me mettaient au supplice. Je savais qu'ils n'utilisaient pas les w.-c. que debout et j'essayais de chasser cette idée repoussante en me concentrant sur le réfrigérateur, mais je n'y parvenais pas complètement. J'étais certain qu'il n'y avait pas de papier dans ces toilettes.

La cave se trouvait, là-dessus non plus il n'y avait aucun doute, dans le même immeuble que celui où vivait André, elle n'était éclairée que par quelques ampoules qui pendaient du plafond et qui se balançaient en clignotant dans un courant d'air dont la provenance restait mystérieuse. La concierge devait habiter quelque part au-dessus de moi et tolérer en silence ou bien ignorer l'étrange commerce qui régnait en bas. Il y avait sûrement des rats et autres nuisibles, et j'aurais voulu ne pas y être, mais j'avais beau m'y efforcer, je n'arrivais pas à me convaincre qu'il ne s'agissait que d'un rêve et qu'il suffisait que je m'éveille pour y mettre fin. Il était impossible d'y mettre fin.

Il était impossible d'y mettre fin avant que le réfrigérateur soit ouvert devant moi, cela, je le savais. Je ne voyais ni visages ni silhouettes, la présence menaçante des autres continuait à ne se manifester que par les bruits qu'ils faisaient, de temps à autre on entendait une lunette de w.-c. s'abattre bruyamment ou bien une chasse d'eau tirée. Ce gargouillement à lui seul me donnait la nausée. Mais au lieu de prendre la fuite, je me maîtrisais, maintenant que j'étais là, et j'allais faire ce qui devait, de toute évidence, être fait.

J'ouvris le réfrigérateur d'André. Dedans était étalé le chat de nos voisins, mais pas gelé ou étourdi, bien au contraire, bien vivant, avec cependant un rictus si méchant, si dangereusement humain, que je refermai aussitôt la porte, épouvanté. Il y eut un écho sec, puis, pendant un moment, un silence absolu régna sous les voûtes de cette cave, comme si les présences invisibles retenaient leur souffle. Le chat n'avait pas fait mine de quitter le réfrigérateur, il semblait s'y trouver bien. N'avait-il pas pris un air supérieur ? Quand je rouvris prudemment la porte au bout de quelques secondes, craignant que le chat me saute dessus, je vis qu'il était mort. J'étendis la main, touchai sa fourrure terne et sursautai. La rigidité cadavérique l'avait saisi, l'expression étrange de tout à l'heure avait disparu de sa face. Les yeux étaient fermés. C'était de nouveau un animal.

J'entendis qu'on actionnait la chasse d'eau dans plusieurs cagibis à la fois. J'espérais continuer à passer inaperçu. En ce moment, je n'aurais pas supporté de me retrouver en face d'un de ces inconnus qui à proximité immédiate faisaient leurs besoins sans se gêner.

Ce ne fut qu'alors que je me réveillai. Je me rappelais tous les détails, sauf ce qui avait pu y avoir d'autre dans le réfrigérateur, en dehors du chat. Pourtant, cela avait eu de l'importance, me disais-je en cet instant. Mais j'avais beau faire des efforts, je ne voyais rien d'autre que le chat. Je crus percevoir dans ma chambre d'hôtel une odeur qui ressemblait à celle de mon rêve, elle venait peut-être de la bonde du lavabo, peut-être du dehors, peut-être y avait-il une fuite quelque part. Cela expliquait peut-être le décor désagréable de mon rêve.

J'allumai la lumière. Afin de me distraire, j'eus l'idée de m'asseoir à la table et d'établir la liste de toutes les questions que je m'étais posées ces derniers jours au sujet de mon père. Au lieu de cela, je me rendormis. Le lendemain, à mon réveil, la lampe de chevet était toujours allumée. J'avais passé le reste de la nuit sans faire de rêves, mais le sentiment de désarroi ne m'avait pas quitté. Je voyais très nettement les images du rêve. À l'époque comme aujourd'hui, elles me laissaient impuissant. Je ne vis pas de raison de les faire interpréter, ni à l'époque, ni aujourd'hui. Ma profession de greffier n'a pas contribué à me donner un grand respect pour la compétence des psychologues.

Je décidai de rester un jour supplémentaire. En regardant ma nouvelle montre, je vis qu'elle s'était arrêtée au milieu de la nuit, à trois heures et quart, donc à peu près au moment où j'avais rêvé.

J'essayai d'imaginer que le bras qu'elle entourait n'était pas le mien, mais celui de mon père. Mais je n'y parvins pas. Je l'ôtai de mon poignet et voulus la remonter, mais le ressort était tendu à se rompre. Quelque chose l'empêchait de mettre les aiguilles en mouvement. Je devais la faire réviser. Une fois rentré, je l'apporterais à Rentsch.

Je portai le bracelet de cuir à mes narines. Et en effet, durant quelques fractions de seconde, je crus sentir un parfum inconnu. Était-ce celui de vieux cuir, ou est-ce que de la cire avait pénétré dans le tiroir d'André, ou de la fumée dans sa chambre ? Comme si j'avais, en une seule fois, aspiré toute l'odeur qui s'était concentrée pendant des années, celle-ci s'évanouit instantanément. Elle était venue vers moi, tentatrice, puis elle s'était évaporée. L'espace d'un instant, j'avais senti mon père.

V

M'étais-je jamais sérieusement demandé pourquoi mon père s'était tué, je veux dire en le saisissant et non sous la forme d'une information abstraite ? Sa mort prématurée n'était-elle pas devenue à mes yeux, et depuis longtemps, une maladie à laquelle n'importe qui pouvait succomber ? Le voir sous cet angle était plus rassurant que l'imaginer comme un événement réel. C'était plus facile que d'être le fils d'un suicidé. N'avais-je pas, grâce à la conduite habilement pédagogique de ma mère, adopté la même attitude qu'elle, c'est-à-dire cette indifférence à la mort de mon père, qui le privait de corps et d'âme ? Parce que c'était ce qui convenait après toutes ces années, parce qu'on ne pouvait pas éternellement gémir, regretter et accuser. Parce que rien ne dure indéfiniment, pas même le deuil d'une perte irremplaçable. N'avais-je pas longtemps vécu comme ces enfants adoptés qui ne savent pas qu'on les a déposés comme des œufs de coucou dans le nid de parents d'accueil hospitaliers ? Étais-je en train de vivre la même chose que ces malheureux qui, un jour, apprennent par hasard la vérité ?

De fait, je ne m'étais jamais sérieusement demandé pour quelle raison mon père n'avait vu que cette issue. Pas plus que je m'étais demandé comment sa vie honteusement courte s'était passée avant et après son mariage. À mes yeux, la mort l'avait terrassé de façon sournoise, émergeant du néant comme une maladie maligne, prématurée et inéluctable comme le destin. J'avais fait preuve d'indifférence à son égard, comme si cela ne m'avait pas concerné. Ma mère avait veillé à ce qu'il en soit ainsi, et je ne pouvais pas le lui reprocher. Et maintenant, j'étais dans la même situation que cette fille de quatorze ans de ma classe qui était partie de chez elle après qu'une amie de sa mère eut révélé incidemment qui elle était, ou plutôt qui elle n'était pas, en tout cas aucunement la fille de ses parents. La fille, devenue adulte, n'est revenue au sein de sa famille qu'après des années d'éloignement. Je doute qu'elle ait pu y redevenir aussi heureuse qu'elle l'avait été quand elle ignorait encore tout.

Lorsque je quittai l'hôtel vers midi, un jeune homme inconnu émergea de l'ombre de la porte d'entrée et m'adressa la parole. Étais-je bien le fils d'Emil ? De toute évidence, il m'avait attendu et, en dépit de sa question, il semblait me connaître. Je le regardai avec étonnement et hochai la tête. Il me semblait reconnaître cette voix. Était-ce le compagnon avec lequel j'avais fait la bringue à travers Paris la première nuit, et dont je ne me rappelais pas le visage ?

Il sortit une enveloppe chiffonnée de son jean et me la tendit. En la prenant, je remarquai qu'il portait une bague à chaque index. Il repoussa ses boucles noires de son visage pâle.

– De la part d'André, dit-il en allongeant les syllabes. C'est lui qui m'envoie. Il s'excuse, il est très occupé aujourd'hui, il ne pouvait pas venir. J'habite tout près, c'est pour cela qu'il m'en a chargé. Je suis un ami d'André.

C'était donc de là que je connaissais la voix. Elle appartenait à l'un des deux hommes qui entraient et sortaient dans l'appartement d'André, rue Blanche, c'est là que je l'avais entendue hier. Il me regarda avec curiosité.

– Vous êtes suisse, dit-il, je hochai la tête, et il ajouta en riant : Vous êtes le premier que je vois. Je n'en ai encore jamais rencontré jusqu'à présent.

Il tendit sa main et la posa sur mon bras.

– Je suis un ami d'André, dit-il. Je m'appelle Benjamin. Il m'a parlé de ton père. On va boire un café ?

– Qu'est-ce qu'il t'a raconté ?

Il ne m'avait pas échappé qu'il était passé sans transition du vous au tu.

– Des choses et d'autres.

J'avais l'impression qu'il exagérait ou bien qu'il en savait plus que moi, ce qui, je trouvais, était encore plus insupportable. Il devait se ficher royalement de mon père, mon père ne le regardait en rien.

– André dit que tu trouveras quelques réponses là-dedans, dit-il en montrant l'enveloppe qu'il m'avait donnée. On se tutoie, ce n'est pas un problème, non ? Quel âge as-tu ?

– Dix-sept ans.

– Et moi, vingt et un. Ce n'est pas un gros écart.

Je hochai la tête et me demandai ce qu'André pouvait avoir de si intéressant pour avoir des amis aussi jeunes que ce Benjamin.

– Je connais un bistro juste en face. On va y boire le verre de l'amitié, dit-il en riant. Je veux dire, un café, quoi !

Mais son exubérance n'était pas contagieuse, elle m'intimidait plutôt. Que me voulait-il, une fois sa mission accomplie ? Il indiqua de la tête la direction de l'Hôtel de Ville et ouvrit la marche. Je le suivis, obéissant comme un petit chien. En silence. Il me mena dans un bistro enfumé et, contrairement à mon habitude, nous nous installâmes au fond, là où il y avait le moins de lumière, où la musique était la plus bruyante et l'air le plus vicié. Ça sentait l'huile de friture et la cigarette. Des gens levaient les yeux et le saluaient, il était apparemment chez lui. La serveuse, une jeune fille avec une coupe à la garçonne et un bec-de-lièvre opéré dont on voyait encore la trace, prit la commande : deux cafés.

– *Ton père était tout à fait okay, il était bien, tu sais**, dit-il inopinément, et j'essayai de comprendre cette simple phrase qui, comme tous les propos que nous avions échangés jusque-là et tout ce qui allait suivre au cours de la demi-heure suivante, avait été dite en français. « Ton père était okay. »

C'était ce qu'il avait dit, mais, aussi simple que cela parût, je ne comprenais pas ce que cela voulait dire. Ce qui suivit était à peine plus compréhensible, et pour cette raison je lui demandai de répéter.

– C'étaient les circonstances. Les circonstances de l'époque.

Puisque je continuai à le regarder avec stupeur, il expliqua :

– Je veux dire, je suis convaincu qu'il a été victime des circonstances. C'était une autre époque. On ne peut pas changer l'époque.

Je ne compris pas ce qu'il sous-entendait. Mais je ne voulais pas qu'il me l'explique comme à un élève obtus. Derrière chaque phrase, quelque chose était embusqué que, de toute évidence, je ne comprenais pas. C'était comme si les malentendus se démultipliaient dans un miroir, dans lequel un miroir en réfléchissait un autre. De quelles circonstances voulait-il parler, que voulait-il dire au juste ?

Il ne fallut pas beaucoup de temps pour que le garçon aux boucles noires se rende compte que je ne comprenais rien.

– *T'es gentil, t'es sympa, tu sais, ça m'plaît, ton air... ton air naïf, c'est sympa, vraiment, c'est tout à fait...**

Je repoussai brusquement sa main qui se posa soudainement sur la mienne, je me levai et dis :

– Je ne comprends pas un mot ! *Rien ! Rien ! Rien !** Je ne sais pas de quoi tu parles ni ce que ton ami André t'a raconté, je ne comprends pas ce que tu veux dire, et je ne sais pas en quoi ça te regarde, en quoi ça vous regarde, toi et André. Ça ne regarde personne à part moi, non ?

Il me regarda d'un air effrayé et je me rassis. La serveuse, dont nous avions attiré l'attention, se retira sur un signe de la main de Benjamin.

– Je ne voulais pas t'offenser, dit-il, et comme j'allais me lever pour partir, il ajouta d'une voix encore plus douce et vraiment très aimable :

– Lis ces cartes de la clinique, il y a peut-être quelque chose qui te fera avancer, peut-être que tu comprendras alors ce que je veux dire, qu'il était une victime, une victime de la société, des circonstances, *de ces sales cons**, tu comprends ?

Malgré moi, je serrai l'enveloppe très fort.

– Je suppose que tu es au courant ? demanda Benjamin.

La clinique. La clinique ? Je n'étais pas au courant et je ne fis pas semblant de l'être. Je me contentai de secouer la tête et de demander :

– Qu'est-ce que mon père a de si intéressant pour qu'André te raconte sur lui, des années après, des choses dont même moi j'ignore tout ?

– Ton père était trop crédule – il fit un geste de la main dont la signification ne me fut pas claire – et trop spontané, en tout cas selon les normes de jadis. Il était encore si jeune, et à l'époque, être jeune, c'était être plus jeune qu'aujourd'hui, et la même chose quand on était vieux, je suppose, non ? En tout cas, ils veulent sûrement te ménager.

Je lui demandai de m'expliquer ce terme, puis ce qu'il avait voulu dire.

– André m'a raconté que ton père, quand il était jeune, à l'école déjà, n'entrait pas dans le moule, et cela, les autres ne l'admettaient pas, et à dix-huit ans il a été enfermé dans un asile d'aliénés, et il a dû y rester le temps nécessaire pour se normaliser à leurs yeux. Je ne sais pas combien de temps il a passé là-dedans. André m'en a parlé, et ça m'a intéressé, parce que je m'intéresse aux histoires de détraqués, de malades et de pestiférés, *les fous, tu vois ?*[*] Je lis tout ce que je peux trouver à ce sujet. Je lis tout.

D'enthousiasme, il s'était échauffé, et son visage pâle avait rougi un peu.

– Et ces cartes ?

Je levai l'enveloppe.

– Il les a écrites à André de là-bas. De là où il était. André voulait te les donner hier, mais il ne les a pas retrouvées. Il ne voulait pas en parler avant d'être sûr qu'il les avait encore. Il craignait de les avoir perdues. André et l'ordre, ça fait deux. Les voilà, en tout cas. C'est bien, n'est-ce pas ? Il voulait que tu les lises, ou en tout cas que tu les aies. Elles sont à toi, peu importe ce que tu en feras. Elles te renseigneront. Il t'a aussi mis un peu d'argent dans l'enveloppe, il dit qu'il te doit quelque chose, après tout c'est ton parrain et il dit qu'il ne s'est jamais occupé de toi.

– Tu les as lues ?

Il secoua si vite la tête et me regarda avec tant d'indignation que j'eus du mal à le croire.

– C'est pas mes oignons, dit-il.

À présent, j'étais sûr qu'il mentait.

Je déchirai l'enveloppe, y jetai un bref coup d'œil, aperçus quelques billets, au moins cinq billets de cent, fixés par un trombone, et les sortis. Je lui tendis la liasse en disant :

– Je n'en ai pas besoin. Paie le café avec ça et garde le reste.

Puis je me levai. Il était trop abasourdi pour refuser. Il voulut m'accompagner. Il se leva puis se rassit lorsqu'il prit conscience qu'il devait auparavant payer. Il restait bouche bée, ou du moins sans voix. L'argent était posé sur la table, il regardait pardessus comme si la vue des billets l'embarrassait. Il garda le silence et me laissa partir. Il avait certainement besoin de cet argent. J'étais content qu'il ne sache plus quoi dire.

Les cartes que l'enveloppe recelait également n'avaient pas échappé à mon attention. J'étais presque certain qu'il ne s'agissait pas de cartes postales avec images, mais de ces cartes modernes prétimbrées où étaient imprimées quatre lignes sur lesquelles on inscrivait le nom et l'adresse du destinataire.

Le lendemain, lorsque je ressortis de l'hôtel, il n'y avait personne. Je ne pris conscience qu'à ce moment que je m'étais secrètement attendu à ce qu'il y ait quelqu'un. Mais ni Benjamin ni André ne m'attendaient à la sortie, et aucun des deux ne m'avait laissé de message. L'affaire était réglée, Benjamin avait eu son frisson, André avait soulagé sa conscience. Pourtant, je ne fis pas ce que le dernier soir je m'étais promis de faire, je ne traînai pas mon lourd sac de marin jusqu'à la station de métro et je ne pris pas la direction de la gare de l'Est afin de reprendre le chemin de la maison. J'avais décidé de rester à Paris un jour de plus. Je voulais parler encore à André. Je retournerais le voir, mais cette fois je lui poserais quelques questions.

Il avait envoyé sept cartes entre le 2 et le 14 novembre 1948 à l'adresse française d'André Gros. De toute évidence, André vivait de nouveau à Paris, avec ses parents, auxquels Emil transmettait ses amitiés en une occasion. Les lignes, écrites en majuscules avec une plume de stylo à encre particulièrement fine, étaient moins faciles à déchiffrer que j'aurais cru à première vue. Mais j'y parvins tout de même. Toutes les cartes commençaient invariablement par *Cher A.* et se terminaient par *Amitiés E.* Les rares autres noms propres étaient écrits en entier. Chaque carte portait sur le bord supérieur droit la mention du lieu et de la date. K..., l'endroit d'où il écrivait, m'était inconnu. Les cartes avaient été tamponnées soit à K..., soit à Zoug. J'en conclus que K... devait se trouver à proximité de Zoug. De fait, le petit village se trouve, ainsi que je l'ai découvert plus tard en le cherchant sur une carte, entre les lacs de Zoug et de Zurich et il fait partie du canton de Zurich. Comme apparemment on ne travaillait pas tous les jours au bureau de poste de K..., le postier qui vidait les boîtes aux lettres avait sans doute été forcé certains jours de faire partir les cartes d'un autre endroit. Je ne pouvais pas m'expliquer autrement les tampons différents.

Les phrases d'E. étaient courtes, elles se composaient souvent de moins de six mots, elles étaient plutôt informatives qu'explicatives, elles semblaient manquer d'inspiration et étaient rédigées à la va-vite, comme si leur auteur avait été épuisé ou stressé ou les deux à la fois. Il y avait quantité de tirets et de points de suspension, E. avait visiblement compté sur l'empathie du destinataire. Peu importe ce qu'il omettait, il savait qu'André devinerait toujours ce qu'il voulait dire. Ils semblaient se connaître comme des frères. Il fallait que j'en discute avec André.

Quelques fautes indiquaient davantage un manque passager de concentration qu'une connaissance insuffisante de l'orthographe. La plupart des cartes étaient irréprochables, celles avec des fautes, un peu étranges mais sans être pour autant incongrues. Était-ce dû à l'effet des médicaments qu'on lui avait sans aucun doute administrés à la clinique de K... ? Il fallait que j'en parle à André. J'avais l'impression qu'Emil avait passé beaucoup de temps sur ces lignes, sans pouvoir dire d'où venait cette impression, qui contredisait la brièveté des cartes. Ce qui ne changeait jamais, c'était l'écriture. Rien, apparemment, n'avait pu affecter sa régularité. De l'encre noire. Toutes les lettres, sans exception, aussi hautes et aussi larges que les autres, comme si deux lignes invisibles les encadraient qu'il ne fallait pas dépasser sous peine de châtiment. Il n'y avait pas d'exception à la règle. La régularité des lettres semblait faire muraille contre ce qui se passait dans l'intériorité de l'auteur des cartes.

Au cours de ces jours, il avait dû condenser beaucoup de ce qui le tracassait sur une surface restreinte, peut-être parce que les patients n'étaient pas autorisés à écrire, ou qu'on les isolait, ou que le contact avec l'extérieur leur était interdit, ou bien parce qu'on jugeait utile de les maintenir dans l'isolement jusqu'à ce qu'ils soient guéris. Avait-il écrit les cartes en secret ? Je ne trouvais pas d'indice pour confirmer ce soupçon. André devait le savoir, il fallait que je lui pose la question. Je ne savais rien de la vie dans une clinique pour malades mentaux, je ne m'étais jamais intéressé aux thérapies. Les électrochocs, les cures d'insuline et de sommeil étaient des concepts qui concernaient un monde avec lequel je n'avais jamais eu de contact. La question de savoir si mon père avait été fou ne me surprenait pas vraiment, pourtant il n'était pas facile de l'accepter.

Malade, fou, suicidaire ? Fou, c'était une désignation qui ne correspondait à rien de ce que je connaissais ou à quoi je m'étais intéressé jusque-là. Quelle autre raison aurait-il eu de séjourner dans une clinique pour malades mentaux ? Parce qu'il lui était arrivé quelque chose d'inacceptable. Un événement échappant à la normalité. Personne ne séjournait là-bas sans raison, on vous internait ou bien on demandait à l'être. Des spécialistes décidaient de la durée du séjour et de la nature du traitement. Cellule capitonnée. Camisole de force. Cure de sommeil. Tranquillisants. Alors que je ne m'y étais jamais intéressé, je constatai à présent qu'il était plus facile de se représenter l'exceptionnel que le normal.

L'interné était un danger pour lui-même ou pour les autres tant qu'il n'était pas sous les verrous. Mon père s'était tué à l'âge de vingt-quatre ans, avait-il déjà tenté de se suicider auparavant ? Soudain, cela me parut très vraisemblable. À dix-huit ans, pourquoi pas ? Il y avait des tentatives de suicide à tous les âges, les suicides peuvent réussir tôt. À l'époque où il écrivait les cartes, il était encore loin d'être majeur. Je repensais aux paroles de Benjamin, disant qu'il avait été victime des circonstances, de la société. Elles rendaient encore plus compliquée la compréhension de cette situation qui remontait à si longtemps.

J'avais supposé juste, il s'agissait effectivement de ces cartes beigeasses qu'on pouvait acheter à l'époque dans n'importe quel bureau de poste et dont le timbre n'excédait pas dix centimes. Comme elles n'étaient pas illustrées, et qu'elles n'offraient pas de vue d'hôtel, de montagne ou de quoi que ce soit, on pouvait les utiliser des deux côtés. Elles servaient surtout à transmettre des informations factuelles. Toute personne entre les mains desquelles elles passaient pouvait les lire impunément, en premier lieu les facteurs et les employés de poste, mais aussi les membres de la famille qui vidaient la boîte aux lettres. Pourquoi mon père ne les avait-il pas glissées dans des enveloppes avant de les expédier ?

Trois cartes comportaient peu de texte, les quatre autres en revanche étaient couvertes d'écriture jusqu'aux bords. Mon père ne faisait aucun alinéa sauf à la première ligne, juste après la date. Il semblait qu'une fois qu'il avait commencé à écrire il devait continuer imperturbablement. Même la salutation n'allait pas à la ligne, elle était collée à la dernière phrase.

Je lus d'abord les cartes postales – du papier doux qui donnait une impression d'humidité – dans la chambre d'hôtel, après avoir quitté le jeune ami d'André. Je fermai la porte à clé, m'assis sur le lit, rapprochai la lampe de chevet et en dirigeai la lumière sur le papier.

Après les avoir déchiffrés, je me replongeai plusieurs fois dans ces messages qui m'étaient parvenus d'une façon si surprenante. Je les relus plus tard sur un banc du Luxembourg, je les relus aussi dans le train qui me ramenait chez moi après les avoir relus sur le quai de la gare, et il n'y a donc rien d'étonnant à ce que les bruits et les parfums de Paris me reviennent dès que je repense à ce jour où pour la première fois je me suis rapproché de mon père. Plus je les relisais, plus la lecture m'en semblait facile, jusqu'à ce que son écriture me soit presque aussi familière que la mienne. Je ne touchais pas encore au but, mais, pour la première fois, il me semblait que je ne me heurtais plus à un mur. Quelque chose s'était ouvert en silence. Mon père, quoique toujours enveloppé de mystère, sortait du brouillard et se livrait. À l'époque où il écrivait ces lignes, il n'avait que quelques mois de plus que moi. C'était important pour moi de pouvoir le dire. Comment se serait passée une rencontre entre nous ? Comme entre Benjamin et moi ?

Le 2 novembre 1948, il avait écrit :

Cher A. Suis ici depuis cinq jours. Suis ici et ne sais pas trop pourquoi. Je sais pourtant. Bien sûr. Tout m'a paru sombre. Sombre comme dehors. Dehors il pleut, il fait froid. Suis dans un dortoir avec cent autres. Faut pas exagérer. Tu exagères toujours, qu'ils disent toujours. Non, mais au moins vingt, minimum. Je ne les ai pas comptés. Vingt hommes d'âges divers. Personne de mon âge. La nuit, un bruit horrible, des gémissements. Des vieux. Ça pue, ça pète. Des chaussettes qui traînent. Qu'est-ce que je fous ici ? Je n'en sortirai plus jamais. J'en sortirai, qu'ils disent, tous ceux à qui je parle. Le personnel. Les médecins. Il y en a un qui écrit des poèmes, des pièces. Il dit : des drames. Tous prétendent qu'ils me comprennent. Nous te comprenons. Mais quoi ? Je ne me comprends pas. Puisque je ne veux pas. Tu voudrais, toi. Quelque chose doit changer. Si je le pouvais, rien ne m'arrêterait. Mais maintenant je suis ici, derrière des murs. – C'est ça qui vous retient. Mais c'est peut-être mieux ainsi. Pas vrai ? Se retenir, ça fait du bien. Amitiés… E.

Le 4 novembre 1948, il avait écrit :

Cher A. Aujourd'hui pour la première fois le journal. Truman nouveau prés. américain. Dehors il fait plus chaud. Ils veulent que je sorte, prendre l'air. Un a réussi avant-hier. Il a réussi. Amitiés E.

Le 6 novembre 1948, il avait écrit :

Cher A. Aujourd'hui samedi. Mal de tête. Le fœhn. Mauvaise humeur. Je sais rien, j'entends rien. Écris-moi. Amitiés E.

Le 8 novembre 1948, il avait écrit :

Cher A. J'ai été à la chasse, c'est une idée du professeur. Il est grand et lourdaud – mais pas quand il est à cheval. Alors il a de l'allure. Oui, il a un cheval. Nous étions les rabatteurs. Nous devions effaroucher le gibier, nous étions volontaires. C'était drôle... nous étions presque vingt, et en plus quatre chiens qui appartiennent au docteur et à ses copains. Les amis qu'on se fait à l'armée, qu'il dit, c'est pour la vie. Les chiens flairaient le gibier, nous, on les suivait. On devait courir pour ne pas les perdre de vue. Et puis le gibier. Des sangliers et des chevreuils. On en a levé plusieurs sortes. Et ils en ont tiré plusieurs sortes. La plupart vont aux charcuteries et auberges, mais la clinique en profite aussi. Il écrit des poèmes, mais pas des poèmes de chasse. Un drôle de bonhomme. La semaine dernière, on a eu une conversation. Il m'a dit : « Sors-toi ça de la tête. N'y pense pas. » Puis il a ri et il a dit : « Comme rabatteur, tu es bon. » Puis il a ri à nouveau. Je ne le comprends pas. Il dit : « Écris des poèmes, comme moi. Le reste, c'est la vie qui s'en charge. » Je ne le comprends pas et il ne me comprend pas. Cure de sommeil, qu'il dit, mais seulement en cas d'urgence. Ciel mi-clair, froid, bon pour la chasse. Evipan et Medinal... Amitiés E.

Le 10 novembre 1948, il avait écrit :

Cher A. Je le saurai bientôt par cœur. Qui chevauche si tard dans la nuit et le vent, c'est le père etc. l'homme s'appelle Karl, il fume et pue la vieille cigarette. Il a été valet de ferme dans la Suisse de l'intérieur. Il fume et pue. Pue et fume. Mais il a de la voix et il connaît Le Roi des aulnes *par cœur. Le texte seul ou avec Schubert. Toute la journée nous entendons* Le Roi des aulnes. *La nuit, il est silencieux. Tellement qu'on croit qu'il est mort. Puis le matin, ça recommence : dans ses bras, l'enfant était mort. Parfois, il dit monstre, parfois, mauve, parfois, morve. Mais il rit. Mais il rit chaque fois. Qui chevauche si tard... sans arrêt, toute la journée, tous les jours. À part cela, il ne me parle pas, pas un mot. Et avec personne. Il n'y a que son* Roi des aulnes. *Le professeur, notre poète et chasseur, dit : Notre Goethe. Pluvieux. C'est comment chez toi ? Amitiés E. (veut s'en aller.)*

Le 13 novembre 1948, il avait écrit :

Cher A. Parfois, langueur, parfois, non. Parfois vouloir liberté, parfois m'en fous... puis parfois comme ci comme ça. Ça s'éclaircit. Mais pas dedans. Terriblement fatigué. Tu crois que je délire ? Je dors longtemps comme sans conscience. Désolé. Amitiés E. à ta mère aussi.

Le 13 novembre 1948, il avait écrit :

Cher A. Tu connais Umberto Giordano, j'ai lu qu'il est mort. Jamais entendu parler. J'ai cru un ténor – non... un compositeur italien. Ici, nous avons le journal trois fois par jour. Dans une semaine je suis dehors, dit le professeur. Ai été en consultation ce matin. Medinal. Mes plans, cela ne lui dit rien. Il les trouve pubères. Des chimères. Que je passe mon baccalauréat, après, je verrai bien. Ce qu'il veut dire, c'est devenir raisonnable... comme lui-même, qu'il dit. Étudier d'abord, rêver ensuite. D'abord le pain, ensuite l'art. D'abord ceci, ensuite cela. Dans deux semaines, je serai rentré chez moi. On prend de mes nouvelles ? Que dire quand les autres me poseront des questions ? Raconter que j'ai été malade. À Davos ? Ça me semble le mieux. Aujourd'hui, du brouillard. Tout le temps du brouillard. Amitiés E. à Zermatt au pied de l'Himalaya.

VI

Le 22 novembre 1948, Emil sortit de la clinique. Ses parents l'attendaient devant le portail qui se referma derrière lui, lourdement mais presque sans un bruit. Ils se tenaient côte à côte et cherchaient leurs mots.

Hans Ott grommela quelque chose, sa femme Irene avait les yeux remplis de larmes. Elle ne faisait aucun effort pour les réprimer ou les dissimuler, le mouchoir qu'elle tenait dans son poing restait inutilisé. Elle pleurait doucement.

Elle portait un chapeau bosselé vert apparemment tout neuf. Elle portait rarement des couleurs, le noir et le blanc, c'est ce qui lui allait le mieux, disait Hans. Emil ressentit un pincement au cœur à cette vue. Qu'était-elle allée s'imaginer en choisissant ces couleurs ? Du vert avec du rose. Elle n'avait rien de blanc aujourd'hui sauf la large bordure du chapeau et les chaussettes. Elle, qui préférait se taire plutôt que s'exposer au ridicule, s'était complètement gourée dans son choix, et son père n'avait pas jugé utile de le lui faire remarquer, à moins que son incongruité lui ait échappé.

Emil posa sa valise. Ils avancèrent vers lui, le père lui serra la main sans retirer son chapeau qui couvrait sa calvitie, la mère l'embrassa sur les joues avant qu'il ne s'arrache à elle dans un geste instinctif. Elle recula d'un pas mal assuré, Emil regretta sa brutalité, le père se retourna vers la voiture. Pas un mot n'avait été prononcé.

La fureur qu'il ressentait à la vue de ses parents était toujours là. Toujours présente comme la promesse vague qui ne conduisait nulle part lorsqu'il essayait d'imaginer que ce n'était pas ses parents, mais des étrangers. Cette promesse n'était que du vent. Ils étaient là, un point c'est tout, on ne pouvait pas les supprimer comme par magie. Il ne pouvait ni dompter, ni juger ses sentiments. Trop tard. Il ne pouvait pas demander à sa mère de l'embrasser encore une fois, pour qu'il puisse la saluer autrement. Pour qu'elle cesse d'avoir ce regard inquiet.

Non, en dehors du temps, rien n'avait changé. À l'extérieur, tout était comme le jour où il était arrivé ici en compagnie de son père. Trois semaines avaient passé. Ce qu'il n'avait pas pris en considération alors, il ne le voyait toujours pas aujourd'hui. Emil rit.

– Qu'y a-t-il ? demanda le père.

Emil répondit par un haussement d'épaules. La mère garda le silence. Ses larmes avaient tari. Elle restait debout, un peu de côté, attendant la décision qui serait prise. Elle-même ne déciderait rien.

Il était presque midi, à présent ; à l'intérieur, ceux qui avaient faim prenaient place à table. À l'horreur qu'il avait ressentie au début à la vue des autres patients avait succédé un sentiment d'appartenance à une même communauté, bien qu'il n'eût ni cherché, ni réussi à être compris par eux. La porte de la clinique s'était refermée. Clac. Emil quitta le chemin de graviers pour marcher dans l'herbe. Elle était humide et lui montait jusqu'aux chevilles, et la terre cédait imperceptiblement sous ses pas. De la boue. L'air était saturé d'odeurs de moisissure et de champignon. Il avait beaucoup plu ces derniers jours, et quand il n'avait pas plu, le brouillard qui montait des prés et des champs s'était maintenu au-dessus pendant des heures. Dedans, personne ne pensait comme lui. Personne n'allait le regretter. Il regarda sa montre. Midi moins une minute.

– Fais attention à tes chaussures, c'est tellement humide, dit la mère.

– Ce sont mes pieds ou les tiens ? répliqua-t-il.

Elle aurait dû lui répondre qu'il était froid, affecté, ingrat ou méchant, et son père aurait pu lui demander d'être plus gentil avec sa mère, mais personne ne réagit. Comme s'ils craignaient de dire quelque chose de déplacé, susceptible de déclencher une maladie nouvelle, incurable. Ils le prenaient donc avec des pincettes. Il n'avait pas demandé cela et il ne s'y attendait pas.

La mère le regarda d'un air chagrin par-dessous le bord du chapeau vert ridicule. Emil avait de la compréhension pour ceux qui, dedans, s'enfonçaient une fourchette dans le bras ou un bout de bois sous l'ongle, afin d'être maîtres de leur douleur ne serait-ce que de cette façon-là. D'ailleurs, et cela aussi il le savait à présent, tout cela était moins grave qu'on croyait. On ne savait jamais dans quelle mesure c'était sérieux ; chez les uns, plus, chez les autres, moins.

Les mains profondément enfoncées dans les poches, il regarda sa mère de biais. Irene Ott avait l'air inquiet et désemparé. Une expression qu'Emil ne connaissait que trop bien. Il avait cependant du mal à l'interpréter plus précisément. Il crut lire sur son visage la question : Est-ce bien mon fils ? Et en même temps, la réponse : Oh oui, c'est bien mon fils.

– Bon, rentrons à la maison, dit-elle et elle monta dans la Lancia Ardea noire que son mari possédait depuis le printemps dernier. C'était sa troisième voiture, sa deuxième Lancia. C'était dans cette voiture qu'Emil était venu ici avec son père. Irene était restée à la maison. Tout le monde ignorait pour quelle raison elle avait décidé de ne pas accompagner son fils. Pendant le trajet, ils avaient à peine échangé un mot. Hans Ott aimait parler de son entreprise, mais pas de problèmes qui ne la concernaient pas.

Irene Ott prit place sur la banquette arrière et descendit la vitre en tournant la manivelle.

– Monte, Emil, viens. Hans, partons !

Assise, elle paraissait plus petite encore que d'habitude. Les coussins dans lesquels elle s'enfonçait étaient recouverts de tissu bleu foncé. L'expression de son regard contredisait son apparente bonne humeur. Emil ne pouvait plus voir ça.

Après avoir jeté sa valise dans le coffre, il s'assit lui aussi au fond du véhicule. D'habitude, Irene Ott ne s'asseyait pas derrière, où les sièges étaient moins bien suspendus qu'à l'avant, elle avait mal au cœur en voiture. Et voilà qu'elle s'était assise là où Emil d'habitude était seul, comme si elle ne s'était jamais placée ailleurs, très droite et essayant visiblement de se maîtriser. Quand le père s'assit au volant et mit le contact, elle remonta sa vitre. L'espace d'un instant, un silence régna dans lequel une phrase rédemptrice aurait été la bienvenue. Mais elle ne vint à l'esprit de personne et personne donc ne la prononça. L'auto eut quelques ratés au démarrage, et lorsqu'elle accéléra, Emil se sentit brièvement entre de bonnes mains, presque comme avant, lorsqu'ils partaient faire une sortie le dimanche et qu'il n'y avait ni promenade éreintante, ni ennuyeuse visite familiale au programme. Comme tout sentiment de bien-être, celui-ci ne dura pas longtemps, néanmoins il le savoura, même si c'était à contrecœur.

Il jeta un coup d'œil à la nuque rouge de son père, et sentit l'eau de rasage dont il s'arrosait généreusement tous les matins. Il regarda la nuque et les rides qui la sillonnaient, et dans un coin de sa conscience apparut la bouteille rouge avec la voile blanche, l'après-rasage du père. Le chapeau, qu'il n'ôtait pas non plus pour conduire, était solidement enfoncé sur son crâne nu. Il aurait sûrement aimé parler du dernier modèle de grille-pain de cette marque-ci ou de l'aspirateur de luxe révolutionnaire qu'avait sorti cette marque-là, mais comme il savait combien ce serait incongru, il se retenait. Ce n'était pas le moment. Sans l'autorisation expresse de sa femme, il ne devait jamais mentionner à la maison l'entreprise dont il était si fier, et il s'y tenait presque toujours. Il y arrivait plus facilement lorsque les affaires allaient bien, et en ce moment, elles allaient très bien.

Ils ne croisaient que de rares voitures. Le paysage restait rural, des vaches se serraient les unes contre les autres sous des arbres qui avaient déjà perdu leurs feuilles pour se réchauffer mutuellement. On ne voyait pas âme qui vive alentour, à l'heure qu'il était ils étaient tous en train de déjeuner. À peine la voiture eut-elle démarré que le dortoir qu'Emil avait partagé avec seize parfois vingt pensionnaires sombra dans l'irréalité de son bref séjour en clinique. Personne n'y était plus jeune que lui, personne n'y avait son âge. Parfois, dans la journée, le dortoir servait de salle de séjour, et ils ne l'auraient quitté que de force, même en cas d'incendie. C'était leur foyer, leur chez-eux.

À un moment Irene Ott fit une tentative pour prendre la main de son fils, mais Emil ne le lui permit pas, il la retira. Il glissa ses deux mains sous ses aisselles, elles y étaient mieux que dans les siennes. Le père demanda s'ils avaient faim, ils pouvaient s'arrêter quelque part. Emil n'avait pas faim. Il avait pris un petit déjeuner copieux. La mère gloussa. Elle allait bientôt recommencer à pleurer. À cause de la main retirée. Parce qu'ils n'avaient rien à se dire. Parce que plus rien n'était comme avant. Parce qu'elle était malheureuse. Parce qu'il était malheureux. Parce qu'elle n'avait que cet unique enfant. Parce que l'autre enfant qu'elle aurait voulu avoir mais n'avait pas eu l'aurait dédommagée de son malheur. Il ne la regarda pas. Il regardait le paysage au-dehors. Et s'il leur disait ce qu'il pensait d'eux ? Il l'avait sur le bout de la langue. Il le ravalait.

Elle avait dans la gorge une boule de larmes qui l'étouffait. Voilà ce que cela lui rapportait, de ne pas lui avoir laissé sa main. Pourquoi n'ôtait-elle pas ce chapeau ridicule ?

Pendant ce temps, Hans Ott se concentrait sur la conduite. La pluie se mit soudain à tomber, il mit l'essuie-glace en route, puis il commença à parler de choses et d'autres. Il prenait un air détendu mais il ne cessait de jeter dans le rétroviseur des regards attentifs et interrogateurs. Il essayait d'évaluer la situation. Emil se glissa hors de son champ de vision en se serrant contre la porte, mais il se rendit compte que son père l'avait toujours à l'œil. La pluie redoubla, elle frappait le toit. Le père régla au maximum la vitesse de l'essuie-glace. Il aurait mieux valu s'arrêter et attendre que la pluie faiblisse. Elle devint encore plus dense, on n'y voyait pas à dix mètres. Un camion gris couvert d'une bâche qui arrivait en sens inverse provoqua une vague qui s'abattit sur la voiture, la poussant sensiblement de côté. Irene Ott poussa un cri. Le père était dans son élément, il triomphait :

– Vous avez vu ? Vous avez vu comme elle adhère au sol ? En plein virage, et sous cette pluie ! Ça c'est une voiture ! Et dans un virage, en plus !

Il n'y avait aucun virage, la route était toute droite, mais Emil s'abstint d'en faire la remarque. Dans l'auto il faisait à présent chaud et humide, et la pluie continuait à tambouriner inlassablement le toit.

– Arrête-toi ! Stop !

L'injonction d'Irene, un gémissement aussitôt réprimé, arriva trop tard, elle avait attendu trop longtemps. Le gloussement se transforma soudain en un rot abyssal et celui-ci en un vomissement tonitruant. La mère d'Emil avait la nausée. Son estomac n'avait pas davantage supporté d'être cahoté et brinquebalé au fond de la nouvelle Lancia qu'au fond de l'ancienne. C'était peut-être le flot d'eau qu'avait reçu la voiture, peut-être le mot *virage*, qui lui avait donné le coup de grâce. Mais de toute évidence elle s'était préparée à cette éventualité, et son chapeau ridicule s'avéra alors comme un dernier recours. Elle l'arracha de son crâne avec quelques barrettes et cheveux pour s'en servir, avec une certaine présence d'esprit, comme d'un seau. Elle se pencha sur lui et vomit tout ce qu'elle avait mangé ce jour-là dans ce mou récipient. Le père poussa un juron en s'écriant : « Je te l'avais bien dit ! Je te l'avais bien dit ! » et en donnant un coup de volant si brutal que le véhicule dérapa quelques secondes sur la chaussée humide. Désespérément Irene retint des deux mains son chapeau déformé et alourdi. Mais Hans Ott avait déjà repris le contrôle de son véhicule. Lorsqu'il l'arrêta enfin, il ne put que constater l'ampleur des dégâts. Emil se sentit incapable d'en voir davantage.

Il ouvrit la portière d'un coup de pied, ce que son père n'aurait certainement pas apprécié, et sortit sous la pluie battante, qui couvrait les bruits à l'intérieur du véhicule. La pluie lui dégoulina sur le visage et le rafraîchit. Il entendit son père prononcer : « Je te l'avais bien dit, avale un cachet et mets-toi devant. » Elle resta assise, tout à fait misérable, et néanmoins assez fière d'avoir trouvé une solution si appropriée à son problème. De ses mains transpirantes elle retenait ce chapeau qu'elle allait ensuite, quand son estomac se serait apaisé, jeter quelque part dans un buisson. Sa blouse, sa robe, ses mains n'avaient pas été salies. Et, plus tard, elle ne manqua pas de le dire à son mari. Elle était en droit d'en tirer vanité.

Une demi-heure après, il demanda à ses parents s'ils connaissaient Umberto Giordano. « Umberto qui ? » Non, ils ne le connaissaient pas. Ils n'avaient jamais entendu ce nom, ce qui remplit Emil d'un sentiment de satisfaction et conforta le père dans son opinion que son fils avait des intérêts qui ne rencontraient nullement les siens.

Le lendemain, au dîner, ils en vinrent à parler de l'entretien, peu avant la sortie d'Emil, que Hans Ott avait eu avec le professeur qui, dit-il, avait aussi fait parler de lui en tant que poète. Il écrivait des sonates. Tout était possible.

– Des sonnets, dit Emil.

Hans Ott ne releva pas et ajouta que le professeur Hedinger lui avait raconté qu'il écrivait des drames en vers qui avaient déjà été joués au théâtre municipal, des drames consacrés à Ponce Pilate, Jésus et les Pharisiens, Abraham et Joseph. Hans Ott avoua la forte impression que Hedinger, un médecin compréhensif et clairvoyant, avait faite sur lui. À le voir, conclut-il, on n'aurait pas dit qu'il s'occupait de fous.

– Compréhensif avec toi, dit sèchement Emil tout en continuant à mâcher.

Hans Ott laissa retomber sa fourchette sur laquelle un morceau de viande était piqué et dévisagea son fils.

– Je te demande pardon ?

Et, sur un ton plus conciliant :

– Que veux-tu dire par là ?

– Est-ce qu'il a été compréhensif envers le peu de compréhension que tu as pour moi ?

Un rictus tordit la bouche d'Emil, fier de cette formule qui impressionnait visiblement moins ses parents que le sens qu'elle avait.

Irene commença à s'agiter nerveusement sur sa chaise en tapotant ses lèvres mouillées avec la serviette propre. Elle aurait souhaité que la conversation qui s'amorçait n'ait pas lieu à table, pendant le repas et surtout pas en sa présence, mais entre quatre yeux, entre père et fils, à bonne distance. Elle aurait souhaité mais en vain qu'une circonstance extérieure quelconque y mette fin, la sonnerie du téléphone, par exemple, mais il restait muet, ou bien qu'un bruit incongru les obligent tous à se lever immédiatement de table afin d'aller voir ce que c'était, mais il ne se passa rien, et s'il se passa quelque chose quelque part, rien ne leur en parvint. Elle craignait qu'à la longue un des deux, son mari ou son fils, l'oblige à donner son avis, et elle ne voulait ni n'allait avouer qu'elle n'avait aucun avis dans cette affaire, qu'elle ne pouvait ajouter au dossier qu'un nombre infini de sentiments contradictoires qui l'empêchaient de penser clairement ou de réagir de manière adéquate et de trouver les mots justes. Ce qui se passait en elle se condensait en un poids qui lui pesait sur le cœur. Mais ce qu'elle craignait le plus, c'était une de ces disputes qui finissaient par éclater chaque fois qu'Emil et Hans discutaient. Elle ne dit rien, et elle se concentra sur son assiette encore à moitié remplie. Il y avait longtemps qu'elle n'avait plus d'appétit. Pourtant, elle sonda sa nourriture du bout de sa fourchette comme pour y chercher le grain de vérité qui l'aiderait.

– Il t'a parlé à toi, pas à moi. Je crois qu'il ne parle pas de la même façon à un patient qu'à un visiteur comme toi. Tu n'es pas un patient, entendit-elle prononcer Emil, et peut-être avait-il dit quelque chose avant qui lui avait échappé parce que sa pensée avait vagabondé.

– Et après ? Il a parlé au père d'un patient qu'il tient pour aussi intelligent que toi, je suppose, il ne fait pas de différence entre les gens.

– Il fait une différence entre un patient et un de ses proches.

– Et il fait bien. Pourquoi pas ? Je voulais seulement dire l'impression qu'il m'avait faite.

– Quel intérêt ça peut avoir ?

Tout en sachant qu'Irene ne lui serait d'aucun secours, Hans Ott chercha son assistance des yeux. D'ailleurs qu'aurait-il regardé sinon, à part dehors où la nuit avait commencé de tomber ?

– Je voulais simplement parler de lui. De ton médecin, qui m'a fait bonne impression. C'est tout, dit Hans Ott en élevant un peu la voix.

– De quoi, commença la mère, et elle reprit d'une voix plus assurée après avoir failli s'étrangler et s'être éclairci la gorge, de quoi avez-vous donc parlé ?

Il n'était nul besoin d'un don d'observation exceptionnel pour se rendre compte qu'Emil, même s'il restait assis, allait bientôt refuser de participer à la conversation.

– J'aimerais savoir, insista le père, ce qui te gêne quand je dis que le professeur Hedinger m'a donné l'impression d'être, comme je le disais, compréhensif, clairvoyant, etc.

C'est peut-être à cause du mot « clairvoyant », peut-être du ton sur lequel il était prononcé, en tout cas Emil ne put s'empêcher d'interrompre son père.

– Tu dis compréhensif et clairvoyant, d'accord. Tu as l'intention de me raconter de quoi vous avez parlé ? Il t'a prié de le faire ? Il ne t'aurait pas plutôt prié de le taire ? En tout cas à moi. Avec elle – il pointa l'index sur sa mère qui sursauta comme s'il l'avait touchée – tu peux en parler autant que tu veux. Mais à un patient, il vaudrait mieux ne pas lui parler de sa mort prochaine, tu ne crois pas ?

Irene Ott laissa tomber son couteau sur la nappe propre, sur laquelle la sauce qui y était collée allait laisser une tache, et elle dit en élevant la voix bien plus haut qu'à son habitude :

– Mais qu'est-ce que tu dis ?

– Je dis ce qui me vient, comme ça me vient, quand je l'entends parler comme ça lui vient.

Emil s'arrêta à son tour de manger.

– Je ne sais pas où tu veux en venir, mais je sais que je ne te suivrai pas, dit le père. Je voulais juste te raconter mon entrevue favorable avec le professeur, qui a fait une bonne impression sur moi.

– Alors raconte donc. Vas-y. Vous avez parlé combien de temps ? Dix minutes, une demi-heure ? Les détails, tous les détails !

Il tapota sa montre.

– Je n'ai pas regardé l'heure.

Hans Ott se tut, dans l'espoir peut-être que tout ce qui avait rendu une conversation sérieuse impossible ces dernières minutes allait se dissiper. Irene Ott continuait à regarder fixement son assiette comme si elle se demandait ce qu'il convenait de compter : les grains de riz, les petits pois, ou les deux. Incapable d'avoir une idée claire, elle reçut d'un seul coup des signaux de son corps. Elle s'était mise à transpirer, bien que la salle à manger soit à peine tiède. Elle sentit des gouttes de sueur perler sur son front puis couvrir en un rien de temps son corps tout entier du front jusqu'aux cuisses. C'étaient ses symptômes féminins, des trucs hormonaux dont elle ne parlait même pas à son médecin de famille. Elle s'attendait à tout, ce qui valait toujours mieux que d'intervenir. Elle allait continuer à garder le silence et personne ne pourrait s'en servir contre elle.

La pause que s'accordaient les deux autres ne fut que de courte durée.

Hans Ott dit :

– Nous ne voulons que ton bien.

Emil rétorqua :

– Et c'est exactement ce que je ne veux pas. Parce que votre bien ne correspond pas à mon bien.

Il fit un geste de dédain.

Ce que Hans Ott dit alors n'aurait pas dû être dit, mais une fois prononcé, il n'y avait plus moyen de revenir dessus, c'était aussi évident pour lui que pour son fils, même s'il le regrettait. Peut-être que, dès lors qu'il avait parlé de Hedinger, cela était devenu inévitable. Peut-être qu'il ne pouvait réagir autrement devant le geste de son fils. Pour lui, ce geste était féminin, donc provocateur et, inexplicablement, il lui était plus insupportable qu'il n'aurait dû, car après tout Emil, aussi déplacé que fût son comportement, était tout de même son fils.

Mais Hans Ott ne pouvait pas supporter ce genre d'attitude, et Emil le savait, et comme le père savait qu'Emil le savait, il était clair que son fils l'avait fait exprès. D'ailleurs, si cela n'avait pas été un geste intentionnel, si ce mouvement dédaigneux de la main avait été spontané, cela aurait été pire. Il préférait ne pas y songer. Ils n'étaient pas faits l'un pour l'autre, ils étaient trop étrangers, trop différentes, trop orgueilleux. Une situation abominable. Chacun avait sa propre conception de ce qui était bon et normal pour lui. Son fils avait passé trois semaines à la clinique, ça prouvait bien qui avait raison.

Il n'en avait pas parlé à Irene. Bien que les paroles du professeur Hedinger l'aient empêché de dormir une partie de la nuit précédente, il avait été incapable de les lui répéter. Elle ne l'avait d'ailleurs interrogé qu'incidemment. Comme si sa nervosité et les causes de celle-ci lui échappaient.

Il ne lui en avait raconté que ce qu'elle savait déjà et dont ils avaient souvent parlé, et en évitant la franchise sans détour des paroles de Hedinger. Hans Ott avait-il provoqué cette réponse aimable mais insensée par ses questions peut-être trop directes, ou bien Hedinger aurait-il de toute façon répondu ainsi, il n'en savait rien, ce n'était que la deuxième fois qu'il le voyait. Hedinger était médecin, Hans Ott ne connaissait ni ses méthodes, ni sa façon de s'exprimer.

Si Emil n'avait pas été son unique fils, il aurait peut-être eu moins de mal à s'adapter à la nouvelle situation qui, il fallait l'avouer, n'était pas si nouvelle que cela. Il y avait en effet deux, trois ans qu'elle se laissait prévoir. Irene avait montré moins de cécité et moins de réprobation. Était-elle tolérante ou indifférente ? Non seulement son unique fils avait voulu arrêter l'école juste avant le baccalauréat – on l'en avait finalement dissuadé –, non seulement il prétendait toujours vouloir devenir artiste au lieu d'enseignant, mais dans son être tout entier, il était si autre, si différent, que Hans Ott ne trouvait pas les mots pour décrire cette différence, ou du moins ne réussissait pas à leur faire franchir ses lèvres. Un artiste ! Quel genre d'artiste ? Acteur, peintre, écrivain, baladin ? Naturellement, Hans Ott mélangeait tout à dessein, de préférence lorsqu'il parlait avec Emil. Et la nuit, l'inquiétude le saisissait et le maintenait éveillé.

Avait-il vraiment espéré un changement radical ou bien n'avait-il fait que calmer ses propres angoisses lorsqu'il avait obligé Emil à se soumettre à un traitement médical, comme il disait, alors que d'autres auraient parlé de l'envoyer chez les fous ? Lui-même ne savait plus.

Qu'est-ce qui lui interdisait de le faire interner de nouveau, aussi souvent et aussi longtemps qu'il le fallait pour que la thérapie de Hedinger fasse son effet ? Ce qui plaidait contre, c'était que Hedinger ne leur avait donné aucun espoir, et aussi la rébellion d'Emil qui, il le craignait, allait devenir de plus en plus violente. Selon l'avis de Hedinger, ceux qui avaient ce genre de sensibilité agissaient selon des lois qui leur étaient propres ; de plus le penchant d'Emil ne s'opposait nullement à l'exercice du métier d'enseignant, car un certain infantilisme donnait un grand enthousiasme à l'éducateur. Il parla de l'éros pédagogique et du dévouement inconditionnel aux enfants. L'effroi de Hans Ott grandissait à chaque mot, il préférait ne pas demander ce que, Dieu du ciel, il entendait par là. Hedinger dit que l'expérience avait montré que les personnes ainsi faites étaient insensibles aux conseils des tiers. Hans Ott aussi savait d'expérience combien les conseils étaient de peu d'effet. Il ne lui restait rien d'autre à faire que de hocher la tête. Rien de ce que la nature produit ne peut être entièrement contre-nature, affirmait Hedinger, et Ott aurait aimé poser des questions, en savoir plus, mais il était trop intimidé et trop déprimé par ces paroles lourdes de certitudes inébranlables. Il aurait aimé retenir tout ce que Hedinger disait mais il n'y parvenait pas, et il y parvenait d'autant moins qu'il ne cessait d'espérer que quelque chose d'édifiant finirait par sortir de la bouche du médecin, quelque chose qui enfin éclairerait tout sous un jour nouveau. Quitter la voie sur laquelle ils s'étaient engagés, cela était impossible à ce genre de patients. On pouvait vivre avec cela si on ne vivait pas trop ostensiblement. Son haussement d'épaules n'avait pas échappé à Hans Ott. Et s'il signifiait qu'effectivement Emil était perdu ? Hedinger tentait-il de lui faire comprendre qu'on ne pouvait soigner Emil ? La nuit précédente, ça avait été un chassé-croisé dans sa tête, mais au lieu d'en parler à sa femme, qui aurait peut-être pu le calmer, il s'était laissé entraîner dans le maelström impitoyable de ses craintes, jusqu'à ce que celui-ci eût tout englouti. Son fils se tenait à bonne distance et lui faisait signe de la main. Il était debout sur un rocher nu. Il n'y avait pas de ciel, en tout cas l'arrière-plan n'avait aucune couleur. Il craignait son fils, et c'était affreux. Cela le lui rendait encore plus étranger.

Sa conviction que tout pouvait être surmonté et corrigé, que chaque crise, chaque défaut pouvait être résolu comme on réparait une radio en panne ou une antenne cassée, avait peu à peu disparu au cours de l'entretien avec Hedinger, de l'expérience humaine et, plus encore, médicale duquel il avait pourtant tant attendu. À la fin de la conversation, Hans Ott avait une dernière fois rassemblé tout son courage et demandé si d'autres médecins appliquaient d'autres traitements.

Hedinger avait répondu sèchement :

– Il existe d'autres symptômes.

Et au bout d'un moment :

– Et aussi d'autres méthodes de guérison. Je ne voudrais pas faire appel à elles. En aucun cas. Emil est bien trop jeune.

Hans Ott n'avait plus osé demander de quelles méthodes il s'agissait. L'attitude de Hedinger lui avait brusquement paru inquiétante, comme s'il existait entre le médecin et son fils une connivence, des liens artistiques, une sympathie inavouée, une entente secrète dirigée contre lui et Irene et, plus la nuit se changeait en matin, plus ce qui était obscur devenait clair et ce qui était clair devenait obscur, jusqu'à ce qu'il finisse par pousser, dans son rêve, un tel cri qu'Irene dut le secouer et le réveiller. Ce ne fut qu'en sortant de son lit qu'il se souvint de la phrase :

– Ce garçon n'a que dix-huit ans. Laissez-le respirer. Cela s'est déjà vu que ça parte comme c'est venu.

À la fin, Hedinger lui avait tapoté l'épaule, sans doute les pensées de cet homme très occupé étaient-elles déjà ailleurs, soit à un autre cas, soit à l'une de ses sonates.

VII

Après avoir eu la gentillesse de chercher le numéro de téléphone pour moi, M. Delorme me proposa d'appeler la rue Blanche avec son propre appareil, car il n'y avait pas de connexion téléphonique dans la chambre d'hôtel. Je le suivis dans ses appartements privés. Il baissa le son du téléviseur et quitta la pièce. Je me doutais bien qu'il entendait sans vouloir réellement écouter. Il maniait des objets dans la cuisine. Je composai le numéro, et au bout de plusieurs sonneries, André finit par décrocher. À l'écran, une speakerine apparut devant une carte météo, et je m'étonnai de ses gestes et de ses mimiques, qui étaient aussi larges et exagérés que le motif de sa blouse et l'échancrure de celle-ci. Il était impossible de reconnaître dans la voix d'André, qui était restée plus grave dans mon souvenir, si celui-ci s'étonnait que je n'aie pas encore quitté Paris. Peut-être s'était-il attendu à mon appel. Je lui dis qu'il fallait que je le voie, et il accepta sans hésiter. Nous prîmes rendez-vous pour dîner le jour même.

Il proposa une brasserie à proximité de la gare Saint-Lazare. Et à huit heures précises, j'entrai au Mollard.

André était déjà installé près d'un mur le long duquel les tables étaient alignées sous une débauche de miroirs, de carreaux de faïence et de marbre luisant. Pour l'instant, plus de la moitié des places étaient encore vides, la salle se remplit bientôt et le volume sonore dans mon dos augmenta rapidement. Mais comme les tables étaient très petites, nous n'eûmes aucun mal à parler presque comme si nous avions été seuls. Même lorsque nous nous redressions nous n'étions séparés que d'un mètre au maximum.

Les gens connaissaient André. Lui et le garçon qui nous servait se tutoyaient, et il me sembla qu'ils échangèrent un regard amusé à mon arrivée, ce qui me fut désagréable. Je n'en laissai rien paraître. J'avais l'impression que le garçon était au parfum de quelque chose qui ne le regardait pas. Je décidai de l'ignorer tout le reste de la soirée. André se leva, nous nous serrâmes la main, je m'assis et il me tendit la carte, de toute évidence il avait déjà fait son choix. Le choix était vaste et c'était meilleur marché qu'au Zimmer.

Mes yeux ne cessaient d'errer le long de l'imposante carte et André comprit que je ne savais pas quoi choisir. Il me conseilla un steak tartare et j'acquiesçai. À l'époque, j'ignorais qu'il s'agissait de viande crue. C'était la première fois que j'en mangeais. À la maison, on ne connaissait pas ça.

Le serveur revint à notre table et André passa la commande pour nous deux. Sur la table était posée une carafe de vin blanc qu'il avait déjà entamée. Il m'en servit sans me poser la question, un coup d'œil avait suffi, j'avais hoché la tête. Je bus une gorgée à jeun et ressentis aussitôt les effets de l'alcool. Je n'ai pas compté combien de fois André, durant les deux heures qui ont suivi, a commandé puis versé du vin, sans doute plus de trois carafes. Il était assoiffé, et moi, inexpérimenté et intimidé comme je l'étais, je bus plus que de raison. Mais c'est indéniable : le vin atténuait la conscience que j'avais de mon inexpérience, il renforçait ma témérité et il me faisait oublier que j'étais mineur. Par ailleurs ni André, ni le serveur ne semblaient faire cas de l'interdiction de servir du vin à un jeune de dix-sept ans, et moi-même je ne m'en souciai que des années plus tard, lorsque notre rencontre n'était plus qu'un souvenir où l'alcool que j'avais bu alors n'était qu'un élément accessoire, destiné à détendre l'atmosphère. Naturellement, je fumais aussi.

Je le remerciai pour l'argent. Benjamin lui avait dit que je ne l'avais pas gardé. Je le remerciai aussi pour les cartes que Benjamin m'avait apportées. Imaginait-il ce qu'elles représentaient pour moi ? Je ne me serais jamais attendu à une telle trouvaille. André hocha la tête, saisit son verre et dit :

– Ce n'était pas une trouvaille, c'était le résultat de la recherche de quelque chose dont je connaissais l'existence.

Puis il reprit une gorgée et me regarda droit dans les yeux. Je crus savoir ce qu'il voyait ou ce qu'il pensait, mais cela m'aurait paru inconvenant qu'il le dise. Il ne le fit pas. Je lui rappelais Emil. Je n'étais pas comme lui, mais la ressemblance devait être frappante. Je soutins son regard, mais ne parvins pas à lui sourire. Avant qu'il eût pu ouvrir la bouche, je pris moi-même la parole.

À part la montre, qui ne parlait pas, disais-je, qui n'était qu'un objet, un signe, certes impérissable, je ne possédais rien de mon père qui puisse faire le poids face à ces lignes, même si j'étais encore loin d'avoir tout compris. Et c'est pour cette raison que j'étais ici. J'espérais que lui, André, pourrait combler les vides créés par le temps qui s'était écoulé et le silence qui avait prévalu. Le silence que ma mère s'était imposé et dont je savais qu'elle ne le romprait pas, tant qu'on ne l'y contraindrait pas. Et comment aurais-je pu le faire, tant que j'ignorais tout ?

Non, je n'ai probablement pas argumenté de la sorte, à l'époque, même si aujourd'hui j'ai l'impression que c'était ce que j'avais voulu exprimer. Mais André avait parfaitement compris. Il hocha la tête, but et demanda :

– Et que veux-tu savoir ?

Je n'ai pas gardé de souvenirs du repas lui-même, de la viande crue et des pommes frites, mais je sais encore très exactement de quoi nous avons parlé et ce qu'André m'a raconté. J'ai répondu :

– Tout, naturellement.

Mon père avait passé deux semaines à la clinique de Hedinger. Il s'agissait apparemment d'un vieux château un peu décrépit, propriété déjà ancienne du professeur Hedinger qui, par ailleurs, était aussi chef de service dans une grande clinique cantonale ainsi que chargé de cours à l'université. Travailleur obsessionnel, qui écrivait en plus des pièces de théâtre – jouées – et de la poésie, il était aussi une sommité dans un domaine auquel il avait consacré des douzaines d'articles parus dans des publications scientifiques.

André lui-même n'avait jamais vu la clinique, le directeur, l'épouse et les enfants de celui-ci, ni même les environs de l'établissement, même si les visites étaient tout à fait autorisées, parce qu'au téléphone Emil lui avait expressément demandé de ne pas venir. Cela avait d'ailleurs été inutile, car il n'aurait jamais songé à entreprendre le voyage de Paris jusqu'à K..., un endroit paumé. Il aurait fallu pour cela prendre le train et le bus, ce qui lui aurait pris une journée entière, il n'en était pas question. C'est le privilège de la jeunesse que d'être sans pitié, ou du moins de pouvoir choisir à qui accorder la priorité de sa compassion.

– Je ne le plaignais pas, cela aurait été inconvenant, insultant, même. Rien n'aurait plus offensé ton père. La pitié aurait été une sorte de dérision. Ton père. Plus je le prononce, plus cela me paraît étrange qu'Emil ait un fils, et que ce fils soit assis en face de moi.

– Pourquoi refusait-il que tu lui rendes visite ?

– Parce que tout ça n'était qu'un épisode qui allait passer comme l'école, le baccalauréat, la vie avec les parents, comme l'enfance tout entière, en somme. Quelque chose d'autre nous attendait, et nous étions convaincus que c'était à portée de main, nous allions être adultes, indépendants, ne rien devoir à personne, nous allions pouvoir faire ou non ce que bon nous semblait. Nous finirions par être libres. Rien n'était aussi important pour nous que la liberté. Nous agissions comme si notre enfance était déjà loin. Nous nous entraînions pour plus tard, pour la vie. Un claquement de doigts, *so what* ! Nous faisions comme si tout allait de soi, même le fait qu'on l'envoie là-bas, alors que nous savions qu'il n'avait rien à y faire. Je faisais comme si et lui aussi faisait comme si. Ça aurait tout aussi bien pu être moi, celui qui était là-bas, et il ne m'aurait pas rendu visite, lui non plus. C'étaient les autres qui l'avaient voulu, pas nous. Pas lui. Son père. Sa mère. Il l'a fait pour son père, pour sa mère et lui-même, et aussi pour éviter les disputes, en tout cas c'est ce qu'il disait. Peut-être cherchait-il à se convaincre lui-même. Mais avec un haussement d'épaules. Aujourd'hui, bien entendu, je me demande ce qu'il pensait réellement quand il était seul, là-bas où l'on ne pouvait jamais être seul, je veux dire, à la clinique. Tout y paraissait sûrement très différent. Mais pas si grave que ça, finalement ?

– C'était comment, là-bas ? Qu'est-ce qu'il t'a raconté ?

– Pas grand-chose. Peut-être qu'il avait honte. Il m'a raconté qu'il partageait un dortoir avec une douzaine d'hommes. Tu imagines ! La plupart étaient déjà âgés ou bien devaient lui paraître âgés, nous étions si jeunes que ceux qui avaient dépassé la trentaine nous semblaient des vieillards. La plupart étaient là-bas depuis longtemps. Vieux, idiots, puants, et des dizaines d'autres caractéristiques désagréables. Mais il n'est pas entré dans les détails. Il avait beaucoup de défauts, mais il n'était pas du genre à se plaindre pour un rien. Tu as lu ce qu'il a écrit. Qu'il allait tenir le coup. Qu'il allait prendre sur lui. Je l'ai relu hier, et ça m'a rendu triste. Quand même, ce devait être horrible de passer la nuit dans la même pièce que ces vieux fous. À l'époque déjà, je préférais ne pas y penser. Aujourd'hui encore, j'ai du mal à l'imaginer.

Cela n'avait pas été son seul séjour en clinique, me raconta André plus tard. Pour autant qu'il sache, il avait suivi un autre traitement à deux, voire trois reprises. Les circonstances avaient fait que leur relation s'était distendue, André étant parti vivre en France peu après le baccalauréat. Ses parents avaient attendu la fin des examens pour rentrer à Paris.

– Ils voulaient y retourner le plus rapidement possible. Surtout mon père, qui était employé consulaire, pas à un poste élevé, il s'occupait de tampons et de passeports et n'avait pas beaucoup voyagé, pour un diplomate. Ce n'était pas un diplomate comme on se les imagine. C'était un fonctionnaire, et comme tous les fonctionnaires français, il a été à la retraite tôt. Pendant mes dernières semaines de scolarité, il cherchait un appartement à Paris. Il était content de quitter la Suisse, qu'il trouvait étroite, alors qu'il était lui-même aussi borné que ce petit pays qu'il n'avait jamais aimé. Comme sa vue baissait de façon alarmante, il avait hâte de revenir chez lui. Il voulait tout revoir afin de le mémoriser avant de devenir aveugle. C'est une de ses rares phrases que je me rappelle. Qu'il soit mort prématurément n'a cependant rien à voir. C'est un cancer qui l'a tué sans pitié, brutalement, en l'espace de quelques mois. Ça paraît dramatique, et ça l'était. Assister à ça, c'était horrible, et ça a fait pâlir le souvenir d'Emil.

Après son arrivée à Paris, ils ne s'étaient plus beaucoup écrit. La relation n'avait pas cessé, mais elle avait pris d'autres formes. Les lettres et les cartes qu'ils s'étaient écrites à l'époque, André ne les avait pas conservées, excepté, m'assura-t-il, les messages envoyés de la clinique.

– Quand nous nous écrivions, plus rien n'était comme avant. Nous devenions peu à peu adultes. Plus adultes que nous l'aurions souhaité. Nos chemins s'étaient séparés, mais quand il nous arrivait de nous revoir, tout était comme avant, enfin, presque comme avant. Ce n'était pas souvent, chacun suivait sa propre voie. C'était à peu près comme nous l'imaginions, mais moins coloré, moins sensationnel, plus routinier. Nous nous comportions comme des adultes, sauf – il s'interrompit un bref instant – sauf que nous n'avions pas de petite amie. Contrairement à la plupart des jeunes gens, nous n'avions tout simplement pas d'amie. Nous n'étions fiancés à aucune et apparemment pas amoureux non plus.

Une pause suivit.

– Mais très peu s'en sont rendu compte. Quelques-uns, si. Pas beaucoup. Mes parents, par exemple, ne s'en sont pas rendu compte.

Il rit, un peu trop fort à mon goût.

– Puis mon père est mort, et là, seule ma mère aurait pu s'en rendre compte. Mais elle préférait ignorer ce qui lui était désagréable. Ça aurait pu l'être, mais ça ne l'a pas été.

Il rit de nouveau.

C'est lui qui mit abruptement fin à l'ambiance presque détendue qui avait régné jusque-là. Il savait avec une certitude absolue, affirma-t-il, que les autres séjours en clinique de mon père avaient eu lieu de son plein gré, qu'il n'avait plus jamais été interné de force mais toujours à sa propre demande, et qu'il était ressorti de la même façon. Il le savait parce que mon père le lui avait raconté lui-même.

– Je me souviens parfaitement où nous nous trouvions quand il me l'a raconté.

– Pourquoi de son plein gré ? Je ne comprends pas.

André semblait en proie à une pensée que, de toute évidence, il préférait taire, et il finit par dire :

– Il n'était pas bien dans sa peau. Il était adulte, il avait son petit appartement à lui, il suivait une formation à l'école normale, et malgré cela, il était malheureux. Ce qu'il faisait correspondait en tout point à ce que ses parents avaient imaginé et prévu. Il faisait ce qu'ils voulaient, eux, alors qu'il était libre de faire ce qu'il voulait, lui. Il ne voulait pas devenir enseignant et il était en train de devenir enseignant. C'était ça, la liberté ? Faire ce qu'on attendait de lui.

Dans mon cas, c'était différent. Il n'est pas devenu artiste. Il avait quitté le lycée parce qu'il voulait être acteur. En fin de compte, il n'a jamais essayé de le devenir. Jamais il n'a vu une école d'art dramatique de l'intérieur. Pas même quand ses parents avaient le dos tourné. Ce n'était pas un lâche, mais j'avais l'impression qu'il ne regardait jamais à gauche ni à droite, uniquement droit devant lui. Tout ce qui était derrière lui, il le quittait sans se retourner. Sans y prendre garde, il s'était retrouvé en plein là où ses parents avaient voulu qu'il soit, en pleine – il chercha le mot juste – existence bourgeoise. En tout cas, ça en avait l'air. Son silence semblait gonfler et l'anéantir.

Je suis devenu photographe, c'était un métier un tant soit peu artistique, au moins. Un métier qu'au fond le premier imbécile venu peut exercer, mais celui qui en saisit réellement les richesses et qui est un peu doué peut dépasser le stade de la simple reproduction. Et là, on peut aller loin. Moi, qu'on me considère comme un artisan ou un artiste, ça m'était égal. De toute façon j'aurais préféré ne rien faire du tout. Je m'amusais dès que je pouvais. Nous avons continué à nous écrire, mais de façon très irrégulière. Nous nous sommes vus rarement, deux ou trois fois avant sa mort. Toujours ici, à Paris, je n'allais plus en Suisse.

Il y eut un silence, au cours duquel aucun de nous ne toucha à son assiette. Pour la première fois, je contemplai André sans détourner les yeux quand son regard se posait sur moi. Était-ce lui qui m'avait regardé d'abord ou moi qui n'avais pas détourné les yeux ? À la lumière de l'établissement, son visage s'était progressivement transformé, en tout cas, sous l'influence de ce que je buvais et entendais, c'était l'impression que j'avais. Il rajeunissait, les rides semblaient s'estomper, quelque chose en lui retournait à l'époque qu'il évoquait. Combien d'années nous séparaient à présent ? Lorsqu'il posa brièvement sa main sur la mienne, je ne la retirai qu'au bout d'un moment, et délicatement, comme si je craignais de l'offenser. Cette même main avait touché mon père. À quel point sa mort l'avait-elle atteint ? Au lieu de lui poser la question, je restais muet.

– Il attendait de son médecin une guérison sans risque de rechute. Il était malheureux comme je ne l'ai jamais été, comme l'étaient certains dont nous avions parlé avant pendant des heures, sans jamais nous compter parmi eux. Moi, même dans un marécage je trouve une branche où m'accrocher. Emil était aveugle à ma façon, peut-être un peu simpliste, de trouver le bonheur. L'important, c'est d'avoir un caractère heureux. J'en ai un. Pour lui, tout ça sentait le malheur, l'échec et la maladie. Il ne voyait que le marécage, pas la branche de salut. Aussi, il souhaitait la guérison, à laquelle ses parents voulaient croire aussi, lorsqu'ils l'ont envoyé dans cette clinique, à l'âge de dix-huit ans. Pourtant, je sais que Hedinger ne considérait pas une guérison comme indispensable. Indispensable pour quoi faire ? Après tout, on pouvait vivre comme ça. Et même vivre très bien, même si ce n'est pas toujours selon les convenances, et pas toujours avec les gens avec qui on aimerait vivre. Je n'étais pas un modèle pour ton père. Je ne crois pas aux modèles. Il ne pouvait pas croire que mon mode de vie était moins pénible que le sien. Moi, tout ce que je peux faire, c'est dire que ça va, je ne peux convaincre personne. On peut rester indifférent à beaucoup de choses, surtout au regard des autres. Il faut juste éviter de se faire pousser hors des rails. Moi, j'y suis parvenu. Je crois que j'y suis parvenu. Pas ton père.

Après un moment et une nouvelle gorgée de vin, il reprit :

– Quand Emil a épousé ta mère, tous les problèmes semblaient être résolus. Tout le monde était soulagé. Pour ma part, j'étais étonné. Emil semblait satisfait, mais sa satisfaction cachait l'angoisse de n'avoir pas droit à l'erreur et pourtant de se tromper complètement. Cette situation nouvelle, c'était celle que son entourage avait toujours souhaitée. Elle nécessitait un Emil nouveau. Enfin, tout semblait être rentré dans l'ordre. Peut-être tes grands-parents croyaient-ils qu'ils devaient ce succès à Hedinger et à eux-mêmes. Et aussi, et pas qu'un peu, à la volonté d'Emil, qui l'avait héritée d'eux. Peut-être y croyait-il lui-même. Nous n'en avons pas parlé. Nous avons évité le sujet. Tout était devenu simple, comme chez tout le monde, fiançailles, mariage, foyer, et, à la fin, des enfants. Je n'ai cru ni au succès ni à sa durée, je ne crois pas à ce genre de choses, je n'y ai jamais cru.

Peut-être aurais-je alors dû demander à André à quel point ils avaient été proches et s'il ne valait pas mieux dire franchement ce qu'il voulait dire, et je suis certain qu'il m'aurait répondu, mais je restais muet et je devais avoir l'air gêné, ce qui l'empêchait sans doute de se montrer plus explicite. Plus il parlait, plus je devenais silencieux. Mon père et lui avaient-ils été aussi proches que, me semblait-il, Benjamin et lui, la question était dans l'air mais je ne trouvais pas les mots adéquats qui m'auraient évité de paraître naïvement indiscret. L'aurais-je été ? Quelle paix aurais-je perturbée ? Aujourd'hui, je suis sûr qu'André aurait répondu sans détour à mes questions.

Au lieu de quoi il s'écarta du sujet, et me raconta qu'après sa première sortie de la clinique mon père s'était s'intéressé à un compositeur du nom d'Umberto Giordano, dont il avait appris la mort dans un journal pendant son séjour à la clinique, et que personne ne semblait connaître. Un compositeur dont le nom n'avait, jusqu'ici, rien signifié pour moi non plus, et qui l'aurait véritablement obsédé durant un certain temps.

– Il voulait tout savoir de lui. Il se procurait des disques, ce qui, à l'époque, n'était pas simple du tout et, de plus, était assez onéreux. De l'unique opéra qui lui a survécu, *Andrea Chénier*, il n'existait qu'un seul enregistrement, avec le célèbre Gigli, un enregistrement sur un nombre incroyable de 78-tours, il n'existait que ça à l'époque, et se les procurer était assez fastidieux. À partir de là, il s'est intéressé à l'opéra, pas seulement à Giordano, mais à l'opéra en général, écouter des opéras est devenu sa drogue. Puccini, Verdi, moi, ça ne m'a jamais intéressé. Ce genre de drogue, très peu pour moi.

André se mit à rire, mais ce rire sonnait tout sauf joyeux. J'aurais aimé rire avec lui, mais je n'y parvins pas. J'étais trop ignorant de ce que savaient les adultes.

Il aurait pu être mon père, et comme l'alcool m'avait non seulement étourdi, mais aussi libéré, je le lui dis, et il me répondit :

– Tu aurais plu à ton père.

Le temps qui me sépare aujourd'hui de notre soirée au Mollard a presque complètement effacé le visage d'André. Cependant, je le revois parfois en rêve ou bien je l'entrevois dans les traits ou dans l'histoire d'un des nombreux témoins ou accusés qui croisent quotidiennement mon chemin, il m'apparaît alors brusquement, comme dans un éclair, et avec une netteté si effrayante que je pourrais le dessiner si j'en étais capable. Puis cette image disparaît durant des mois, parfois des années, et je ne me rappelle plus rien d'André en dehors de sa stature. Il était grand, plus grand que moi, qui, à l'époque, n'avais pas encore fini ma croissance, et très mince. Le peu de cheveux qui lui restait était blond, il avait un nez fin, effilé, sous un front haut, des yeux gris clair qui semblaient lointains sous le verre épais de ses lunettes, et de longues mains fines. Son visage était d'une rougeur pas très saine. Il paraissait souple et semblait être conscient de l'aspect athlétique de son corps et de ses mouvements. Tout compte fait, et même après une observation attentive, son visage n'avait rien de remarquable si ce n'est une certaine régularité de traits. S'il suscitait l'attention, c'était par sa taille et sa prestesse – je ne trouve pas d'autre mot – plutôt que par un quelconque attrait physique. Il paraissait capable de se lever à tout moment et de disparaître d'un bond, ce que, naturellement, il ne fit pas. Il ne me donnait pas l'impression d'être traqué, plutôt d'être lui-même en chasse. Il paraissait très soigné, mais pas coquet ni affecté. Pas efféminé. Plus le temps passait dans cette grande brasserie, plus je me sentais détendu en sa compagnie. Je comprenais clairement que quelque chose dans sa personne les avait unis, mon père et lui, un trait de caractère ou bien une expérience qui me resterait toujours étrangère.

Je savais que je pouvais faire confiance à André. Il me raconta qu'il s'était retrouvé plusieurs fois en conflit avec la loi. Pour des choses insignifiantes, eut-il soin de souligner, on l'avait toujours remis en liberté au bout de quelques heures. Je ne lui demandai pas quelles étaient les raisons de ces arrestations, mais j'avais une idée de ce qui s'était passé. S'agissait-il de ce qu'il avait fait, ou bien de ce que d'autres avaient fait pendant qu'il les photographiait ? Je ne posai pas de questions.

Pendant longtemps, je n'ai eu aucun désir de renouer avec lui ni d'organiser une nouvelle rencontre. À quoi bon ? me disais-je. Maintenant que je suis plus âgé qu'André ne l'était à l'époque, j'aurais plaisir à le revoir. Mais il est trop tard. La maladie incurable dont il est mort ne ressemblait pas à celle dont mon père avait souffert, mais il existait entre elles un lien intime, comme si l'un n'avait pas lâché l'autre. Si mon père avait surmonté son mal, lui aussi en serait peut-être mort.

Après notre conversation au Mollard, je n'ai jamais songé à lui demander conseil. Puis il est mort. Et maintenant, j'aurais aimé m'entretenir une nouvelle fois avec lui, maintenant que je ne ressens plus ce besoin urgent d'apprendre des choses qui n'étaient connues que de lui seul. Il m'a abandonné comme une vieille peau. Au lieu de cela, le souvenir de cette soirée, bien des années auparavant, a grandi en moi et me rend presque mélancolique.

À quel point sa mort fut inattendue, seuls ceux qui l'ont connu le savent. Je le connaissais à peine, je n'ai appris son décès que plusieurs mois après son enterrement. C'est à ce moment-là qu'a commencé à germer en moi le sentiment oppressant d'avoir raté quelque chose en n'étant pas resté en contact avec lui, ce qui m'avait été facile, nous habitions loin l'un de l'autre. Il avait été le premier à me parler d'un homme de chair et de sang, ce que ma mère n'avait pas pu ou pas voulu faire jusqu'alors. Il m'avait remis les cartes envoyées de la clinique. Il m'avait permis d'entrevoir le monde d'Emil, leur jeunesse commune et ce qui avait suivi. Ce fameux soir, il m'avait raconté des choses dont je n'avais aucune idée, des détails qui rendaient mon père à la fois vivant et étranger. Un bref instant il avait fait coïncider la proximité et la distance, et les avait renouées.

Au moment de nous séparer, il me tendit les deux mains. Il réprima le geste de me faire la bise comme on a coutume de le faire en France même à une fraîche connaissance. Même s'il me dépassait de plus d'une tête et que je dus presque me dresser sur la pointe des pieds, j'en pris l'initiative et je l'embrassai sur les deux joues, aussi spontanément que je pus, ce qui me fut étonnamment plus facile que si j'avais à le faire aujourd'hui. Il me donna la troisième bise.

En reculant d'un pas, je vis qu'il avait rougi. Il en avait conscience et visiblement cela l'embarrassait, ce qui le faisait rougir encore plus. Je l'avais surpris en train de réprimer un geste, par un esprit de retenue qu'il s'était imposé à lui-même, et qu'habituellement il ne devait pas réprimer : sa passion pour les jeunes hommes comme moi. Même si je ne la partageais pas, elle ne me semblait, à ce moment-là, ni vicieuse, ni contre-nature.

Brusquement, je pris conscience de ma jeunesse et du pouvoir qu'elle me donnait sur un homme comme lui. Même si j'ai surestimé ce pouvoir à l'époque, je n'ai aucune raison de le minimiser après coup. Ma jeunesse était tentante, j'en avais conscience, et que je sois le fils d'Emil n'y changeait rien, au contraire, cela augmentait l'attrait de l'interdit. Aujourd'hui, je me plais à imaginer qu'au moment de nous séparer des larmes avaient perlé aux yeux d'André, mais c'est sans doute une invention de mon imagination pourtant peu fertile. Ni lui ni moi n'étions d'humeur à pleurer, j'étais jeune et il se contrôlait.

Il y a quelques années, lorsque j'ai montré Paris à mon fils qui entrait dans l'âge adulte, ou plutôt que je lui ai montré ce que j'en connaissais, je l'ai invité un soir, et sans l'avoir prévu, au Mollard, le lieu magique de ma jeunesse. J'avais vaguement l'intention de lui parler de son grand-père et des circonstances qui l'avaient conduit au suicide. Peut-être aussi de son ami André, que j'avais rencontré ici pour la dernière fois, lorsque j'avais à peu près son âge et que j'étais venu secrètement à Paris, une aventure qui faisait désormais partie de la légende familiale sans qu'il soit fait allusion à ses raisons profondes.

Mais à peine avions-nous mis les pieds dans l'établissement que je sus que je serais incapable d'évoquer en ce lieu, ne serait-ce que fugitivement, mon père et les circonstances précises de son décès. De plus, pour la première fois, me vint l'idée qu'Emil et André avaient eux aussi pu se retrouver ici.

Mon idée de rapporter à mon fils de vieilles histoires qui n'auraient fait peut-être que l'accabler, se dissipa à la vue de cet endroit. En taisant – et en continuant à taire – à mon fils tout ce que je sais à propos de mon père, je ne le prive pas, contrairement à ma mère jadis, de ce qu'il aurait dû absolument savoir, même si je me montre ainsi à peine moins timoré qu'elle l'avait été. Pour imaginer son propre avenir, il n'a nul besoin de connaître le passé de son grand-père. Si jamais il me posait des questions à son sujet, je lui dirais la vérité, du moins cette partie de la vérité que je le crois capable d'assumer. Mais il ne me pose aucune question.

VIII

Un unique regard à travers la cour d'école avait suffi à mettre Emil dans cet état qu'il haïssait tant. Le garçon était sûr de son fait, il le sentait, ce n'était pas de cela qu'il avait peur.

Il détestait devoir se retourner sur des garçons, il détestait cela parce qu'il était le seul à le faire, il détestait cela parce que ce n'était jamais sur des filles, et parce qu'aucun d'eux ne lui retournait jamais son regard. Jusqu'à ce jour d'été en 1947 où il fit la connaissance d'André. André n'évitait pas son regard, Emil ne l'avait pas rêvé. Il vint vers lui et se mit à lui parler. Sans qu'ils aient été présentés, il lui raconta d'où il venait et qui étaient ses parents, qu'ils avaient vécu à Paris, Marseille et Londres, qu'ils avaient déménagé quatre fois en pleine tourmente guerrière, comme il disait, qu'il parlait plusieurs langues et qu'il était depuis peu dans la classe au-dessus de la sienne. Dix minutes plus tard, il affirma qu'ils se reverraient, il ne dit ni quand ni où, mais il semblait plein d'assurance. Bien que nouveau, il se comportait comme si toute l'école lui appartenait. Et Emil, suspendu à ses lèvres, se considérait déjà comme sa propriété.

Était-ce son regard ou sa poignée de main, sa façon de se retourner et de s'en aller, ou bien ce geste de se passer la main dans les cheveux, Emil en tout cas resta cloué sur place. André se retourna vers lui une seule fois, puis il plongea dans la masse des autres élèves et disparut dans le bâtiment scolaire. Il avait un an de plus qu'Emil.

Lorsqu'il le revit quelques jours plus tard sur le terrain de sport, sa joie fut immense. Mais il fut vite dégrisé en se rendant compte qu'André ne faisait pas attention à lui. Même s'il sentait que c'était à dessein, ce comportement sournois le vexa autant qu'une défaite. La tentative de se rapprocher de lui avait échoué. Trop tard pour lui rendre la monnaie de sa pièce. André était déjà parti dans les vestiaires avec les autres et Emil avait manqué une occasion.

Il décida de courir. Emil, qui attachait peu d'importance au sport, était un bon coureur, invincible sur les courtes distances et endurant sur la piste cendrée, où il avait peu de rivaux. Qu'André, qui le sous-estimait, en soit devenu un, c'était un hasard heureux qui se présenta une semaine plus tard.

Il ne l'avait pas remarqué. C'était un jeudi après-midi, et le soleil tapait si fort qu'il faisait presque trop chaud pour courir. Il avait déjà fait deux tours lorsqu'il entendit des pas derrière lui. Aucun de ses camarades de classe n'avait voulu lui tenir compagnie, les élèves des autres classes s'entraînaient au saut en longueur ou à d'autres sports ou bien jouaient au football. Il était le seul à courir. En regardant de côté pour voir qui le suivait, il aperçut André. Sur le point de le dépasser, celui-ci était arrivé à sa hauteur, et cette fois-ci, il ne l'ignora pas.

« Je t'ai observé, s'exclama André, essoufflé, la dernière fois aussi. Tu me rattrapes ? » Il rit en dépassant Emil et s'élança. Emil ne se formalisa pas. André courait trop vite, il était trop débridé et trop sûr de gagner. À cette allure, il réussirait peut-être à avoir un demi-tour, peut-être même un tour entier d'avance, mais ensuite ses forces l'abandonneraient. Petit à petit, son avance se réduirait à néant.

Tandis qu'Emil voyait déjà la mine déçue de son rival, André continuait à accélérer la cadence. Emil gardait son rythme tranquille, il s'y fiait davantage qu'à de l'énergie gaspillée inutilement. Il augmenta son allure de manière presque imperceptible. Encore trois, quatre tours et il laisserait André loin derrière lui. Il veillait à ce que sa respiration soit toujours régulière, en harmonie avec sa foulée et avec sa volonté de gagner. Il allait courir jusqu'à ce qu'André n'en puisse plus, peut-être même un peu au-delà. Terminer vainqueur mais sans triomphalisme, ce serait une douce vengeance envers celui qui l'avait, l'autre jour, sciemment ignoré. Il savourait la chaleur et la transpiration qui ruisselait sur son visage, son cou, sa poitrine, son dos et ses jambes. Il goûtait d'avance le moment où l'arrogance d'André allait se muer en jalousie et en résignation et puis, à la fin, en admiration.

Lorsque Emil le dépassa d'un pas leste, André eut un rictus et lui cria : « C'est du gâteau ! » Lorsqu'il lui eut pris un tour complet, le visage d'André se tordit sous l'effort alors qu'il n'y avait plus le moindre espoir, et il ne dit rien. Peu après, il jeta l'éponge. Il quitta brusquement la piste et se laissa tomber dans l'herbe. Emil acheva un dernier tour avant d'atteindre son but. Un but que nul ne connaissait à part lui. Ou bien se trompait-il ?

Il tomba à genoux à côté d'André. Il enleva son maillot comme lui et le jeta sur l'herbe à côté de lui.

– Quatre kilomètres, dit-il sans chercher à dissimuler sa satisfaction.

– Quatre kilomètres jusqu'à moi, répondit André avec tant de modestie et de gentillesse qu'Emil se sentit honteux. Était-ce le même garçon que celui qui avait fait semblant de ne pas le voir une semaine avant ? Il s'agenouilla devant André.

André s'appuya sur les coudes et replia un peu les genoux. Jamais Emil n'avait vu un corps si bien fait et si beau. Ce n'était pas un corps d'enfant. S'il avait été aussi honnête et audacieux qu'André, il le lui aurait dit. Mais à l'extérieur de la piste cendrée, il n'avait aucune confiance en sa propre crédibilité, sa propre force. Avait-il confiance en ce qu'il ressentait ? Il se tut, mais ne détourna pas le regard. Oui, il avait confiance en cela.

Ils se dévisagèrent, et ce fut comme si le regard d'André pénétrait ses pupilles. Tandis que tout ce qui les entourait se dissolvait en une luminosité aveuglante, André lui demanda :

– Je peux regarder avec quoi tu fais ça ?

Sans attendre une réponse, il avança sa main. Il toucha la cuisse d'Emil et ce ne fut pas par hasard, lentement, il laissa glisser sa main dessus. Puis il saisit le bras d'Emil, ensuite sa main, et il la posa sur sa propre cuisse où s'annonçait un léger coup de soleil. Ils regardèrent à la ronde. Ils n'étaient pas seuls, mais personne ne pouvait les voir. Les autres étaient très loin.

La main inconnue brûlait et rafraîchissait à la fois, elle était chaude, sèche et revigorante, bien différente de la peau qu'il touchait. Peu à peu, elle lui devint familière. Guidée par la main d'André, la main d'Emil remonta doucement de la cuisse d'André à son ventre, de son ventre à sa poitrine, elle redescendit vers le ventre où une sueur transparente avait formé dans la toison une petite mare luisante.

La main d'Emil glissa sur un lac salé qu'il aurait aimé boire. Au lieu de cela, il ferma brièvement les yeux. André haleta, ce n'était pas à cause des efforts de tout à l'heure, Emil en était certain. Emil ouvrit les yeux, et c'est là que ça arriva, André l'embrassa.

Quelques secondes plus tard, la main d'Emil se referma pour la première fois sur le membre d'un autre garçon. Il était chaud comme le soleil qui les brûlait et ferme comme la poignée d'un couteau capable de tout trancher.

Ils regardèrent une nouvelle fois autour d'eux, puis ils s'allongèrent. Les autres étaient plus éloignés que la lune. Même leurs voix étaient à peine audibles. Ils étaient couchés sur le ventre, en plein milieu du terrain de sports, devant eux la piste cendrée, derrière eux la tribune des spectateurs. Il y avait assez de place pour leur première rencontre et leur concupiscence sans frein. Personne ne les empêchait de faire ce qu'ils faisaient. La muraille de chaleur qui s'élevait entre eux et le reste du monde frémissait et ondulait, les rendant presque invisibles ; elle leur donnait l'impression de sécurité nécessaire pour franchir, loin des autres, un pas de plus. Les mots qu'ils se murmuraient étaient obscènes et inhabituels, solennels et grossiers, et Emil les garda à jamais en lui. Ils étaient tout sauf infantiles.

Bien qu'il eût pris une douche depuis, Emil essaya plusieurs fois, au cours de la nuit suivante, de retrouver cette odeur reconnaissable entre toutes qui l'avait tant excité. Il leva à son nez la main qui, dans l'après-midi, avait touché le ventre d'André, mais elle ne sentait rien, juste le souvenir. Puis il constata qu'il suffisait de la tenir assez longtemps contre son propre sexe pour faire revivre les odeurs qu'il voulait retrouver. Elles ne dissipèrent pas la tristesse démoralisante, presque déchirante, qu'il éprouvait en pensant à André. À quand la prochaine fois, à quand ses yeux dans ses yeux, sa main sur sa peau, tout ça ?

La tristesse se dissipa vite, car à partir de ce jour-là, il ne fut plus nécessaire d'ignorer Emil pour le duper. Ils se téléphonèrent le lendemain, ils se revirent le soir même. Leurs familles respectives par chance avaient le téléphone. Ils se virent le jour suivant et le jour d'après. Aucun des deux ne pouvait se lasser des caresses de l'autre, ce qui n'était pas toujours facile, car ils ne devaient pas donner l'impression qu'ils étaient autre chose que de simples amis. Eux seuls savaient qu'ils ne l'étaient pas. Ce qu'ils étaient, cela n'avait pas de nom, d'ailleurs ce n'était pas nécessaire. Le plus difficile, c'était de ne pas échanger des regards qui les auraient trahis. Ils savaient ce qu'ils risquaient si jamais leur secret venait à être connu. C'était si évident et si cruel qu'ils n'en parlaient pas mais ne l'oubliaient jamais.

Rien ne les protégeait mieux que l'inconscience des autres. Personne n'avait le moindre soupçon. Tandis que de l'autre côté de la frontière suisse, on avait, très peu de temps avant, considéré que les enfants étaient suffisamment âgés pour se battre et mourir à la guerre, de ce côté-ci, on s'accrochait ferme à l'idée de leur innocence. On les traitait tous les deux quasiment comme des enfants, des âmes sœurs qui s'étaient rencontrées.

Aux yeux des adultes, ils étaient des amis inséparables. Comme l'appartement d'André avait plus de chambres que la maison d'Emil, Emil passait toujours la nuit chez André, dans la chambre spacieuse où se trouvaient deux lits.

Ils s'abandonnaient à leur passion le plus silencieusement possible. Ils prenaient garde que, le matin, les deux lits aient l'air défaits. À cette fin, ils se couchaient d'abord dans l'un, puis dans l'autre, toujours à deux, c'était plus amusant. Personne ne soupçonnait ce qui se passait là où d'autres garçons faisaient leurs devoirs ensemble ou bien, c'était de leur âge, discutaient du sens de la vie. Personne ne semblait s'apercevoir qu'ils avaient dépassé le stade de la puberté. Personne ne savait que leur rire était suscité par autre chose que ce qui faisait rire les autres garçons, personne ne se doutait que leur connivence ne reposait ni sur des hobbies communs, ni sur de la camaraderie. Personne ne semblait gêné quand ils pouffaient de rire comme des filles, quoique d'une voix plus grave. Ils faisaient attention que cela ne franchise pas leurs quatre murs. Comme d'autres garçons, ils avaient leur langage secret, mais le leur se composait de mots particuliers. Les parents d'Emil étaient heureux que leur fils ait enfin trouvé un ami, de bonne famille qui plus est. Emil les laissait croire que le père d'André était consul.

Durant toutes ces années où leurs fils partagèrent la même vie en secret, les parents d'Emil et d'André ne se rencontrèrent jamais.

C'était comme s'ils avaient tous les deux respiré profondément puis sauté, la main dans la main, d'une grande hauteur dans des eaux profondes, avec aisance. Sauter leur était aussi facile que nager, on volait dans l'air sans efforts, on brisait la surface de l'eau sans sentir de résistance, on plongeait et on nageait en décrivant de grands cercles dans les profondeurs. Là-dessous, on était en sécurité.

– À quoi penses-tu ? demanda un jour Emil, et il insista, en voyant qu'André ne voulait pas répondre. Tu es ailleurs en pensée, j'aimerais bien savoir où.

André le regarda.

– Nous ne sommes pas seuls.

Emil se retourna, mais André rit.
– Calme-toi. Pas comme tu le penses.
– Que veux-tu dire ?
– J'étais en train de penser à notre voisin, le grand type avec les deux petits enfants.
– Qu'est-ce qu'il a ?
– Des yeux bleus et de longs cils. Des cheveux noirs et de belles mains. Une belle bouche, et d'autres choses encore. Cet homme me plaît. Le monde en est plein. Que peut-on faire ? Éviter de regarder ?
– Et alors ? Que veux-tu faire ?
– Je ne peux pas le quitter des yeux. Je ne veux pas le quitter des yeux. Tu le peux, toi, quand tu vois un type comme lui ?
Emil se tut.
– Sois franc.
– À quoi est-ce qu'il ressemble ?
C'est ainsi qu'ils se mirent, de plus en plus souvent, à faire intervenir, en pensée et en parole, d'autres partenaires dans leurs agissements secrets, à qui ils faisaient faire ce qu'ils voulaient. Le monde était rempli de beaux garçons qu'on croisait dans la rue, à l'école, sur le terrain de sports, dans le tramway, ou n'importe où. André faisait participer Emil à ses débauches imaginaires, et lui, après avoir vaincu sa jalousie initiale, inacceptable aux yeux d'André, trouva lui aussi du plaisir à ses escapades imaginaires. Il se joignit à elles comme à une expédition dans un territoire inconnu. Il commença lui aussi à chercher autour de lui. C'était une aventure

qui comportait des dangers dont ils n'avaient pas conscience. Lorsque ceux-ci se manifestèrent, il était trop tard pour revenir en arrière.

Un jour, André réalisa un de ses fantasmes, et il ne fallut pas longtemps pour que les soupçons d'Emil se confirment. Il exigea des explications. Ses craintes étaient fondées. L'objet des attentions d'André n'était cependant ni un voisin ni un condisciple, mais un jeune danseur du théâtre. L'inconnu avait suivi André dans la rue et l'avait abordé. André ne l'avait pas envoyé promener.

Emil lui demanda des détails mais cette fois la réponse d'André fut sèche et sans fioritures. De toute évidence, la réalité renfermait des éléments qui n'étaient pas destinés aux oreilles de l'exclu qu'Emil était devenu. Peut-être André voulait-il l'épargner. Une chose était sûre, la présence d'Emil n'était plus aussi urgente ni nécessaire qu'auparavant. André refusa de lui présenter le jeune danseur. La séparation avait commencé.

Ils restèrent pourtant amis. Emil ne vit jamais le danseur, qui était peut-être élève d'un cours d'art dramatique, pas plus qu'il ne vit l'élève du cours d'art dramatique qui était peut-être vendeur, ni les autres garçons, serveurs et chauffeurs de taxi, coiffeurs et maris, dont André faisait la connaissance à intervalles toujours plus rapprochés, aucun d'eux ne lui fut présenté. À la fin, ils n'avaient plus ni nom, ni profession.

L'ivresse qu'éprouvait André de faire graviter autour de lui ces hommes comme autant de petites planètes semblait augmenter à chaque nouvelle conquête, et un jour Emil cessa de se torturer et ne lui demanda plus de nouvelles de sa vie amoureuse. Évacuer d'un haussement d'épaules la multitude des amants d'André et la consommation frénétique qu'il en faisait était moins humiliant que la curiosité morbide d'en connaître les détails, ce qui lui serait de toute façon refusé.

Ils n'avaient plus d'efforts à faire pour faire croire que les deux lits avaient été utilisés. Quand Emil passait la nuit chez André, ce qui arrivait de plus en plus rarement, ils faisaient lit à part. À la fin, il n'y eut plus de visite du tout. Ils se voyaient dans la cour de l'école, ils se téléphonaient ou bien se retrouvaient dans des cafés où André n'était pas un habitué. André lui proposait de l'accompagner là où, d'après lui, tout le monde le connaissait, mais sans succès. Emil n'avait aucune envie de rencontrer ce genre de types.

Ce n'est que lorsqu'ils se furent dit au revoir à la gare et qu'André, qui avait obtenu son baccalauréat, fut dans le train de Paris qu'Emil se sentit submergé par un sentiment d'abandon qu'il n'avait pas ressenti tant qu'André avait été près de lui. Il lui fallut longtemps pour se débarrasser de ce fardeau devenu chaque jour plus léger. Alors, il se sentit prêt pour un nouveau départ.

Quatre mois plus tard, son père le conduisit à la clinique. Ce qui s'était passé était difficile à décrire. Des chamailleries avec les parents, de la rébellion contre l'école et contre ce qu'on attendait de lui, l'idée absurde d'être ce qu'il n'était pas et qu'il ne serait jamais, puis l'effondrement, moins spectaculaire que tout ce qui y avait mené, et néanmoins inquiétant. Ensuite, grâce aux médicaments, il recouvra une paix profonde.

Avec le professeur Hedinger, il ne parla pas seulement de ses difficultés avec ses parents, mais aussi de ce qui s'était passé avec André. Il espérait obtenir de lui des conseils, un rejet ou une approbation, pas de la retenue ou de l'indifférence. L'époque avec André semblait plus lointaine que l'avenir. Parfois, il lui arrivait de croire qu'il n'avait fait que l'imaginer. Il lui était d'autant plus facile d'en parler avec le médecin. Comment allait-il pouvoir surmonter cela ? Comment allait-il pouvoir le raconter à quiconque ? Le professeur Hedinger, en qui il avait une grande confiance, n'avait pas de réponse. Emil avait l'impression qu'il s'intéressait à autre chose.

André et Emil ne se téléphonaient pas souvent. Quand ils se téléphonaient, ils étaient rapidement à court de sujets de conversation. Tandis qu'André avait d'autres intérêts, Emil n'en avait aucun. Leur correspondance aussi était maigre, exception faite des cartes qu'Emil envoyait de la clinique et dont il avait du mal ensuite à se rappeler le contenu. Il voulait changer de vie. Il voulait devenir acteur, puis il voulait de nouveau devenir enseignant, il voulait tirer un trait sur la vie qu'il avait menée jusque-là, puis il voulait de nouveau suivre les voies toutes tracées. Il voulait à la fois obéir et déplaire à ses parents. Il se sentait traqué par son propre regard et par celui des autres. Il ne voulait pas se regarder dans un miroir, puis parfois il s'arrêtait en plein centre-ville devant une vitrine, où se reflétaient les passants derrière lui, et se faisait des signes de la main, de l'autre côté de la vitre. Il ne pouvait en discuter avec personne sauf avec Hedinger, qui était incapable de l'aider, en tout cas pas de la façon qu'il aurait souhaitée. Parfois tout était normal et un peu ennuyeux, et il attendait que ça change. C'est à ces instants-là qu'il souhaitait être à la clinique, où on allait l'aider.

J'ai appris à me méfier de l'imagination, car elle est capable, plus que n'importe quelle autre faculté humaine, de conduire même de douces natures sur la voie du crime. Le faux témoignage, la tromperie, la calomnie, la trahison, et tous les actes passionnels seraient impensables sans elle. Je parle d'expérience. Mais, bien sûr, elle ne conduit pas nécessairement au crime. Souvent, l'imagination est le seul indicateur qui nous montre le chemin de la connaissance, une piste d'abord faiblement éclairée que nous pouvons suivre jusqu'à ce qu'elle nous mène à une meilleure compréhension. J'avais cru voir cette lumière après avoir pris congé d'André, et elle devint de plus en plus intense à mesure que je m'éloignais de lui.

En rentrant de Paris, j'avais plusieurs choses auxquelles me raccrocher. Pas seulement les cartes postales de la clinique, dont ma mère elle-même devait ignorer l'existence, mais aussi des informations moins concrètes, dont l'importance n'était pas moindre. Le plus précieux était d'avoir parlé avec quelqu'un qui avait connu mon père, longtemps avant qu'il ait rencontré ma mère. À mon poignet je portais la montre de mon père. Ses aiguilles n'avaient plus bougé depuis la nuit où elles s'étaient arrêtées. Elles indiquaient trois heures et quart et attendaient patiemment que je les confie à l'horloger. La montre n'échappa pas au regard de ma mère. Je portais une chemise à manches courtes. Je crois qu'elle la reconnut immédiatement. Elle la regarda fixement, mais ne dit rien.

L'imagination, qui m'avait conduit à ces divers niveaux de connaissance, était en quelque sorte mon garant sans lequel je n'aurais pu affronter ma mère et Roland avec autant d'assurance. Les reproches fondés qu'aurait dû susciter mon départ furent étouffés dans l'œuf. Fort de mon nouveau savoir, j'avais confiance en moi, je devais paraître plus adulte qu'avant mon voyage.

Mais la méfiance que m'inspirait ma mère était intacte. Roland n'avait pas d'importance. Je n'attendais rien de lui, et je me rendis compte que c'était réciproque. Faire parler ma mère ne pouvait réussir que si, d'une part, je jouais cartes sur table et, d'autre part, je faisais semblant d'en savoir plus que je voulais bien l'avouer.

Dès que l'occasion se présenta, je lui racontai que j'avais vu André. Bien sûr, elle s'y était attendue et ne fit pas semblant d'être étonnée ou choquée. Elle me demanda comment il allait, même si elle s'en moquait. Je sentis que chaque détail serait pour elle superflu. Je dis :

– Il vit seul, et il a un jeune ami, qui doit avoir la moitié de son âge, maximum. Le garçon s'appelle Benjamin, et il m'a donné quelque chose. André aime les hommes. Il aime exclusivement les hommes.

Elle hocha la tête.

Je dis :

– Tu le savais déjà ?

Elle hocha la tête.

– Il est toujours photographe ?

– Oui, toujours. Mais je ne pense pas qu'il fasse des photos d'identité.

Avant qu'elle ait pu m'interrompre, je laissai libre cours à mon imagination qu'aucun fait ne venait corroborer :

– Il photographie des hommes. Pas juste comme cela. Il les photographie dans des positions compromettantes. Tu vois ce que je veux dire ? C'est sûrement lucratif, comme commerce. Je suis sûr qu'il gagne beaucoup d'argent.

– Arrête, dit-elle, et elle pâlit comme si elle avait peur que je me sois moi-même prêté à ce commerce.

– Quand est-ce que papa est mort ? Pourquoi je ne sais pas quand il est mort ?

Je ne sais pas ce qui l'a le plus étonnée, que je veuille connaître la date exacte de son décès ou que je l'aie pour la première fois appelé papa. En tout cas, elle dit : « Le 15 août 1954. Moins de deux semaines après ton baptême », et pour la première fois depuis le jour où j'avais minutieusement examiné la photo de mon père, je ressentis une sorte de pitié pour elle et un léger dégoût de moi-même avec mes reproches et mes supputations informulés, aussi je me tus, car je n'aurais voulu en ce moment ni la troubler, ni la blesser.

IX

Pendant que Veronika, la nouvelle secrétaire de Hedinger, polissait les ongles laqués de sa main gauche sur la douce laine mohair de la manche de son pull-over vert clair, comme pour les rendre encore plus brillants, ses yeux parcouraient le dossier médical du patient suivant, posé devant elle. Il était presque quatorze heures. La porte du cabinet de Hedinger était fermée. Il ne s'était pas encore montré, mais il n'allait sans doute pas tarder.

Son regard fut accroché par une expression qui attira son attention. Le jeune homme dont il était question, un étudiant qui n'avait qu'un an de plus qu'elle, était décrit comme « une personnalité infantile, un pervers latent ». De son écriture difficile à déchiffrer, Hedinger avait souligné ces trois derniers mots.

On frappa à la porte avant que Veronika Breger ait pu poursuivre sa lecture, et le jeune homme en question entra dans l'antichambre sans attendre de réponse. Sa jeunesse détonnait avec les patients qu'elle avait vus ici depuis qu'elle avait commencé à travailler six semaines auparavant : des hommes vieillissants ou âgés, presque tous peu soignés, mal rasés, derrière lesquels elle avait coutume d'ouvrir la fenêtre dès qu'ils avaient quitté la pièce. Les patients un peu moins vieux étaient rapidement mis au diapason de leurs aînés. Ce jeune homme, lui, n'avait pas l'air malade, et elle douta de la véracité des qualificatifs qui lui étaient accolés. Emil Ott paraissait tout à fait normal.

En dehors de sa jeunesse et de sa belle prestance, rien chez lui ne sautait aux yeux. Il ne lui jeta qu'un bref coup d'œil. Son regard était à la fois éveillé et voilé. Peut-être étrange, mais ni d'une bizarrerie alarmante, ni effrayant. Il l'intimidait un peu. N'était-ce pas normal ? Elle se leva et resta debout, ce qui n'était pas dans ses habitudes. Elle essaya de dissimuler son trouble soudain :

– M. le professeur n'est pas encore arrivé, il sera là dans quelques minutes.

Le jeune homme lui jeta de nouveau un bref coup d'œil et répondit :

– Je sais. Vous êtes nouvelle ?

Elle hocha la tête et se rassit.

– Tout à fait. Pas tout à fait. Depuis un mois. Je suis ici à l'essai. Si je ne conviens pas à M. le professeur – elle eut un mouvement de tête en direction du cabinet de Hedinger –, je vais devoir chercher autre chose dans deux mois. Asseyez-vous en attendant qu'il arrive. Il n'en a pas pour longtemps.

– Il vous gardera.

Elle hocha la tête et le crut. Il y eut une pause, puis elle lui demanda :

– Et vous ?

Il ne parut pas l'entendre et ne répondit pas.

Pendant qu'Emil s'asseyait, elle parvint à refermer furtivement le dossier médical. Il ne fallait pas que le jeune homme sache qu'elle l'avait lu, il ne fallait pas qu'il se doute qu'elle en avait la moindre connaissance.

Infantile et pervers latent. Elle en vint à douter de la faculté de Hedinger de sonder les âmes. De plus, il ne relevait pas de ses fonctions de connaître les termes médicaux. Pourquoi les juger plus convaincants que son propre regard ? Veronika le regardait par-dessus sa table de travail, et quand il levait les yeux, elle lui souriait, et Emil, chaque fois, lui retournait son sourire.

Enfin Hedinger émergea de son cabinet, frais et dispos après une bonne sieste. Il salua Emil d'un air dégagé, mais sans lui serrer la main. Veronika avait parfois l'impression que son chef évitait toute promiscuité réelle ou supposée avec ses patients. Cela devait faire partie de son métier, auquel elle ne connaissait rien. Ceux qui venaient le voir n'étaient pas contagieux, mais il était rare qu'ils soient aussi distingués que ce fier jeune homme.

Elle décida de ne plus toucher au dossier médical d'Emil. Sa curiosité était grande, mais elle ne voulait savoir que ce qu'elle pourrait apprendre toute seule. Qu'Emil ait déjà séjourné deux fois dans la clinique, qu'il y revienne donc cette fois-ci pour la troisième fois, elle l'apprit plus tard de sa bouche à lui. Il paraissait ouvert et franc. Il n'était pas gêné. Elle n'avait pas l'impression qu'il lui dissimulait quelque chose. Son séjour à la clinique psychiatrique de K... était à la fois la clé et le mystère. Il lèverait celui-ci quand ça lui chanterait, et si non, tant pis.

Trois jours plus tard, ils convinrent de se voir en dehors de la clinique qu'Emil pouvait quitter à volonté, ce qu'il faisait rarement, d'ailleurs. Veronika proposa un salon de thé qui fermait à sept heures. Elle ne se demanda pas ce qu'ils feraient après. Emil suggéra de se donner rendez-vous à la fontaine et de voir ensuite. La ville était petite, Veronika connaissait uniquement le chemin de la maison à la clinique et celui de la clinique à la rue principale où se trouvaient les magasins dans lesquels elle faisait ses courses, puis de là jusque chez elle. Ils iraient peut-être dîner. Allaient-ils flirter, se promener main dans la main, faire du lèche-vitrines, se donner un baiser, s'embrasser ? Elle se sentit toute chaude à l'idée de faire un faux pas. L'idée qu'il allait la toucher était omniprésente.

Veronika ne quitta son petit appartement qu'après s'être assurée que tout était propre, la salle de bains, la cuisine et le salon qui servait également de chambre à coucher. C'était un studio donné officiellement pour une pièce et demie, elle-même ne savait pas pourquoi. Pas de poussière, pas de taches, pas de traces, la baignoire d'une propreté irréprochable, les sols, les carreaux, le lavabo, la lunette des W.-C.

Les rideaux étaient tirés, ils tombaient en plis réguliers, même s'ils étaient légers. Trop légers à son goût. Elle les aurait souhaités plus lourds, et lorsqu'elle avait emménagé, ça avait donné lieu à une petite dispute avec sa mère. Juste assez brève pour qu'aucune des deux ne la prenne trop à cœur. La mère avait dit « pour quoi faire ? », l'affaire était réglée et on pouvait en rire. Des rideaux plus lourds tomberaient mieux, obscurciraient mieux, conviendraient mieux, mais ils étaient trop coûteux.

Elle avait à moitié franchi le seuil de la porte lorsqu'elle se retourna vivement pour allumer la lampe sur pied. Il faisait pourtant encore jour.

Une impulsion inexplicable lui avait fait acheter, en revenant du travail, un vase qui trônait à présent sur la table à manger, occupant presque la moitié de la chambre et la rapetissant. Le lit derrière était invisible au premier coup d'œil, mais lorsqu'on reculait une des quatre chaises, on heurtait aussitôt son cadre. Elle aurait dû acheter des fleurs pour justifier la présence de ce nouveau vase. Il trônait au milieu de la table, vide.

S'ils s'étaient donné rendez-vous dans son appartement, elle aurait été forcée de cuisiner quelque chose. Elle ne savait pas faire la cuisine, sa mère en tout cas en était convaincue, et elle-même n'était pas certaine de savoir. Quand elle s'y essayait, le résultat lui plaisait bien, mais elle n'était pas persuadée que c'était au goût des autres. Lui, il aurait peut-être aimé. Généralement, elle ouvrait des boîtes, ou bien préparait une purée de pommes de terre à partir de flocons en sachet et de lait chaud. Elle y ajoutait un peu de beurre. Sa mère aurait qualifié cela de gaspillage, puisqu'il y avait déjà du beurre dans la composition des flocons. Mais elle aimait ça. C'était mieux avec du beurre et un soupçon de noix de muscade. Avec cela, une côtelette de porc et un peu de légumes. Lui aussi aurait peut-être aimé.

La crainte de faire un faux pas la tétanisait presque.

Jamais de la vie elle n'aurait osé l'inviter chez elle et pas seulement parce que c'était inconvenant. Pourtant elle aurait aimé lui montrer combien son studio était bien tenu, combien tout était propre et rangé, mais aussi combien c'était sans intérêt.

Elle était trop nerveuse, elle avait certainement négligé un détail qui allait lui sauter aux yeux. Pour quelle raison était-elle incapable de faire quoi que ce soit sans une préparation fastidieuse ? C'était pareil pour s'habiller ou pour recevoir des invités. Elle n'y était pas du tout entraînée. Heureusement qu'elle ne vivait pas en sous-location. L'idée de vivre chez quelqu'un qui surveillerait ses moindres faits et gestes, même si elle ne faisait rien qu'on puisse lui reprocher, lui était désagréable. Son mode de vie était aussi immaculé que le sol de sa cuisine. Elle n'avait rien à se reprocher. Elle avait échappé à sa mère, mais la liberté était amère. Cela allait changer. Elle referma la porte derrière elle comme si elle enfermait sa mère.

Après avoir descendu quelques marches, elle s'arrêta, fit demi-tour et remonta. Elle rouvrit la porte, rentra dans l'appartement, ôta le vase de la table et le posa sous l'évier, à côté de la poubelle. Un vase sans fleurs, ce n'était pas seulement ridicule, c'était provocateur. Elle trouva plaisir à ce mot, sans bien savoir ce qu'il venait faire dans ce contexte. Son éducation et sa formation n'avaient rien de remarquable, mais elle avait tout de même obtenu ce poste auprès du professeur Hedinger. Trois mois à l'essai. Aux dires d'Emil, ces trois mois seraient couronnés de succès. Emil lui donnait exactement le genre d'assurance dont elle avait besoin. D'autres femmes en avaient certainement besoin aussi.

Avant de quitter l'appartement pour la deuxième fois, elle éteignit toutes les lumières, la lampe sur pied et le plafonnier au-dessus de la table, dont l'interrupteur se trouvait à côté de la porte d'entrée. Elle le trouvait les yeux fermés. Elle n'habitait ici que depuis moins d'un mois mais elle était capable de se mouvoir les yeux fermés dans son appartement, son premier chez-elle. La nuit elle se déplaçait les bras tendus, du lit à la table et, en la contournant, jusqu'à la salle de bains. Le risque de tomber était faible, ce n'était pas assez grand. La place manquait pour une table de chevet, donc il n'y en avait pas. Pour atteindre l'interrupteur de la lampe sur pied, la plus proche du lit, il aurait fallu qu'elle se penche trop loin. Elle préférait trouver son chemin dans l'obscurité. Plutôt trébucher sur quelque chose que tomber du lit. Elle aurait même pu s'asseoir sur les toilettes les yeux fermés, elle ne le faisait pas de peur de se faire pipi dessus dans son demi-sommeil.

Après avoir refermé la porte sur elle, elle tourna deux fois la clé dans la serrure. Ces petites pensées inutiles l'avaient distraite et avaient un peu atténué sa nervosité. Mais comme un animal qui regarde autour de lui après s'être ébroué, celle-ci réaffirma bientôt sa présence. Veronika jeta un coup d'œil à la petite montre en or qu'elle portait à son poignet gauche, le cadeau de confirmation de ses parents. Elle n'avait plus qu'un quart d'heure. Il fallait qu'elle se dépêche. Elle ne devait pas arriver hors d'haleine. Elle ne devait pas courir.

Ils s'étaient donné rendez-vous près de la fontaine sur laquelle un dragon se tordait aux pieds d'un héros qui le transperçait de sa lance. Ou bien était-ce un lion ? Ou un autre animal ? Elle allait s'en assurer. Le lendemain matin, elle se rappellerait soudain qu'elle n'avait pas eu le moindre regard pour la bête.

Emil l'embrassa, il la serra et l'embrassa une nouvelle fois, et plusieurs fois de suite, avec tant de chaleur et d'affection que son désir d'être embrassée de nouveau devint insatiable. Avant qu'elle ait pu dire le moindre mot, il s'était penché sur elle et l'avait embrassée sur la bouche, la forçant à ouvrir les lèvres. Plus tard, elle pensa au dragon ou au lion et à la lance, car c'était ce que la langue d'Emil avait été, une lance qui la perçait. Tout se passait comme elle l'avait désiré.

Ils s'étaient retrouvés près de la fontaine puis ils étaient allés dans un salon de thé. Ils se tenaient par la main, comme s'ils se connaissaient de longue date. L'établissement brillamment éclairé était vide et paraissait inhospitalier. Ils traversèrent la place à six heures et quart et entrèrent. La personne qui faisait le service ne se retourna même pas vers eux, le torchon à la main, se contenant de dire sur un ton revêche que c'était bientôt l'heure de la fermeture. « Bientôt, c'est tout de suite », répondit-elle lorsqu'Emil lui fit remarquer qu'il n'était pas encore sept heures. « Qui prétend qu'on doit fermer à sept heures ? Parce que c'est écrit ? On ferme quand il n'y a plus personne. » Veronika et Emil se regardèrent, décontenancés. La serveuse attendait qu'ils vident les lieux, ce qu'ils firent.

Ils atterrirent finalement à l'auberge Schützengarten, se firent apporter la carte et commandèrent. Ils se souriaient parfois, mais ne parlaient pas beaucoup. Emil prit une petite bouteille de vin, Veronika ne voulut rien boire, uniquement de l'eau, elle finit tout de même par accepter un petit verre. Elle lui demanda s'il avait beaucoup voyagé. Il secoua la tête.

– Et toi ?

– Avec mes parents, j'ai été à Montreux, au lac de Bienne, à Morat.

– Et jamais à l'étranger ?

– Jamais.

– Alors il serait temps.

Il leva le verre très légèrement et à présent ils se regardaient dans les yeux. Pour Veronika, les choses se déroulaient comme il fallait. Elle aussi prit son verre pour au moins tremper ses lèvres.

Il lui avait apporté un cadeau, il fallut qu'elle l'ouvre. Il n'était pas difficile de deviner qu'il s'agissait d'un disque. Pour ne pas le décevoir, elle ne lui dit pas qu'elle ne possédait pas de gramophone. Cela lui fit plaisir, même si elle aurait préféré des fleurs ou un livre. On pouvait regarder les fleurs, lire le livre. Que faire d'un disque quand on ne pouvait pas l'écouter ? Il lui dit qu'il s'agissait de sa musique préférée, en ce moment. Était-ce l'amour ou l'admiration qui le rendait si attirant à ses yeux ? Elle déchira délicatement le papier cadeau et sortit le 78-tours de son emballage. Elle lut Franz Schmidt et Jean Sibelius, ces noms ne lui disaient rien. Encore moins ceux de l'orchestre et de son chef.

– De la musique classique, dit-elle timidement, en espérant ne pas paraître anxieuse, et il hocha la tête.

– *Valse triste* et *Notre Dame*[*], poursuivit-elle.

– Tu aurais préféré du jazz ?

Elle se mit à rire :

– Aucune idée.

Elle n'était encore jamais allée à un concert, jamais à l'opéra, elle connaissait quelques noms, Glenn Miller, Beethoven, Elly Ney, ses parents étaient incultes et ne s'intéressaient pas à la musique.

– Je n'ai été qu'au théâtre, dit-elle. Avec l'école, nous sommes allés voir les classiques, comme tout le monde.

– J'aime aller à l'opéra. Je voulais devenir acteur, dit-il.

Elle remarqua qu'il s'embrouillait.

– Acteur ? Vraiment !

Elle le regarda comme s'il avait déjà réalisé ses rêves. Il monta dans son estime. Comment serait-ce, s'il était acteur ? Serait-il assis ici, avec elle ? Elle préférait ne pas y penser. Elle avait failli dire que ça ne l'étonnait pas, bel homme comme il l'était. Aucun acteur n'aurait pu être plus beau que lui. Au lieu de quoi elle lui demanda ce qu'il était advenu de ses plans. Elle savait grâce à son dossier médical qu'il était étudiant.

– J'ai laissé tomber ce rêve et je me suis mis aux études. Mon avenir, c'est d'être enseignant, pas acteur.

Elle réfléchit.

– On a davantage besoins de bons enseignants que d'acteurs. Et un bon enseignant doit aussi être un acteur. Plus il est doué, plus ses élèves l'aiment.

Puis elle déclara, sans transition :

– J'aime Juliette Gréco.

Emil avait entendu parler d'elle. Veronika n'avait pas de tourne-disque, mais elle avait une radio.

– On la surnomme la Muse de Saint-Germain.

Veronika comprenait à peine le français, elle ne comprenait rien au texte sauf un mot par-ci, par-là, mais elle aimait sa voix, qui crépitait comme du papier de soie sombre. Elle omit de mentionner qu'elle changeait de station ou qu'elle éteignait la radio dès qu'on diffusait de la musique classique. Il n'y avait pas beaucoup de stations et il n'y avait pas non plus beaucoup de musique classique. Elle résolut d'en écouter la prochaine fois. Elle allait s'asseoir, s'asseoir bien droite, prendre sa tête entre ses mains, fermer les yeux et laisser la musique agir sur elle. La musique classique la rendait triste dès les premières mesures, alors même qu'elle n'était pas d'un naturel chagrin.

Il dit :

– J'ai un ancien camarade de classe qui vit aujourd'hui à Paris.

– Et tu n'es jamais allé le voir ?

Il secoua la tête et prit sa main.

– Pas encore.

C'est à cet instant-là que le serveur leur avait apporté le vin. Emil avait immédiatement lâché sa main.

Si elle n'avait pas demandé des renseignements sur ses parents, ils auraient probablement manqué de sujets de conversation. Il lui parla de Hans et Irene, des grille-pain, aspirateurs et réfrigérateurs auxquels son père se consacrait avec passion, et de l'attention enamourée qu'il avait pour tous les ustensiles ménagers qu'il distribuait et vendait, et qui restaient complètement étrangers à Emil. Emil eut un geste dédaigneux de la main. Il préféra se consacrer à son repas. Apparemment, elle ne l'avait même pas remarqué. Il avait l'impression que tout cela n'intéressait pas particulièrement Veronika. Cela tenait sans doute à son incapacité à trouver les mots adéquats pour rendre ses parents attirants ou même remarquables. Ils n'étaient ni l'un, ni l'autre, et il ne voulait pas raconter d'histoires à Veronika. La réalité n'aurait pu que la décevoir.

Elle émit l'opinion qu'ils devaient être fiers de lui, et il répondit :

– Si je fais tout comme il faut, oui.

Veronika ne pouvait pas imaginer qu'il puisse ne pas tout faire comme il faut.

Il lui avait raconté quand il était venu à K... pour la première fois, mais il n'avait pas dit pourquoi. Supposait-il qu'elle le savait et qu'elle ne posait pas de questions parce qu'elle avait lu son dossier médical ? Partir de ce principe était plus simple que de vouloir expliquer une chose qu'elle serait éventuellement incapable de comprendre. Il ne lui raconta pas pour quelle raison il revenait pour la troisième fois se soumettre aux soins de Hedinger. Il y avait certaines choses qu'il lui cacherait toujours, et il était certain que personne ne lui en parlerait non plus. Il avait épargné des désagréments à ses parents, maintenant ce serait à leur tour de lui en épargner.

– Tu n'es vraiment encore jamais allé à Paris ? demanda-t-elle, et il secoua la tête en signe de dénégation. Mais puisque tu y as un ami auquel tu pourrais rendre visite ?

– Un jour, je rattraperai ça, dit-il.

Et Veronika se dit qu'elle l'accompagnerait.

Le serveur avait alors apporté le plat et ils s'étaient tus un moment, et Veronika n'avait pas su comment rompre le silence. Elle aurait aimé être spirituelle, mais elle était convaincue que l'esprit exigeait une autre origine que la sienne, ou bien ne venait qu'avec l'âge. Elle n'avait ni sens de la repartie, ni drôlerie. C'est seulement lorsqu'Emil, après quelques bouchées, eut reposé ses couverts à côté de son assiette qu'elle rassembla son courage, mais au lieu de parler elle fit quelque chose d'irréfléchi, elle posa sa main sur son bras ; ce faisant, elle toucha sa montre, qui était à moitié couverte par la manchette. Sa main était presque aussi froide que le verre qui protégeait le cadran. Elle caressa doucement le bracelet de cuir, et soudain elle le sentit appuyer son genou contre le sien et gémir doucement. Mais peut-être, se dit-elle plus tard, se l'était-elle imaginé.

Il était invraisemblable qu'une autre personne qu'elle ait pu l'entendre, car l'établissement s'était, entre-temps, rempli jusqu'aux dernières places. Elle s'en rendit compte avec étonnement en levant les yeux de son assiette et en regardant par-dessus l'épaule d'Emil. Qu'était-ce donc qui amenait tous ces gens ici ?

Si la soupe, l'assiette, la nappe et la table avaient été transparentes, elle aurait pu voir sa main posée sur son genou.

Ils continuaient de manger et se souriaient de temps en temps. Parfois, l'un d'eux faisait une remarque sur un dîneur, et Veronika avait l'impression de se rapprocher peu à peu de l'idée qu'elle se faisait d'une femme spirituelle. Emil était convaincu d'être tombé amoureux. Ses craintes n'étaient donc pas fondées. Veronika lui était plus familière et plus proche que n'importe qui d'autre. Elle dégageait un calme qui se communiquait à lui. Un calme féminin.

X

La première fois qu'André avait vu ma mère, c'était à l'occasion de mon baptême, deux semaines avant la mort d'Emil. Une deuxième et dernière rencontre eut lieu à l'occasion de son enterrement. Ils ne s'étaient jamais vus auparavant, bien que Veronika eût plusieurs fois pressé Emil de partir pour Paris avec elle. Il n'avait pas été invité au mariage. Mon père a dû empêcher intentionnellement que Veronika et André se voient. C'est grâce aux soins attentionnés de ma mère que cette rencontre a tout de même eu lieu. Elle avait invité l'ancien camarade de classe à mon baptême sans que mon père s'en doute, parce qu'elle croyait que l'amitié d'André signifiait beaucoup pour lui et qu'elle serait capable de lui redonner de la joie de vivre. Au moment où elle confessa à Emil avoir téléphoné à André, il était trop tard pour le désinviter, et ils tombèrent même d'accord pour le prier d'accepter d'être mon parrain. Il voulut bien. Une fois qu'elle eut accouché de moi, ma mère se remit étonnamment vite, si bien que le baptême put avoir lieu trois semaines plus tard, le 2 août 1954.

Depuis son mariage, Emil n'avait rendu visite à André que deux fois, la dernière fois à un moment où ma mère ne voulait plus voyager. Cette date, la fin décembre, n'avait certainement pas été choisie au hasard. C'était la période des vacances scolaires. Personne ne savait que mon père ne voyageait pas seul. Qu'il était accompagné, André lui-même ne l'apprit que peu avant le retour d'Emil. Le portrait de mon père, qui allait m'accompagner tout au long de mon enfance et de mon adolescence, avait été fait plus tôt, à l'époque de ses fiançailles. Ma mère le reçut après sa mort, encadré et bien empaqueté, par la poste, des mois après l'inhumation, qui avait eu lieu dans le cercle familial le plus restreint, dont André certes ne faisait pas partie, mais dont on ne pouvait pas l'exclure puisqu'il avait fait le voyage, après tout c'était mon parrain. Si ma mère le maintenait à bonne distance de moi, c'était certainement avec les meilleures intentions du monde, bien qu'il n'ait jamais tenté d'enfreindre ce tabou qu'il était devenu, lui ou ce qu'il incarnait, quand ses yeux avaient été déssillés de force. Lui et « son maudit cercle », tout ce dont on ne voulait plus entendre parler, ne devaient pas m'approcher, il valait mieux que je ne les voie jamais. Elle m'en parla pour la première fois à mon retour de Paris, quand j'exigeai qu'elle s'explique enfin.

Selon André, quand on me baptisa, mon père était dans un état préoccupant. Il était impossible de ne pas s'apercevoir combien il allait mal. André n'aurait su dire si ma naissance le réjouissait. Il était malheureux, et il avait ses raisons.

Ma mère, qui ignorait tout, avait sans doute cru que la présence de son meilleur ami pourrait le distraire et le réconforter. Peut-être pensait-elle que la naissance d'un premier enfant, à plus forte raison d'un fils, était aussi pour un homme un événement décisif et perturbant, surtout pour un homme avec un dossier médical comme le sien. Il ne pouvait lui avoir échappé que la présence d'André n'avait pas eu l'effet escompté, au contraire. Ce que pressentait ou savait Veronika, qui, après tout, l'avait connu à la clinique de Hedinger, André ne le sut jamais. Il lui fut impossible même après la mort d'Emil d'en parler ouvertement avec elle, d'ailleurs elle ne voulait plus lui parler. Une discussion au téléphone se termina en une dispute de toute évidence si inconciliable qu'aucun des deux ne s'y essaya jamais.

Veronika était au courant de l'état labile d'Emil, mais était-elle au courant de tout ? Connaissait-elle ou se doutait-elle de la raison de sa dépression ? Selon André, les femmes en savent souvent plus que ce qu'elles veulent bien avouer, mais elles préfèrent souvent l'ignorer. Ce paradoxe me plut tant que je le notai à l'époque. Aujourd'hui, je sais que cela vaut aussi pour les hommes.

Il est évident qu'Emil avait redouté qu'André, du simple fait de sa présence, trahisse son secret, que l'arrivée de son ami révèle ce qu'il cherchait désespérément à cacher à ses proches et qui s'était manifesté de nouveau, avec une intensité qui réduisait à néant le pauvre traitement qu'il s'était prescrit à lui-même en se mariant.

Avoir un ami de ce genre ne le ferait-il pas soupçonner d'en être ? L'idée que le comportement d'André pût rejaillir sur lui a dû le tourmenter. Peut-être a-t-il eu honte de ce réflexe. Il n'aurait pas cru André capable de s'adapter à n'importe quelle situation. Il le sous-estimait. De fait, André fut irréprochable, ni exalté ni voyant d'aucune façon. Il fut aimable et réservé, ma mère me l'a confirmé, pourtant je n'ai pas eu l'impression qu'elle le trouvait sympathique, ni qu'elle regrettait d'avoir rompu le contact avec lui.

Avant d'apporter la montre à Rentsch pour qu'il la répare, je fis un détour par la bibliothèque universitaire. Un havre de silence qui m'était alors inconnu et qui ne me deviendrait familier que plus tard, durant mes études de droit. Sans l'aide d'une bibliothécaire, qui avait dû flairer en moi un pauvre débutant, on ne m'aurait pas remis si rapidement le volume contenant le mois d'août 1954. Je ne sais plus de qui j'avais appris où étaient archivés les journaux des dernières décennies. Aucun de mes amis n'en faisait usage. La bibliothèque universitaire a dû me sembler logique.

Je m'installai avec le volume qui regroupait les mois de juillet et d'août – mon père s'était tué le 15 août 1954, l'avis de décès avait donc dû paraître peu après cette date – dans la grande et lumineuse salle de lecture récemment inaugurée où de l'eau clapotait le long d'une structure futuriste en plaques d'aluminium qui s'élevait entre la galerie et le rez-de-chaussée. À l'époque où je commençai mes études, l'eau avait cessé de couler depuis longtemps en raison de son effet manifeste sur la vessie des lecteurs et de l'incessant va-et-vient aux toilettes qui s'ensuivait.

Je posai le grand registre devant moi, l'ouvris, et commençai à en tourner doucement les pages brunies. Ce 15 août était tombé un dimanche. Le journal n'avait pas paru ce jour-là. Je continuai à feuilleter en lisant attentivement. Mais ni le 16, ni le 17, ni le 18 on ne trouvait d'indice relatif à mon père : ni indice relatif à un suicide, ni avis de décès. Il semblait n'avoir laissé aucune trace.

Mais dans l'édition du 19 août, ce sur quoi mon regard tomba me glaça, l'expression est à prendre à la lettre, me glaça, disais-je, le sang dans les veines. J'avais rencontré l'expression dans des livres et par chance je n'ai plus jamais eu l'occasion de l'employer. Je devins sourd et aveugle à ce qui se passait autour de moi. Si quelqu'un m'avait appelé ou touché, je ne l'aurais ni entendu ni senti. Par hasard ou par un fait exprès, ce jour-là, alors qu'il n'y avait que six avis de décès, on avait placé côte à côte deux avis qui, quoique différents à première vue, avaient un point commun décisif, une chose tout à fait inhabituelle : les deux personnes décédées – Emil Ott (mon père) et Sebastian Enz (un professeur stagiaire) – n'étaient pas seulement mortes le même jour, le 15 août 1954, elles avaient aussi moins de vingt-cinq ans.

Ni l'un ni l'autre de ces deux avis, d'une forme très différente, ne faisait allusion au décès de l'autre. Pourtant, ils semblaient reliés par le corps comme deux jumeaux siamois. Quel hasard étrange, mais non, il ne pouvait pas s'agir d'un hasard ! Sebastian Enz était mort à l'âge de vingt et un ans, mon père, à l'âge de vingt-quatre ans. Trois ans d'écart, leur commune jeunesse effaçait cette différence minime. Les avis étaient couchés devant moi comme deux jeunes garçons sur un lit. Ils étaient étendus sur le dos et riaient. Ils se moquaient de moi. Ils avaient souri, à présent ils riaient, et je crus y entendre quelque chose de sardonique, un triomphe mauvais. Ils étaient étalés côte à côte, les bordures noires se touchaient presque, dans un silence de mort. Leurs visages livides aux yeux fermés étaient tournés vers le lecteur. Le metteur en page s'était-il autorisé une plaisanterie macabre ?

Ils devinrent toujours plus petits et pâles. À la fin je ne les vis plus que sous forme d'avis. Dès que je lus que Sebastian Enz avait été professeur stagiaire – je sus qu'il y avait un lien entre la mort des deux jeunes hommes. Mes yeux étaient collés au papier jauni, friable, à l'odeur acidulée, et j'essayai de comprendre ce que cela signifiait. Deux jeunes hommes dont l'un était mon père s'étaient suicidés. Comment était mort l'autre ? Quel rapport y avait-il entre eux ?

Il avait suffi de demander un volume de journaux conservé sur les rayons de la bibliothèque universitaire et de l'ouvrir à la bonne page pour obtenir la quintessence de tout ce que ma mère m'avait tu durant des années. Si j'avais vu les deux avis plus tôt, j'aurais compris plus tôt. Les deux jeunes hommes devaient s'être connus. Plus que cela, ils étaient plus proches l'un de l'autre qu'Emil l'avait été de la femme et de l'enfant qu'il laissait « profondément attristés et désemparés mais à l'abri dans la foi de Dieu » – sans virgule, un cri réprimé. En faisant un pas de plus, cela signifiait : ils s'étaient aimés. Ils s'étaient aimés et c'est pour cela qu'ils étaient morts, morts ensemble. Ces deux avis pouvaient-ils avoir un autre sens ?

Dans l'espoir de tomber sur quelque chose dans les « Faits divers » qui puisse me donner plus d'informations sur les circonstances de la mort des deux jeunes hommes, je commençai à feuilleter à rebours, mais je ne trouvai rien. Je lus attentivement tous les titres, tous les mots en gras, les observations en marge, rien, pas la moindre notice, pas la moindre ligne dans les pages « Région », et encore moins dans la section « National ». C'était comme si je courais après quelqu'un qui m'échappait plus vite que je pouvais penser. Mon père fuyait devant moi et devant mon emprise sur la réalité. Je tournai les pages en arrière jusqu'au samedi tout en sachant que mon père était mort le dimanche, mais comment être certain qu'on ne m'avait pas menti sur la date ? Je ne trouvai, ni le samedi, ni le vendredi, ni le jeudi de la semaine précédente, ne serait-ce qu'une ligne qui aurait montré un lien irréfutable entre les deux avis de décès, la mort de deux jeunes hommes employés par l'Éducation nationale, et mes suppositions. C'était comme si les deux hommes n'avaient commencé à exister qu'avec l'annonce de leur décès.

Profitant d'un moment où je n'étais pas observé, je fis quelque chose qui m'aurait valu, si l'on m'avait pris sur le fait, une expulsion ou même une interdiction définitive des lieux. Je regardai à droite et à gauche, attendis que la surveillante soit occupée avec un étudiant, puis en suivant mon avant-bras gauche posé le long de la pliure je déchirai délicatement la page contenant les avis de décès. La manche atténuait le bruit et personne ne remarqua ce que je faisais. Puis je fis disparaître la page arrachée sous mon pull-over et la glissai sous ma ceinture, sans l'avoir pliée. Je me levai lentement et je rendis le volume. Une fois à la maison, je lisserais soigneusement le papier, je le plierais deux fois et je le cacherais derrière la photo de mon père, qui, depuis mon retour de Paris, avait retrouvé sa place habituelle.

XI

Emil préférait surveiller les récréations plutôt que rester dans la salle des professeurs, pour respirer l'air frais qui lui manquait à l'intérieur, mais aussi parce qu'il avait du mal à suivre les conversations avec l'attention qu'on attendait de lui. Il évitait de se lier avec ses collègues, ce qui lui semblait plus honnête que de les observer avec dédain avant de les classer en catégories aléatoires. À l'idée qu'après des années d'enseignement il pourrait devenir comme eux, il était saisi d'une panique qui lui paraissait suspecte. Il s'interdisait de penser qu'il avait choisi la mauvaise profession, mais se surprenait régulièrement à le faire. Jamais il n'aurait exprimé cette pensée à haute voix, mais il n'était pas facile de la chasser. Surtout quand, pendant la récréation, il était assis dans la salle des professeurs, entouré de collègues des deux sexes qui déballaient leurs tartines et leurs gâteaux, leurs rouges à lèvres et leurs poudriers, qui fumaient des cigarettes ou la pipe, feuilletaient leurs notes et leurs journaux, et se lançaient dans des conversations auxquelles il était quasiment impossible de ne pas participer, car le simple fait de s'asseoir dans un coin et de s'occuper de choses qui semblaient plus importantes passait pour du rejet ou de l'arrogance, ce que c'était en effet. En croyant prendre le bon chemin, il s'était trompé de voie.

Ce qui n'était qu'une image devenait par moments si réel qu'il devait fermer les yeux pour que les ténèbres le fassent disparaître. À la lumière du jour, il l'avait toujours devant les yeux.

– Alors, Ott, où êtes-vous parti ? Vous pensez à votre femme ?

Aux yeux de ses collègues, Veronika était attrayante et désirable principalement parce qu'elle n'était pas libre. Il n'y avait donc plus d'efforts à faire.

S'ils n'avaient pas été si souvent indiscrets, il les aurait trouvés moins importuns, mais c'était impossible de les éviter, surtout le directeur, qui l'abordait avec une jovialité jamais en défaut. Il avait beau être rempli des meilleures intentions du monde quand il le prenait à part pour lui dire qu'il était son plus grand espoir, qu'il possédait l'élan pédagogique indispensable à cette profession, cela avait, comme tout ce que disait le directeur, un arrière-goût désagréable, pour ne pas dire équivoque. Comme si on attendait qu'il fasse un faux pas pour mieux l'anéantir. Comme si on lui posait la main sur l'épaule pour mieux lui tordre le bras avant de l'emmener. Peut-être se trompait-il à son sujet, mais même si c'était le cas, cela ne lui aurait pas rendu le directeur plus sympathique pour autant.

– Non, je ne pense pas à ma femme, répliqua Emil, et il ne perçut la rudesse du ton de sa réponse que lorsqu'elle ne fut plus qu'un faible écho. Le rejet qu'elle exprimait n'avait pas dû échapper au directeur.

Quand il regardait autour de lui, il voyait des poupées sans visage et des pantins repus. Il savait qu'il était injuste, qu'il y avait parmi eux des enseignants aimables et compétents. Il n'était pas obligé d'être comme eux. Mais un étranger qui entrerait ici verrait-il une différence ?

– Mais où allez-vous, ne voulez-vous pas un morceau de gâteau ?

Il planta là le directeur et répondit sèchement :

– Aux w.-c.

Il ne voulait pas faire d'histoires, il savait qu'il était à la limite de l'impolitesse. Sa conduite était déplacée, il en était parfaitement conscient. Il ne voulait ni ne pouvait les comprendre mieux. Il ne pouvait ni ne voulait lire dans leurs regards. Il les esquivait. Il évitait tout contact un peu rapproché. De temps à autre Veronika l'interrogeait sur ses collègues, plus rarement à présent, et il faisait une réponse évasive.

– Nous pourrions organiser une soirée, avait-elle proposé un jour, une soirée en bas dans la cour, par exemple, avec les autres habitants de l'immeuble, avec lampions et saucisses, nous pourrons peut-être faire de la musique.

– Pour quoi faire ?

Il n'était pas question d'inviter ses collègues. « En aucun cas », avait-il dit, et Veronika n'avait pas insisté, elle n'insistait jamais, elle ne demandait pas d'explications, elle n'en reparlait plus, c'était tout. Peut-être trouvait-elle que c'était une mauvaise idée. Des lampions, des voisins et des collègues, réunis dans une arrière-cour qui sentait l'humidité et les ordures ménagères, qui ne recevait pas la lumière du soleil et dans laquelle rien ne poussait, c'était exactement ainsi qu'il se représentait cette vie banale à laquelle jadis il avait voulu échapper et dont il était à présent devenu le gardien.

Il enseignait depuis un an. Il aimait le faire, mais il n'aimait pas en parler. On le considérait comme un enseignant doué. Il avait déjà atteint le but qu'il s'était fixé.

Contrairement à la salle des professeurs, la cour de récréation, avec ses vieux platanes, n'avait rien de menaçant. Même les garçons chamailleurs – toujours les mêmes – qui mettaient un point d'honneur à déclencher une bagarre en un temps record, lui faisaient moins peur que ses collègues qui lui renvoyaient l'image de son avenir. Ils étaient l'incarnation de ce qui l'attendait alors que les garçons représentaient l'élan de la jeunesse qui ignore encore ce qu'elle va devenir. Aussi se surprit-il à leur jalouser leur insouciance indomptée. Ils arboraient les premiers signes de la virilité – musculature en herbe, duvet de barbe, révolte impuissante, voix qui muait et boutons obstinés – et la fierté de conquérants sûrs de vaincre. Ils s'entraînaient à être adultes comme s'ils l'étaient déjà, comme s'ils avaient la maîtrise du monde. D'autres lui ressemblaient davantage. Des silencieux, dont la modestie suscitait sa méfiance. Il se forçait à les dédaigner. Des coincés, se disait-il, et il les méprisait secrètement. Avec le temps, chacun d'eux, à sa façon, allait perdre quelque chose dont il avait rêvé, comme lui l'avait perdu, quelque chose qu'il n'atteindrait jamais, tout comme lui ne l'avait pas atteint.

Quand il séparait les batailleurs, d'abord en paroles, puis en intervenant, s'il le fallait, physiquement, l'espace d'un instant il redevenait un des leurs, alors qu'il ne s'était jamais bagarré quand il allait à l'école. Il prenait du plaisir à être le plus fort, même si ce n'était pas sa puissance musculaire mais le pouvoir que lui conférait sa fonction qui lui permettait de s'imposer.

Veronika lui tendit le combiné en disant : « Pour toi. » Il ne connaissait pas la voix à l'autre bout du fil. « Mon nom est Enz, je ne voudrais pas vous importuner. » Il n'avait jamais entendu ce nom auparavant. « Je vous prie d'excuser cet appel. »

Emil lui demanda s'il était le père d'un élève, il était certain qu'il n'avait aucun élève portant ce nom, mais peut-être avait-il mal entendu, et il fallait bien dire quelque chose. La voix paraissait réservée, presque timide, et il ne voulait pas se montrer revêche. De plus, il était de bonne humeur, car les vacances commençaient dans quelques semaines.

– Je suis désolé, je ne me souviens pas de vous.

– Cela ne fait rien, je vais vous expliquer. Je suis professeur stagiaire dans votre collège et cela fait trois semaines que je viens régulièrement dans votre établissement pour parfaire ma formation. Je vous ai déjà vu plusieurs fois. On nous a présentés brièvement.

– Oui, je m'en souviens.

Une image lui apparut dans un éclair, et à mesure qu'il parlait elle prit des contours de plus en plus nets, même s'il n'était pas tout à fait certain que le fin visage appartenait vraiment à celui qui parlait dans l'écouteur. Enz, un peu plus jeune que lui, était un des professeurs stagiaires que des collègues plus âgés formaient aux pratiques de l'enseignement, tout comme il avait lui-même été formé, et qui les mettaient en garde contre les mauvais coups qui ne manquaient pas de se produire dès qu'on relâchait les rênes. Le tuteur d'Enz était Berger, le directeur en personne, et Emil n'eut aucun mal à imaginer la vie difficile du jeune protégé. Le moindre signe de faiblesse suffisait pour réveiller les ardeurs missionnaires pédagogiques de Berger.

– Maintenant, je me souviens, dit Emil.

Il l'avait rencontré à la porte de la salle des professeurs. C'était Berger qui avait fait les présentations. À peine lui avait-il serré la main que l'autre avait fait demi-tour pour suivre Berger.

– Et c'est là mon problème. Je veux dire Berger, mon mentor, dit Enz, et je voulais en discuter avec quelqu'un qui le connaît et en qui je peux avoir confiance.

– Et pourquoi justement moi ? Je ne suis moi-même qu'un débutant.

– J'aimerais parler de lui avec vous parce que j'ai l'impression que vous pouvez m'aider.

Ils prirent rendez-vous pour le surlendemain dans un café proche, auquel Emil allait quelquefois à ses heures libres et à midi. Le dernier cours du matin d'Enz, qui avait lieu sous la tutelle de Berger, se terminait peu avant midi. Il l'attendrait au café. La probabilité d'y croiser d'autres collègues était faible, car les élèves n'avaient pas cours le mercredi après-midi et les professeurs préféraient rentrer chez eux. Veronika, quant à elle, travaillait du mardi au jeudi au bureau de son beau-père et déjeunait sur place.

À peine avait-il raccroché, à peine la voix avait-elle cessé de résonner que l'image du jeune homme s'effaça à nouveau, mais plus elle faiblissait, plus Emil sentait qu'il avait à lui communiquer quelque chose d'important pour tous les deux. Cette sensation sortie de nulle part, que rien ne justifiait, le poursuivit jusque tard dans la nuit et dans son sommeil, et pourtant il ignorait ce qu'il aurait dû dire à son interlocuteur.

Le lendemain, aux interclasses, il chercha le jeune enseignant du regard, mais celui-ci demeurait invisible, il ne le repéra ni dans la cour, ni dans la salle des professeurs. Emil renonça à s'informer auprès de Berger, pour ne pas attirer inutilement son attention sur le professeur stagiaire. Il voulait le protéger, même s'il ne savait pas de quoi, peut-être tout simplement de lui-même.

Peu avant le rendez-vous, il fut saisi d'une telle nervosité qu'il faillit annuler. S'il avait trouvé un prétexte convaincant et s'il avait réussi à intercepter le jeune homme dans l'enceinte de l'école, il l'aurait peut-être fait. Mais Enz ne se montrait pas. Sa nervosité lui était aussi inexplicable que le rendez-vous que lui avait demandé Enz.

Il se surprit à jeter un coup d'œil dans le miroir, censé lui indiquer quel effet il ferait à Enz lorsque celui-ci le verrait en face ; allait-il lui paraître sérieux ou encore juvénile, ouvert ou plutôt distant, détendu ou un peu crispé ? Il lui restait encore plus de trente minutes pour se faire des idées qui ne menaient à rien si ce n'est aggraver son inquiétude, et il s'y livra sans réserve. Il était impossible de se mettre à la place de quelqu'un qu'on ne connaissait pas. Il était impossible de se voir avec les yeux d'un inconnu. Il le savait bien, il essaya tout de même, bien qu'à cet instant précis, trente-six heures après leur conversation téléphonique, il ne sache plus du tout, en fait, à quoi ressemblait Enz.

Il se pencha sur le lavabo, laissa couler de l'eau dans les paumes de sa main et se rafraîchit le visage. Son dos lui faisait mal. Plus il s'efforçait de paraître détendu, plus son corps était contracté. Emil regarda sa montre. L'espace d'un instant il crut que sa *Seamaster*, si fiable d'habitude, était arrêtée. Baigné de sueur, il quitta les toilettes des professeurs en se demandant avec humeur ce qui l'avait pris d'accepter ce rendez-vous. Pourtant les aiguilles de la grande horloge de l'école n'indiquaient, elles aussi, que onze heures et demie. Il respira à fond. Sa conduite était déplacée.

Il passa devant la tache claire que le vomi d'un écolier avait laissée sur le linoléum sombre devant les toilettes. Cette trace lui rappelait les rots par lesquels ses camarades, aussi fascinés que dégoûtés, avaient, à bonne distance, singé le garçon qui n'avait pas réussi à atteindre les toilettes à temps. Pour neutraliser la puanteur, le concierge avait versé de la sciure sur le vomi avant de le balayer.

Emil perçut des voix isolées d'élèves provenant des salles de cours. Quelque part, toute une classe récitait un poème à l'unisson, sans doute par cœur. Cela sentait la transpiration, l'encaustique et la pomme pourrie, et il y avait déjà dans l'air cette pression libératrice qui allait s'échapper en un hurlement collectif crescendo puis decrescendo quand retentirait la cloche, un reliquat de joie infantile qui ne se démentait jamais. Étrangement, adolescent, il avait trouvé cette odeur encore plus désagréable qu'à présent, alors qu'il ne faisait plus partie des écoliers.

Il essaya de se concentrer sur les prochaines vacances avec Veronika, les premières depuis leur voyage de noces à Venise, qui, quelques petits désaccords mis à part, s'était si heureusement passé, et il eut soudain envie de lui téléphoner de la salle des professeurs. Mais à l'idée qu'un de ses collègues pourrait l'observer et écouter ce qu'il disait, il laissa tomber. Veronika était en ce moment chez ses parents à lui, car leur maison se trouvait à proximité du magasin. Veronika s'entendait bien avec eux, et son père était très satisfait de son travail. C'était quelqu'un comme elle qu'il lui fallait, disait-il, quelqu'un qui s'y entendait en comptabilité et qui comprenait ce qu'on lui disait. Et jolie, par-dessus le marché.

Pendant quelques secondes il avait en tout cas oublié son rendez-vous avec Enz. Il sortit du collège et se retrouva à l'air libre. Il faisait plus tiède qu'il l'aurait cru, un après-midi chaud s'annonçait. À cet instant, le visage du jeune homme qu'il allait rencontrer lui revint. Il ne se doutait pas encore que ce visage l'accompagnerait jusqu'à la fin de ses jours et se poserait sur son propre visage comme un film transparent. Il ne pouvait pas revenir en arrière. Il ne pouvait qu'aller de l'avant. Il avait promis de discuter avec lui, c'était ce qu'il allait faire.

Extérieurement, rien n'a changé. Comme c'était prévu de longue date, ils sont allés en vacances en France. Ils ont rempli la petite Fiat bleu clair de tous les vêtements qu'il leur fallait pour trois semaines et ils sont partis. Tout a été soigneusement préparé, surtout le voyage. Veronika s'est occupée des cartes et des prospectus. Elle connaît la route plus ou moins par cœur. Avant de partir, ils n'ont pas manqué d'aller dire au revoir aux parents d'Emil et à ceux de Veronika. Aucun d'eux n'a jamais entrepris un aussi long voyage. Envisagé, peut-être, mais réalisé, non. Le père d'Emil, par exemple, le conducteur passionné. Il en a échafaudé, des plans de voyage toujours remis à plus tard !

Dans les foyers respectifs, tout avait été discuté dans les moindres détails. Emil n'a montré aucun enthousiasme, comme toujours, cela n'étonnait personne. Il ne sait pas plus montrer sa joie que son excitation, pensent-ils. La mère d'Emil a rendez-vous à l'hôpital pour une petite intervention, aucune raison de s'inquiéter, elle est optimiste, le médecin aussi. Rien qui justifierait de repousser ou d'annuler ce voyage. Personne ne songerait même en rêve qu'elle n'a plus que dix-huit mois à vivre. C'est si loin encore. Ce qu'elle ressent réellement, elle le garde pour elle. Toute cette affaire l'embarrasse. L'hôtel est réservé. Cela aussi, cela fait longtemps. Une amie de Veronika travaille dans une grande agence de voyages, on est assuré que l'hôtel ne sera pas sordide. Il reste abordable cependant, car les jeunes mariés ne peuvent pas faire de folies. Le salaire d'Emil et le gagne-pain de Veronika sont modestes, mais ils ont économisé en vue de ces vacances. L'hôtel qui sera leur foyer pendant trois semaines paraît très correct sur le prospectus. Il faudrait être sur place, dit la mère d'Emil, pour voir s'il est réellement propre, en regardant dans les coins. La mère de Veronika approuve. L'amie de l'agence de voyages lui a certifié que tous les hôtels qu'elle propose ont été examinés et évalués sur place par une personne de confiance. Elle-même a déjà beaucoup voyagé et n'a eu que de bonnes expériences : l'Espagne, l'Italie et la France, et bientôt l'Amérique du Nord. Veronika fait confiance à son amie voyageuse, qui concilie le plaisir et le travail, et Emil fait confiance à Veronika.

Ils atteignent leur destination près de la frontière espagnole après deux nuits et presque trois jours de voyage, épuisés, mais contents.

Veronika ne conduit pas, mais elle promet souvent d'apprendre. Elle veut d'abord un enfant, se dit Emil. Emil, qui n'a eu aucun mal à passer son permis, aime bien conduire et il conduit sûrement, un peu trop vite parfois, comme dit Veronika, mais que signifie vite après tout, ne manque-t-elle jamais d'ajouter en riant. Elle se sent en sécurité quand il conduit, même quand il ne respecte pas les limitations de vitesse. Elle le voit au compteur, mais elle ne dit rien. L'idée de passer trois semaines sur le sable et au soleil est si aberrante et si inhabituelle qu'elle n'arrive pas à s'imaginer clairement comment ce sera et ce qu'ils pourront bien faire de leurs journées. Ils ont réservé en demi-pension, comme les autres clients, ce n'était pas possible autrement, ils ont emporté des livres et de la crème solaire, des maillots de bain, des bikinis et des sandales, des vêtements légers et d'autres moins légers pour sortir le soir, que Veronika appelle chic ou élégants. Ils sont allés à Venise, mais on ne peut absolument pas comparer ça aux grandes vacances qui s'offrent maintenant à eux. À l'époque, c'était la lune de miel, maintenant, ce sont les vacances. À la frontière franco-espagnole, ni église ni autre curiosité ne les attendent, non plus qu'une langue qu'ils ne maîtrisent pas. Veronika et Emil parlent bien le français, Veronika a un accent, mais on la comprend. Ils font plus que se débrouiller.

Ni Emil ni Veronika n'ont été dans le Sud, ni dans le Sud de l'Italie, ni dans celui de la France. Ce qui s'étend devant eux, c'est une terre nouvelle. Ils pourront peut-être franchir la frontière et visiter l'Espagne. Un pays dont le dictateur a été l'allié de Hitler, comme Emil l'explique à Veronika. Elle est étonnée. Hitler, elle connaît, elle a grandi avec ce nom ; l'autre, elle n'en a jamais entendu parler. Hitler est mort, l'autre là-bas vit toujours. Emil ne sait pas du tout si on peut passer la frontière espagnole comme ça. Le village où se trouve le petit hôtel s'appelle Collioure. Cela n'évoque pour Veronika que ce qu'elle a vu dans les prospectus : des montagnes et des collines, de l'eau et une ville romantique qui ne ressemble en rien à une ville suisse.

Arrivés à Collioure, ils se font montrer leur chambre à l'hôtel du Midi. Emil lui explique que Midi ne signifie pas l'heure du déjeuner, mais la partie méridionale du pays. Ce n'est pas la première fois qu'il le dit mais elle attribue cela à son épuisement. Ils ne sont pas partis dans le Sud, mais dans le Midi, dirait un Français. Ils s'installent dans la chambre. Des rideaux jaunes et des sols en pierre, une salle de bains pour eux seuls, un petit hall d'entrée juste devant. Ils sont très contents de la chambre et de la vue sur la mer, bien qu'elle ne dispose pas d'un balcon, comme promis. La vue devra suffire, Emil ne proteste pas auprès de la direction, pourtant il se sent un peu agacé. Il se voyait se lever la nuit et aller sur son balcon regarder les étoiles et la mer, quand il ne parviendrait pas à dormir. Veronika en tout cas le signalera à son amie de l'agence de voyages.

Au lieu d'aller d'abord, comme Emil le propose, s'asseoir au bord de la mer pour savourer la vue inhabituelle et magnifique, Veronika préfère déballer et ranger toutes les affaires, pour que ce soit fait, comme elle dit. Emil est d'accord, il hoche la tête. Il va chercher les valises dans la voiture, elles lui paraissent plus lourdes qu'au départ, et il les monte au deuxième étage. Il fait chaud, il transpire, mais l'idée de nager bientôt dans la mer, de sentir pour la première fois l'eau salée sur sa peau, lui redonne des forces. Quelle température peut-il faire là-dehors, trente, trente-cinq degrés ? Dans l'escalier, il croise d'autres clients de l'hôtel, des vacanciers légèrement vêtus, joyeux et bronzés, qui reviennent peut-être de déjeuner.

Plus tard, Emil est allongé sur son lit, il regarde le plafond et dit à voix basse mais de façon que Veronika entende : « Très bien, vraiment très bien. » « Merveilleux », le corrige Veronika tout en rangeant dans l'armoire ce qu'ils ont emporté et qu'elle déballe avec rapidité et efficacité. « Nous en avons trop emporté, beaucoup trop », dit Veronika, mais Emil paraît absent, rien d'étonnant après un trajet aussi fatigant. Un jour, sans doute, ce voyage pourra se faire en moins de temps. Quand ? On ne le sait pas encore, mais ça viendra, les signes sont positifs, dit le père d'Emil, disent tous ceux qui s'y entendent en la matière. Mais il faudra d'abord construire des autoroutes comme au Japon et en Amérique. Ce genre de chose n'intéresse pas Emil.

Elle se tourne vers le lit et voit que les yeux d'Emil se sont fermés. Il a dû s'endormir. Elle aimerait se coucher près de lui et fermer également les yeux. Avant, elle le féliciterait pour avoir conduit si sûrement et l'avoir amenée ici saine et sauve. Ne rien faire est une expérience inhabituelle. Au lieu de cela, elle regarde la mer par la fenêtre. Soudain, elle a l'impression d'être seule dans la chambre. Heureusement, ce sentiment ne dure pas, juste le temps qu'Emil lui dise : « Allonge-toi donc. » Elle se retourne et voit qu'il la regarde en souriant. « Je croyais que tu dormais », dit-elle. Il secoue la tête. L'horrible sentiment de tout à l'heure a disparu. Elle ne sait pas d'où il est venu et, puisqu'il a disparu, pourquoi s'en soucier ? Les vacances, le soleil et la mer dominent tout. Elle aussi a chaud. « Demain, nous fermerons les volets », dit-elle, et ce n'est que le lendemain qu'elle se rendra compte qu'ici il n'y a pas de volets.

Il fait beaucoup plus chaud qu'ils auraient cru, chez eux il ne fait une telle chaleur qu'exceptionnellement, certains jours de canicule du mois d'août. Dès la première heure de vacances dans leur chambre d'hôtel, ils se rendent compte que, trois semaines durant, ils ne pourront pas s'éviter. Une situation à laquelle Veronika, si du moins elle en est consciente, attache une autre importance qu'Emil. Ici, la vie n'est pas comme là-bas, ici, c'est un répit, une interruption, qui ralentit le temps. Ils passeront tous les deux beaucoup de temps au soleil et à lire.

Bien qu'Emil soit épuisé après un trajet de plusieurs centaines de kilomètres, il tolère que Veronika pose sa main sur son ventre après s'être assise à côté de lui sur le lit. Il sait ce qu'elle veut. Elle s'étend et se blottit contre lui comme une chatte et il ne se défend pas. Il aurait préféré une chatte, mais la présence de Veronika ne lui est pas désagréable. Pourtant, il préférerait qu'elle ne le fasse pas maintenant, et pas seulement parce qu'il est fatigué. Il n'a aucun mal à lui faire croire qu'il aime bien qu'elle le touche. Ils ne font rien qui diffère de ce que font les autres couples. Il est rare qu'ils fassent l'amour dans la journée, encore moins un jour ouvrable. Le mot sexe, aucun des deux ne l'a jamais prononcé en présence de l'autre et ne le prononcera jamais. Il lui fait l'effet qu'il est censé faire, dès qu'il y songe. Il ne croit pas qu'il en va de même pour elle. Il ne veut pas lui poser la question. Emil a étudié le français. Il connaît assez bien la langue pour savoir ce que le mot signifie en français. *Le sexe* est masculin. Lorsque Veronika pose sa main sur son membre et lui fait ainsi comprendre ce qu'elle attend de lui, en faisant semblant de l'avoir touché par inadvertance, Emil ferme les yeux et se tourne vers elle.

Quand Emil la pénètre, ses pensées sont loin d'elle. C'est presque toujours ainsi. Il ne croit pas qu'elle puisse découvrir un jour le pot aux roses. Entre eux s'ouvre un abîme infranchissable. L'objet qui semble les souder est en réalité la lame qui les sépare. Il n'est pas n'importe où en pensée, mais exactement là où il veut être. Il ne vagabonde pas, il est concentré sur quelque chose d'autre que sa femme.

Il se concentre sur André, sur les cuisses d'André, sur le ventre d'André, sur les mains d'André. Sur ses mains, avant tout. Puis il voit son sexe, volumineux, vigoureux, accessible. Il l'a suffisamment touché. Il s'en souvient bien.

Mais ensuite, plus rien ne le retient de penser à Sebastian. Sebastian n'est pas comme André. Entre lui et André, il y avait toujours eu une frontière bien marquée. Sebastian, lui, le submerge. Il lui a tendu la main. En contrepartie, il a reçu le corps tout entier. Comment est-ce possible ? Il ne le sait pas. Il a touché son bras. C'est comme si, à présent, il se dirigeait vers lui en sortant de lui-même et se dressait devant lui, le regardant droit dans les yeux.

Lors de leur première rencontre, une semaine avant, ils ne s'étaient pas assis face à face mais côte à côte, c'est le hasard qui l'avait voulu. « Comme ça, nous pourrons regarder dehors », avait dit Sebastian après s'être éclairci la gorge. Il avait pris la main d'Emil à tâtons, avait glissé son index sous le bracelet de cuir de la montre et caressé lentement la place où le poignet était plus tiède et plus humide à cause du frottement, puis à voix basse il lui avait expliqué qu'entre cet endroit de la peau et les autres endroits, il y avait la même différence qu'entre les parties dénudées du corps et les parties vêtues, à la nuance près qu'on pouvait toucher cet endroit sans risquer d'être fouetté en place publique, aussi s'y livrait-il avec constance et excitation car avec les parties secrètes du corps c'était interdit, surtout en public, et son index avait continué son va-et-vient entre la peau et le bracelet de montre, alors qu'ils étaient assis côte à côte, dans un coin moins exposé aux regards qu'au milieu de la salle ou près de la fenêtre. Il avait compté sur la compréhension d'Emil.

La peau sous le bracelet était humide de sueur pour avoir été couverte comme toutes les autres parties auxquelles il leur était interdit de toucher, qu'ils avaient pourtant hâte de toucher, alors même qu'ils venaient de faire connaissance et qu'ils ne s'étaient encore rien avoué. Plus tard, au cours de leur conversation, Sebastian avait glissé l'index dans sa bouche. Fortuitement ou exprès, cela n'avait aucune importance.

Ce n'est que lorsque Veronika chuchote : « Tu ne veux pas enlever ta montre » qu'il se rend compte qu'il a glissé l'index sous son bracelet de montre comme Sebastian la semaine d'avant. Il ôte le bracelet et pose la montre à côté du lit.

Ils ont d'abord parlé de Berger, puis de Sebastian, qui vit encore chez sa mère, laquelle est obligée de travailler parce que le père, dont elle est séparée depuis des années, ne donne pas assez d'argent. Ils avaient eu besoin de peu de mots pour se comprendre. Les difficultés de Sebastian avec Berger, qui n'avaient rien de grave, lui avaient simplement servi de prétexte pour appeler et rencontrer Emil. Sebastian ne l'avait pas avoué explicitement sinon en disant : « J'avais envie de te voir. Je suis au courant. » Et Emil n'avait même pas protesté. À quoi bon ? La vérité était du côté de Sebastian. Emil avait admiré cette façon d'aller droit au but qui ne correspondait pas du tout au jeune homme dont il avait le souvenir.

La nuit d'avant le départ dans le Midi, ils se sont vus en secret. Veronika n'était pas au courant de leur rendez-vous. On peut donc le qualifier de secret. À la fin, lorsque Veronika jouit, il ressent une douleur qui le fait hurler. Veronika semble satisfaite. Ils restent couchés l'un sur l'autre encore un instant. C'est la peur de ne plus jamais le revoir et de ne plus jamais le toucher qui l'a fait hurler. De rancœur autant que de nostalgie. Mais il le reverra. Ils se sont embrassés, ce n'est pas dans son imagination. La main sous sa chemise et sur son sexe qui bandait, il ne l'a pas inventée. Il cherche sa montre à tâtons. « Qu'est-ce que tu cherches, ah oui, ta montre. » À présent Sebastian remplit sa vie à un point tel qu'il ne sait plus quelle place accorder à Veronika. Il l'a presque exclue. Elle lui fait pitié, mais il ne peut rien pour elle.

« Peut-être cette fois-ci », murmure Veronika. Elle ne se lève pas pour se laver. Elle veut garder la semence qui a pénétré en elle, chaude et fertile, afin qu'un enfant en naisse. Il sait ce qu'elle attend de lui. Tous souhaitent qu'ils aient un enfant. Cette fois sera peut-être la bonne, ou bien ce sera ce soir, ou alors demain. Emil ne décevra pas Veronika, même si cette pensée l'horrifie. Depuis quelques semaines, ils ont abandonné toute méthode contraceptive. C'est Veronika qui l'a décidé, et Emil fait semblant d'être d'accord, a-t-il le choix ? Il pense aux lettres qu'il va écrire à Sebastian, dans cette chambre, à ce petit bureau, face à la mer, pendant que Veronika sera allongée au soleil sur la plage en espérant avoir reçu cette fois ce que les autres attendent d'elle. En fermant les yeux, il se voit assis au bureau. Il va écrire à Sebastian, Sebastian va lui écrire. Il suffira de peu de mots. De sa plume en jailliront beaucoup, il ne les retiendra pas. Les mots ne sont même pas utiles. Il suffira d'une feuille blanche, d'une ligne, d'un point. Il ne lui écrira pas comment passent les journées, mais qu'elles ne passent pas. En lettres majuscules soulignées. Que l'attente est aussi insupportable que le soleil qui le brûle. Une page blanche en dit autant qu'une page entièrement remplie.

Emil trouvera un moyen de recevoir les lettres de Sebastian sans que Veronika s'en aperçoive, elle qui s'est à présent endormie à côté de lui, les cuisses serrées. Elle n'attend pas de courrier. Elle n'imagine pas qu'il en attende. Il glissera un peu d'argent au portier et lui demandera d'être discret. Ce n'est qu'une question de connivence et de pourboire.

« Qu'y a-t-il ? Qu'est-ce qui te fait rire ? »

Veronika s'est réveillée. Il réfléchit et pour finir répond : « Notre enfant. »

C'est de la trahison, se dit-il, je trahis notre enfant qui n'est pas encore né, je me sers de lui pour qu'on me croie, je prétends penser à lui, mais en réalité il me sert de couverture. Il ne faut pas qu'il naisse. Et il voit Veronika caresser inopinément son ventre à deux mains, comme si elle ne touchait pas sa propre chair, mais celle de son enfant. Il lui prend la main, ils sont couchés côte à côte les yeux fixés sur le plafond où de minuscules moucherons tournent avec acharnement. Ils pensent tous les deux à leur enfant qui n'est pas né, chacun à sa façon. Comment se forme-t-il et quand et pourquoi.

Il reçut la première lettre dès le lendemain. Elle avait été timbrée en Suisse quatre jours auparavant. Sebastian avait dû l'expédier avant même le départ d'Emil. Il déchira l'enveloppe sans attendre d'être dans sa chambre. Plusieurs pages couvertes d'une écriture serrée. Il survola fiévreusement le contenu. Par endroits, son regard restait accroché à tel ou tel mot dont le sens lui échappait sur le moment. Mais ceux qui avaient été sculptés à la fin de la lettre en caractères majuscules rayonnaient de tout leur éclat : *Amoureusement, Seb.*

Seb ? Seb. Il enfouit l'enveloppe dans la poche de son pantalon, il la lirait plus tard. Veronika attendait dans la salle du petit déjeuner. Il trouverait bien un moment dans la journée pour relire la lettre dans le calme et la solitude. Son empressement à ouvrir l'enveloppe n'avait pas échappé au petit portier au regard hardi qui la lui avait remise dans le hall. Il avait compris, mais il devait supposer que la lettre venait d'une femme. Son silence ne lui avait pas coûté grand-chose. Le portier – François ? Frédéric ? – avait pris le billet avec un sourire torve et lui avait assuré qu'il était toujours de service quand le facteur passait vers sept heures du matin. « *Va, compte sur moi**. » Il avait baissé la voix comme s'il s'agissait d'un acte héroïque secret. Il ne manquait plus qu'il le tutoie.

Le surlendemain, deux lettres arrivèrent en même temps. Le sourire du portier était encore plus insolent, mais il s'abstint de tout commentaire. Emil lui glissa le pourboire et s'éloigna. Sur l'enveloppe étaient écrits son nom, celui de l'hôtel, ainsi que l'adresse de l'établissement ; derrière : S. Enz, ainsi que l'adresse de celui-ci.

Emil s'éloigna en savourant la sonorité du nom, d'abord sans émettre un son, puis, à la plage, en l'articulant les mains en cornet devant la bouche. Pendant qu'il regardait la mer, les yeux mi-clos, les pieds nus dans la tiède eau bleue, il confiait le nom aux petites vagues assez puissantes pour emporter sa voix et la couler. S. Enz. Puis Seb. Puis de nouveau S. Enz.

S. Enz. Il ne fallut pas beaucoup de temps, au bout d'une demi-douzaine de répétitions déjà la sonorité avait changé, S. Enz : *essence*. Essence, c'était aussi sec que Seb, aussi sifflant et mordant que le sirocco qui l'avait giflé la veille quand il sortait de l'hôtel, aussi perçant que les rayons du soleil qui traversaient son corps comme les flèches de Cupidon, lorsqu'il s'étendait près de Veronika sur le sable chaud ou la serviette plus fraîche. Aussi câlin que le corps qu'il avait touché, *handsome*, *cute*, comme disent les Anglais, joli. E – Enz – essence, il se précipita dans l'eau qui l'engloutit et dans les flots de laquelle il cria pour que personne ne l'entende, peu importait l'eau qu'il avalait, c'était le sel sur la peau fraîche de Sebastian qu'il ingérait, et c'était bon, meilleur que tout au monde. Il trouva des mots pour ce qu'il avait atteint et trouvé, pour ce qui lui échappait et qu'il retenait, des mots qui avaient longtemps sommeillé en lui comme la capacité d'aimer quelqu'un comme il aimait cet homme, qu'il connaissait à peine. Il avait trouvé l'amour sans l'avoir cherché, un instant, un regard, deux yeux avaient suffi. Il avait conscience d'infliger à Veronika une douleur qu'elle ne ressentait pas encore et que jamais elle ne devait ressentir, mais sa joie était plus importante que les égards qu'il lui devait. Il n'aurait d'égards pour personne.

Après avoir cherché en vain dans la chambre une cachette sûre pour les lettres de Sebastian, il décida de les confier au portier pour qu'il les mette dans le coffre-fort de l'hôtel. Mais avant, il les relut attentivement, plusieurs fois, si souvent et si longuement que les passages les plus significatifs allaient lui revenir même dans son sommeil. Elles l'y attendraient comme le visage de Seb.

Il passa la langue sur les endroits que la langue de Seb avait humectés, et il réprima l'impulsion folle de dévorer les lettres au lieu de les confier à la garde d'autrui, en compagnie de bijoux d'inconnus et de billets de banque usagés. Pour se chauffer à leur flamme, il aurait voulu les brûler. Il ne le fit pas.

Au lieu de cela, il était étendu dans le sable à côté de Veronika, s'imaginant en train d'inhaler les caractères les uns après les autres, d'aspirer les virgules les unes après les autres, d'avaler les pages les unes après les autres.

Sebastian envoyait des photos et de petits papiers qui contenaient ce qui lui était passé par la tête dans la journée et qu'apparemment il ne pouvait remettre à plus tard de noter, des observations, des déclarations d'amour, des pensées sur lui-même, sur Emil et sur leur avenir commun, comme s'il pouvait y en avoir un. Emil acheta des enveloppes brunes en papier épais chez le buraliste du coin, y glissa les lettres et les cacheta avant de les remettre à François. Il ne s'appelait pas Frédéric.

Les jours passaient de façon monotone, extérieurement en tout cas ils en avaient l'air. Ils dormaient longtemps, prenaient leur petit déjeuner tard, traînassaient, faisaient des tours au marché, buvaient du café en plein air, mangeaient des croissants, allaient à la plage, s'étendaient au soleil et lisaient, nageaient ou se rafraîchissaient brièvement dans l'eau, s'étendaient à nouveau sur leur serviette de plage, et observaient paresseusement et sans but ce qu'il se passait autour d'eux, avant de constater qu'il ne se passait quasiment rien, sinon qu'en quelques jours le nombre de touristes avait nettement augmenté si bien qu'il devenait de plus en plus difficile et, à la fin, tout à fait impossible de trouver une place isolée sur cette plage sur laquelle ils aimaient passer du temps. Parfois venaient errer des chiens sans maître. À midi, ils ne mangeaient rien ou très peu, ils ne faisaient pas d'excursions dans les environs parce qu'il faisait trop chaud dans la voiture, et le soir ils mangeaient à l'hôtel avant d'aller faire un tour sur la promenade où se pressaient les estivants.

À midi, Emil laissait Veronika seule. Elle levait les yeux vers lui par-dessus le bord de ses lunettes de soleil, il prétendait qu'il avait trop chaud. Il lui disait toujours la même chose, et elle n'attendait rien d'autre. Elle s'étirait, contente de son bronzage et fière de sa silhouette, qui, comme disait son père, comblait tous les désirs, puis remettait ses lunettes bien en place. Il l'avertissait de ne pas rester trop longtemps sur la plage sans chapeau, c'était dangereux de s'endormir au soleil, mais il savait qu'elle ne suivrait pas son conseil, d'autant qu'il n'y avait pas d'ombre, c'était justement ce sur quoi il comptait. Elle ne le suivait pas à l'hôtel, il y était seul.

Elle disait que le soleil et la chaleur lui faisaient du bien, qu'elle dorme ou qu'elle veille. Elle « fait le plein » de soleil pour toute l'année, disait-elle, et il se demandait d'où elle tenait ce genre d'expression. Peut-être de son père, qui devait la tenir d'un client. Il se mettait debout, elle levait les yeux vers lui et le suivait du regard, pendant qu'il se frayait prudemment un chemin à travers les gens à moitié nus, les parasols, les fauteuils de plage, les draps de bain, et longeait tous ces corps étendus, jusqu'à ce que la chaleur frémissante, dans laquelle son corps brun devenait de plus en plus clair, l'avale tout à fait.

Il retournait à l'hôtel pour lire précisément et attentivement ce que Sebastian lui avait écrit, avant de lui répondre. Il s'était procuré du papier à lettres et des enveloppes, des crayons et des stylos à bille. Si Veronika lui demandait pourquoi il en avait besoin, il prétendrait rédiger un récit de voyage à l'intention de ses élèves. Elle le croirait. Il se procurait les timbres chez le buraliste. Il savait où se trouvait la boîte aux lettres la plus proche, dont il voyait la couleur jaune de loin. Il savait quand et combien de fois avait lieu la levée du courrier, mais il ne savait pas quand les lettres arriveraient chez Sebastian.

Il lui fallait plus que des lignes et des points pour satisfaire son besoin presque inépuisable de communiquer. Jamais auparavant il n'avait reçu ni écrit des lettres aussi exhaustives et longues. Jamais auparavant il n'avait écrit sur des choses pas encore advenues. Ils soupiraient tous les deux après ces événements. Encore un peu de patience et ils se produiraient. Et plus il se languissait, plus il était sûr de son fait. Il ne pouvait avoir de secrets pour Sebastian. Comme ils ne savaient pas grand-chose l'un de l'autre, au fond presque rien, il lui décrivait aussi les séjours à la clinique et les fantasmes qui l'y avaient conduit et qui, à présent, dépassaient d'un tiroir caché de sa conscience, en attendant d'être sortis de nouveau. Ce qu'il écrivait pouvait sembler confus et grandiloquent, cela lui était égal, Sebastian comprendrait ce qu'il voulait dire.

Le quatrième jour de vacances, ils firent une excursion dans les environs de Banyuls. Au coucher du soleil, ils renoncèrent au dîner de l'hôtel ; au lieu de cela, ils prirent un petit en-cas dans une bourgade proche de la frontière espagnole. Le petit en-cas que l'aubergiste leur avait recommandé avec volubilité s'avéra être un repas copieux qui – contrairement à ceux de l'hôtel – ne consistait pas en trois plats, mais en plusieurs plats très différents servis les uns après les autres pour certains, simultanément pour d'autres. Des plats chauds, tièdes et crus qu'ils n'avaient encore jamais mangés ou du moins jamais préparés de la sorte. L'aubergiste avait dit que sa cuisine était espagnole et ils avaient hoché la tête sans savoir ce que cela signifiait. Et à présent, ils goûtaient à ces saveurs si particulières.

Le soleil couleur orange sanguine éclairait le visage de Veronika lorsqu'il prononça pour la première fois le mot devant elle, et comme elle était éblouie, il lui fut impossible de voir qu'Emil rougissait d'enthousiasme et de honte lorsqu'il dit en indiquant son assiette :

– Pour moi, c'est comme l'essence du Sud.

Quand Veronika lui demanda ce qu'il entendait par là, il répondit, pleinement conscient de ce qu'il disait et en pesant chaque mot :

– Ces tomates sont sucrées comme si elles s'étaient gorgées de soleil. On se demande à quoi elles doivent leur goût, sont-elles juste la chair et l'eau et le sucre dont elles se composent, ou bien ne seraient-elles pas plutôt la meilleure part de la chaleur et du soleil qui les ont fait mûrir et devenir ce qu'elles sont maintenant : une essence. Elles sont devenues une essence. Une essence.

Tout son visage rayonnait.

Veronika avait l'habitude de le voir employer des expressions recherchées dont elle-même ne se servait pas. Aussi, lorsqu'elle prononça à son tour le mot « essence », elle dit : « Oui, tu as raison, c'est sûrement l'essence de tout cela », Emil fut étonné d'être si malin et même d'en tirer vanité. Il avait forcé Veronika à prononcer le nom de l'homme qu'il aimait !

Était-ce son intention quand il avait employé le mot « essence » devant elle ? Un témoin qui ignorait tout et ne pouvait témoigner de rien. Veronika ne se doutait de rien. La participante silencieuse hochait la tête et semblait être d'accord avec lui.

– Oui, le goût de ces tomates est sensationnel, dit-elle, mais celui de l'huile d'olive aussi, avec le poivre, et ce fromage ! Je n'ai jamais mangé un fromage pareil. Et ce pain ! Pourvu que l'huile ne nous donne pas la diarrhée.

– Avec cette huile, c'est pareil. Pureté. Corporalité. Souplesse. Pure essence, chaleur, lumière et rosée, tout cela va ensemble, jour et nuit, dit Emil qui avait entendu dire que les tomates poussaient surtout la nuit, et il pensa au corps de Sebastian, à ses mains qui lui effleuraient la joue, et Veronika hocha la tête pendant qu'une goutte d'huile coulait le long de son menton. Si ça avait été Sebastian en face de lui, il l'aurait cueillie avec un doigt puis léchée. Au lieu de cela, il fit un geste de la main, et Veronika saisit sa serviette en papier et s'essuya. Il sentit sur sa langue son goût à lui.

Le soleil se couchait, mais il faisait encore trop chaud, si bien qu'ils attendirent la tombée de la nuit avant de rentrer à Collioure.

Le lendemain, aucune lettre ne l'attendait, ce qui poussa le portier à lui faire un clin d'œil encourageant qu'Emil s'efforça d'ignorer, tout en sachant que la déception qui s'était peinte sur son visage n'avait pas échappé au portier. Il se retint de retourner le voir à midi pour demander si du courrier n'était pas arrivé entre-temps. Il n'y en avait pas. Cela ne voulait rien dire, pourtant cela le mit dans un état dangereusement proche du désespoir. Même le soleil ne parvint à le dissiper.

Le soir au dîner, sur la terrasse de l'hôtel, Veronika l'arracha à ses pensées en attirant son attention sur un petit groupe de touristes qui encombraient le hall de l'hôtel. Sans aucun doute de nouveaux arrivants qui n'avaient pas encore pris le soleil. Ils étaient entourés de bagages et portaient des vêtements trop chauds.

« Ils doivent être bien fatigués », fit observer Veronika, et Emil hocha la tête d'un air absent, ce qui ne lui échappa pas. Il prit une gorgée de vin et reposa délicatement son verre. Il regardait les nouveaux arrivants d'un air indifférent, quand un mouvement le mit en alerte. Avant de comprendre de quoi il s'agissait, il eut l'impression qu'il appartenait à quelqu'un qu'il avait déjà rencontré. L'homme en question, un jeune homme, se retourna et regarda dans leur direction.

– Qu'y a-t-il ? demanda Veronika.

– Rien. Reprenons un peu de vin, répondit Emil avec présence d'esprit, tout en regardant Sebastian dans les yeux, qui lui rendit son regard. Veronika ne s'aperçut de rien. Aucun des deux n'avait l'intention de trahir l'autre, aucun des deux n'allait le faire, aucun des deux ne tenait à clarifier la situation, aucun des deux n'avait intérêt à y changer quelque chose. Soudain, leurs cachotteries étaient montées d'un cran. Comme s'ils s'étaient rapprochés par-dessus la tête de tous les autres, bien plus qu'à leur dernière rencontre. Ce soir-là, Emil ressentit les effets de l'alcool plus tôt que d'habitude, et Veronika constata qu'il fumait plus que de coutume. Il ne lui échappa pas non plus que son humeur s'était brusquement améliorée.

Je retournai voir Rentsch l'horloger, il se souvenait de moi. Il se demanda peut-être comment j'étais entré si vite en possession de la montre dont je m'étais mis en quête deux semaines avant, mais il n'en laissa rien paraître. Je posai la montre de mon père devant lui et lui expliquai qu'elle avait passé toutes les années depuis la mort de mon père dans un tiroir et qu'après avoir marché quelques heures elle s'était de nouveau arrêtée.

Il la tourna et la retourna dans sa main.

– Un exemplaire bien conservé.

Il découvrit quelques éraflures sans importance sur le verre, sans se servir de son oculaire.

– Si elles te gênent, je remplace le verre, sinon, laissons-le tel quel.

Non, les éraflures ne me gênaient pas, au contraire, elles étaient un témoignage visuel de ce que je ne savais pas et ne saurais certainement jamais. Le verre avait reflété des choses qui concernaient directement mon père. Il lui avait appartenu de la même façon qu'il m'appartiendrait à l'avenir.

– Je vais l'examiner attentivement, la nettoyer et faire tout ce qui est nécessaire si c'est nécessaire.

Mais je ne crois pas qu'il faille remplacer quelque chose. Tu peux passer la récupérer après-demain.

Je laissai cependant mon numéro de téléphone, pour le cas où la réparation prendrait plus de temps.

La vie reprit son cours habituel. Extérieurement, rien n'avait changé. Les vacances étaient terminées, je retournais à l'école. Roland me déposait deux fois par semaine devant le bahut, les autres jours j'y allais comme d'habitude à vélo. Roland parlait si naturellement de mon expédition à Paris qu'on aurait cru que je l'avais entreprise avec son consentement. Ce que j'y avais vécu et appris, je le gardais pour moi, comme si je n'étais jamais parti. Il était plein d'égards et de tact, moi, j'étais distant et pas très amical. Il ne me reprochait même pas d'avoir causé du souci à ma mère, dont l'inquiétude ne pouvait pourtant pas le laisser indifférent. Il était prêt à s'intéresser à mes problèmes si je les avais partagés avec lui. Mais j'aurais préféré me confier à un étranger plutôt qu'à l'homme qui, contrairement à mon père, ne m'a jamais abandonné ni fait souffrir d'aucune façon.

Bien que ma renommée auprès de mes camarades eût certainement crû si je leur avais raconté que j'avais fugué pendant les vacances, je ne racontai rien à personne. J'en savais à la fois trop et pas assez. Je ne voulais pas plus partager mon savoir que mon ignorance. J'évitai ma mère. Elle non plus ne chercha pas ma présence. Nous nous tournions autour comme des chats en colère, prêts à tout moment à se sauter dessus, mais aussi à faire la paix.

Il s'avéra que la *Seamaster* était en bon état. Il avait suffi de la nettoyer à fond pour qu'elle remarche. Deux jours plus tard, je retournai comme convenu à la boutique de Rentsch. Il me remit la montre et me demanda cinq francs. « Un montant symbolique », fit-il remarquer. Bien entendu, j'ignorais complètement quel montant il aurait pu exiger pour son travail.

Il avait nettoyé l'intérieur et poli l'extérieur de la montre. Il avait fait tremper le vieux bracelet en cuir, auquel je tenais autant qu'aux éraflures sur le verre, dans de la graisse liquéfiée et il avait pris soin que celle-ci ne durcisse pas, si bien que le bracelet paraissait à nouveau élastique et mou.

– Maintenant, tu peux la porter tout le temps, jour et nuit, tu verras, elle est robuste, elle est capable d'en supporter beaucoup, et tu n'auras plus besoin de la faire réparer avant longtemps, me dit Rentsch, et le temps lui donna raison. Aujourd'hui, plus de trente ans après, même si je ne la porte plus que rarement, elle n'a rien perdu de sa précision, alors que je ne l'ai fait réviser qu'une seule fois dans l'intervalle, et cela non pas parce que c'était réellement nécessaire, mais parce que j'avais envie de voir Rentsch. Mais je dus constater qu'il avait cédé la boutique à quelqu'un de plus jeune, qui n'avait aucune idée de ce qu'était devenu son prédécesseur.

Il ne l'avait pas revu depuis la veille, il ne savait pas dans quelle chambre il logeait, il ne savait pas quelles étaient ses intentions, il savait juste qu'il avait trouvé le moyen de le revoir. Le plus simple mais aussi la solution la plus rusée. Le plus court mais peut-être le plus dangereux. Emil n'aurait jamais imaginé, même pas en rêve, que Sebastian le rejoindrait là où il passait ses vacances, il n'aurait pas osé espérer, même en rêve, qu'il serait près de lui si tôt. La nuit suivante, il avait mal dormi, se retournant sans cesse dans les draps tout en s'efforçant de ne rien laisser paraître et, de fait, Veronika ne s'était pas réveillée.

Au cours du petit déjeuner, Emil se força à ne pas chercher Sebastian du regard trop souvent et trop ostensiblement, mais l'autre demeurait invisible.

Il se demanda s'ils étaient dans le même hôtel. Hier il pouvait être venu sur la terrasse de l'hôtel du Midi non pas parce qu'il y logeait mais simplement pour dénicher Emil. Cela aurait été dangereux, si près, trop voyant. Comment entrer en contact avec lui ? La joie de le revoir cédait peu à peu la place à la peur d'innombrables obstacles.

Vers onze heures, Emil et Veronika se rendirent à la plage qui, à cette heure-là, était déjà bondée, et s'installèrent près de l'eau. Ils auraient préféré s'installer un peu plus loin, mais il n'y avait déjà plus de place. Ils se dévêtirent, plièrent leurs vêtements et s'étendirent confortablement sur leurs draps de bain. Veronika se coucha sur le dos et déplia son magazine, Emil s'allongea sur le ventre et, incapable de lire, ferma les yeux.

– Tu ne veux pas lire ?

– Non.

– Tu préfères dormir ?

Il ne répondit pas, peut-être parce qu'à ses oreilles la question sonnait comme un reproche. Il n'osait pas dire qu'il voulait réfléchir sans être dérangé.

Les images qui se mirent à défiler dans sa tête n'étaient pas faites pour le calmer. Il aurait dû rester dans sa chambre et attendre le signal de Sebastian, qui n'aurait aucun mal à découvrir son numéro de chambre et à monter. Il le voyait devant la porte de sa chambre en train de frapper, d'abord tout doucement et avec hésitation, puis vigoureusement et à la fin, déçu, il le voyait se retourner, inquiet, pour voir si aucune femme de chambre n'observait son manège, avant de se retirer d'un air abattu. Emil crut ensuite voir Sebastian dans sa propre chambre d'hôtel, se faisant passer plusieurs fois la chambre d'Emil au téléphone, toujours en vain. Combien faudra-t-il de temps avant que le portier comprenne la situation ? Combien faudra-t-il de temps avant que Sebastian se lève et raccroche le combiné pour ne plus jamais appeler, plus jamais, ni aujourd'hui, ni demain, ni dans un mois, décidé à rentrer chez lui, amèrement déçu qu'Emil n'ait pas levé le petit doigt pour le retrouver, pour le rencontrer, pour lui parler ? Trop lâche. Collioure n'était pas Paris, après tout, c'était un village où il était facile de dénicher et débusquer sans peine ce qu'on cherchait et qui on cherchait, il suffisait de le vouloir. Il suffisait de le vouloir ! À mesure qu'Emil, toujours plus nerveux, envisageait cette possibilité et une foule d'autres, à mesure qu'il repensait à la rencontre inespérée de la veille, le sentiment d'avoir simplement souhaité, désiré et imaginé cette rencontre grandissait jusqu'à devenir dévastateur.

Sûrement le jeune homme n'était pas celui pour lequel il l'avait pris. Ce n'était pas Sebastian, mais un quelconque quidam qui lui ressemblait de loin, une apparition qui n'aurait pas résisté à une observation plus rapprochée, un double. Convaincant, mais pas réel. Il faisait noir et il avait bu. Il était ivre et il s'était volontairement laissé tromper. Les ombres n'avaient pas seulement envahi son âme, elles lui avaient aussi brouillé la vue. Une erreur que tout cela. Son désir de Sebastian avait été si fort qu'il avait été victime d'une fâcheuse erreur de jugement. L'alcool et la foule avaient été propices à l'illusion, mais la source de celle-ci était ses espoirs absurdes. Et l'amour qu'il éprouvait.

Puis il s'endormit en plein cagnard.

En ouvrant les yeux, il rencontra ceux de Sebastian. Il était en train de rêver. Non, il ne rêvait pas. Pour un peu, il se serait levé d'un bond. Pour un peu, il aurait poussé un cri. Il réussit à garder son sang-froid. Sebastian était allongé à moins de deux mètres de lui, à hauteur de ses yeux, et il le regardait. Depuis combien de temps était-il étendu là, à l'observer et à attendre qu'il bouge, qu'il ouvre les yeux et le reconnaisse ? Au moment précis où Emil comprit qu'il ne s'agissait pas d'un rêve, qu'il ne dormait pas et que ce n'était pas une hallucination, les lèvres de Sebastian s'ouvrirent en un large sourire. Quel bien cela lui faisait de le savoir près de lui ! Emil ne bougeait pas. Personne ne devait se rendre compte de ce qui se passait. Personne, c'était Veronika. La rencontre imprévue se déroulait en silence. Entre celui qui l'avait arrangée et celui qui en avait eu la surprise, il n'y avait que du sable et du ciel, deux mètres à peine de sol friable – et tout autour, des centaines d'observateurs aveugles.

Veronika était couchée sur le côté. Elle lui avait tourné le dos. Elle ne remarqua pas qu'Emil s'était réveillé. Et même si elle l'avait remarqué, elle aurait été pourtant infiniment loin de la vérité. Sebastian ne le quittait pas des yeux. Il l'avait cherché et il l'avait trouvé. Après un long voyage. La surprise était parfaite. À la pensée de l'avoir si près de lui, peut-être pendant toute la durée du séjour, Emil eut un vertige de bonheur et de volupté.

Sebastian s'était étendu en face de lui sur une étroite serviette bleu foncé. De son corps, Emil ne voyait que le cou, la clavicule, les épaules, les bras et les mains repliées sur lesquelles reposait son menton. Il avait déjà dû aller nager, car ses cheveux lisses coiffés en arrière étaient encore humides. Il le regardait sans discontinuer, et rien n'était plus facile ni plus désirable que de se noyer dans ce regard. Lentement Sebastian enfouit d'abord un bras profondément dans le sable, puis l'autre. Son visage était plus clair que ses épaules, comme s'il s'était protégé du soleil exprès. Deux petits mouvements et les bras ressortirent comme d'élégants animaux de leur terrier. Des grains de sable et de minuscules cailloux s'étaient pris dans ses poils, les muscles du bras ondulèrent puis s'effacèrent.

Les lèvres de Sebastian formèrent un mot qu'Emil comprit instantanément.

Sebastian se leva et replia sa serviette. Tourné vers Emil, il s'accroupit. Il posa ses deux mains sur les cuisses, regardant Emil d'en haut. Le léger mouvement de tête en direction de Veronika signifia pour Emil le signal du départ.

Emil se lève. Veronika le prie de lui rapporter de la crème solaire à son retour. Il est midi. Comme d'habitude il va aller à l'hôtel pour s'allonger un moment ou travailler une ou deux heures comme les jours précédents, « trois heures peut-être, je serai revenu à quatre heures au plus tard ». Même si elle remarque que le jeune homme qui était allongé en face de lui se lève pour le suivre, elle n'y prête pas attention. Il y a tellement de gens ici, on croirait qu'il y en a tous les jours davantage. Tout à son ignorance, Veronika poursuit sa lecture, un bras tendu pour se protéger du soleil, qui l'éblouit tout particulièrement à cette heure de la journée, malgré ses lunettes de soleil. « N'oublie pas de te mettre de la crème », dit-il par habitude. Elle se tourne sur le ventre et lève de nouveau les yeux. Emil est parti. Les deux jeunes hommes disparaissent dans la foule des insatiables assoiffés de soleil. Qui pourrait remarquer que leurs épaules se touchent ? Emil en frissonne.

Il aura bien le temps, plus tard, de s'étonner du sang-froid de Sebastian. Comment a-t-il appris le numéro de chambre d'Emil et comment s'est-il débrouillé pour obtenir la chambre adjacente, cela reste, pour Emil, un mystère. Mais ce qu'il éprouve pour l'instant éveille bien d'autres désirs et passions que la curiosité et le besoin de savoir. Sebastian a, semble-t-il, des talents qu'il n'a pas. Il admire tout chez lui. Quand il agit avec une sûreté de somnambule, sans réfléchir, tandis qu'Emil attend toujours que les choses arrivent.

Ils utilisaient la chambre de Sebastian. Si Veronika était revenue à l'hôtel à l'improviste, les deux jeunes hommes auraient entendu de loin ses sandales claquer sur le sol du couloir, et Emil aurait eu le temps de se rhabiller, de retourner à côté et d'inventer un mensonge pour expliquer son absence. Mais il y avait peu de chance que ça se produise.

Ils se voyaient tous les jours à midi dans la chambre de Sebastian, sauf le premier dimanche, lorsque Veronika insista pour visiter le marché de Port-Vendres qui d'ailleurs se révéla sans charme. Au bout d'une heure, Veronika en eut assez, et ils retournèrent à Collioure, les mains vides et de mauvaise humeur.

Même quand ils étaient seuls, Sebastian et Emil faisaient attention à ne pas se faire remarquer, ils fermaient les fenêtres et parlaient à voix basse. Quand l'un d'eux gémissait, l'autre lui mettait la main sur la bouche.

Avant qu'Emil quitte la chambre, Sebastian s'assurait toujours qu'il n'y avait dans le couloir ni clients ni personnel, et surtout pas Veronika. Il ouvrait prudemment la porte et vérifiait à travers la fente s'il n'y avait personne d'indésirable dans les parages. Quand la voie était libre, il faisait un signe de tête à Emil, et celui-ci se glissait dehors.

Ils ne parlaient jamais de Veronika, sauf lorsqu'Emil disait : « Elle attend. » Comme si elle n'existait pas. Ce qui leur semblait le plus long, c'étaient les nuits. Mais ils finirent aussi par trouver une solution.

Les journées passaient à toute vitesse. Sebastian lui parlait de sa mère. « Pourquoi tu habites encore chez elle ? Pourquoi tu ne t'installes pas ailleurs ? – Je crois qu'elle en deviendrait folle. – Allons donc. » Au fond de lui-même, Emil espérait que Sebastian lui dirait qu'il n'habitait chez sa mère que parce qu'il n'avait pas de quoi se payer un appartement. Mais jamais Sebastian ne dit une chose pareille. Parfois, il parlait de sa jalousie et de sa solitude, et de ses conditions de vie modestes dont elle souffrait manifestement. Il semblait prendre cela à la légère. Ils ne parlaient pas d'argent ni de salaires, de la même façon qu'ils ne parlaient pas de l'école ni du mariage d'Emil, ni même de l'avenir. Le présent était si puissant qu'il chassait tout le reste.

Veronika ne semblait pas remarquer combien il avait changé. Cela rendait la vie facile. Peut-être avec bon sens attribuait-elle sa bonne humeur aux vacances et à la chaleur. Quoi d'étonnant à cela ?

Un jour, comme il s'allongeait sur le lit, Sebastian le pria de fermer les yeux et de ne les ouvrir que lorsqu'il le lui demanderait. Quelques secondes s'écoulèrent, puis Emil sentit quelque chose de fin et de frais sur sa poitrine, qui caressait son torse, mêlé au souffle chaud de Seb. Il le sentit sur son nombril, sur ses tétons, sur son sexe, cela montait et descendait en bondissant, il le sentait puis il ne le sentait plus, cela s'élevait puis se rabaissait, cela faisait un bruit fin à peine audible. Entre les mains de Sebastian, cela remonta en glissant jusque vers son cou, et il eut l'impression de piqûres d'aiguille. Lorsqu'il ouvrit les yeux, d'innombrables petits coquillages et coquilles d'escargot enfilés sur une mince lanière de cuir dansaient au-dessus de son visage. « Pour toi, dit Sebastian, un cadeau. » Il lui raconta qu'il avait acheté le collier chez un marchand ambulant et qu'il l'avait lui-même porté la nuit précédente. Rien de luxueux, mais tellement plus précieux que tous les cadeaux qu'Emil avait reçus jusqu'à ce jour.

Il le portait autour du cou en revenant à la plage. Il raconta à Veronika qu'un vendeur de plage l'avait harcelé pour qu'il l'achète, il n'avait pas su résister et à présent, eh bien, il le portait. « N'est-ce pas joli ? »

Lorsque son regard tomba sur Sebastian qui l'avait, comme toujours, suivi et qui s'installait dans son champ de vision, séparé de lui par une bruyante famille nombreuse, il leva les mains vers le collier et fit doucement glisser les menues coquilles à travers ses doigts.

– Joli, dit Veronika. Pas un peu…

– Un peu quoi ? demanda-t-il.

– Oh, rien, répondit Veronika, on est en vacances, après tout. Et dans le Midi, beaucoup d'hommes portent des bijoux.

Elle regarda autour d'elle mais ne découvrit personne avec un collier qui aurait ressemblé à celui-ci.

– Le vendeur de plage, dit-il en riant et en regardant du côté de Sebastian, est couvert de bijoux. Couvert de bijoux de haut en bas.

– Montre-le-moi quand il passe, dit Veronika sans partager son enthousiasme, et elle se tourna sur le ventre. Emil se coucha près d'elle et elle constata avec satisfaction qu'elle était beaucoup plus bronzée que lui.

– Pas étonnant, dit-elle, tu passes tout ton temps dans la chambre.

Une nuit, il se leva et lui chuchota à l'oreille qu'il n'arrivait pas à dormir et qu'il allait donc se promener dehors, sur la plage. Il n'avait pas rendez-vous, il ne voulait fuir que son insomnie lorsqu'il rassembla sa chemise et son pantalon dans le noir et quitta la chambre sur la pointe des pieds, pendant que Veronika, supposait-il, se rendormait. Lui, il était parfaitement éveillé. Il ferma la porte et frappa doucement à celle de Sebastian, pour lui demander s'il voulait l'accompagner à la plage. Quand Sebastian lui ouvrit la porte, ils se jetèrent dans les bras l'un de l'autre. Ils n'allèrent pas à la plage, mais restèrent dans le lit chaud de Sebastian. Contrairement à leur habitude, la fenêtre était largement ouverte, et alors qu'ils étaient couchés, étroitement enlacés, ils entendaient la mer, uniquement la mer et ses vagues qui ne les emportaient pas aussi loin que les vagues de leurs pensées. Une heure, une heure et demie plus tard, il commençait à faire jour, Emil se réveilla. Il enfila sa chemise et son pantalon et contempla le camarade endormi, son amour secret. À ce moment, un découragement insurmontable le submergea, c'était comme si quelque chose s'écroulait qui avait été stable un instant avant à peine. Ce qu'ils vivaient tous les deux ne pouvait pas durer, il était impossible de le conserver, il n'avait de lieu sûr que dans ses rêves. Mais alors, à quoi bon tout cela ? Ce qu'il y avait entre eux serait aussi fugitif que l'air, comme tout ce à quoi on ne peut se raccrocher. Il ne pouvait rien faire contre les larmes qui lui montaient aux yeux, elles le réconfortaient, dans la douleur qu'il éprouvait à l'idée que leur vie commune était impossible, une douleur si profonde que rien ne pouvait la chasser. Le temps imparti s'était écoulé. Il se détourna pour ne pas réveiller Sebastian par ses sanglots incoercibles. Au bout de quelques minutes, il reprit suffisamment le contrôle de lui-même pour aller retrouver Veronika sans provoquer des questions auxquelles il n'avait pas de réponse. Mais il était probable qu'elle dorme encore. Il l'enviait presque pour sa confiance illimitée, et il aurait presque haï le jeune homme étendu devant lui pour lui avoir ravi, le jour où ils avaient fait connaissance, tout ce qu'il avait cru avoir trouvé en menant avec Veronika une vie normale, qui serait irrémédiablement détruite s'il ne quittait pas cette chambre une fois pour toutes. Une fois pour toutes. Aussi se mit-il à chercher les arguments qui pourraient convaincre Veronika de mettre fin à leur séjour et de rentrer à la maison le jour même, ou bien de partir ailleurs, quelque part où Sebastian, qu'il aimait, n'était pas.

Mais il vit le visage effrayé de Sebastian, et déjà il était trop tard pour envisager un départ précipité. Il allait rester quoi qu'il arrive. Il n'avait pas le choix.

XII

En novembre, les signes d'une possible grossesse de Veronika commencèrent à se multiplier. Lorsqu'en décembre le médecin la confirma, ils mirent leurs parents au courant. La joie fut grande et Emil parvint à cacher combien il avait du mal à se faire au rôle qu'on lui attribuait désormais. Veronika se rendait régulièrement chez son gynécologue et passait beaucoup de temps avec la mère d'Emil. Les médecins avaient prétendu cet été que l'opération avait été une réussite, pourtant quelques mois plus tard l'état de santé d'Irene Ott était tout sauf satisfaisant. Sa guérison complète était apparemment hors de question. Aucune autre opération n'était envisagée. Mais on ne le lui dit pas. C'était plus gai de parler de l'enfant de Veronika et d'Emil que de sa maladie.

Emil refusait de penser à l'enfant dans le ventre de Veronika comme à la maladie de sa mère. Dans les deux cas, cela ne lui était pas difficile. Après tout, il avait Sebastian. Il ne songeait pas à l'éventualité de la mort de sa mère.

Il repoussait sans cesse le moment d'annoncer à Sebastian la naissance à venir, mais encore lointaine, de son enfant, si bien qu'il fallut que celui-là lui tire les vers du nez. Il ne lui avait pas échappé que quelque chose l'oppressait. Emil trouvait déplacé d'importuner Sebastian avec ses affaires de famille, mais il finit tout de même par le faire. Il lui fit comprendre en quelques mots ce qui était arrivé, et qu'il n'y accordait aucune importance. « Aucune importance, répéta Sebastian, aucune importance. »

Emil partageait sa vie avec Veronika, ils n'en parlaient pas.

Veronika et Emil ne sortaient pas beaucoup, et quand c'était le cas, les chances de rencontrer Sebastian étaient faibles. Cela excluait les rencontres fortuites. Il fallait convenir de chaque rendez-vous.

Avant les grandes vacances, Sebastian avait demandé au rectorat de lui donner un autre mentor. En revenant de Collioure, il trouva une lettre l'informant que sa requête avait reçu une réponse favorable. À son regret, dut-il s'avouer, car son nouveau tuteur enseignait dans un autre établissement. Pour voir Emil, il aurait été prêt à supporter Berger. Il avait pris sa décision au mauvais moment.

Où auraient-ils pu se retrouver sinon dans le petit logement que Sebastian partageait avec sa mère, laquelle travaillait dans un établissement horticole ? Là-bas, ils étaient tranquilles. L'appartement était situé dans un quartier où il n'y avait ni magasins ni restaurants, loin de l'endroit où travaillait la mère et plus loin encore de l'école normale et des deux collèges.

Le dépôt de tramways tout proche ne rendait pas le quartier plus attrayant, surtout la nuit, quand les dernières rames arrivaient dans un crissement de pneus, et se garaient en arrachant à leur sommeil les habitants des maisons voisines. Mais ils ne se voyaient pas la nuit. Ils ne pouvaient qu'en parler. Sebastian parlait des tramways qui rentraient au dépôt comme de vieux compagnons, il avait grandi ici, il n'avait jamais vécu ailleurs. Emil, quand il reposait aux côtés de Sebastian, ne racontait rien de ses nuits. Ils écoutaient le silence, celui-ci ne renvoyait pas d'écho.

Quand il demanda à Sebastian comment il supportait de vivre entre ces quatre murs et depuis tant de temps, celui-ci se contenta de hausser les épaules et de murmurer :

– Oui, mais ma mère.

– Moi, je ne pourrais pas, avait dit Emil, et le temps d'un soupir, l'air s'était échappé de la chambre comme d'un ballon qui fuit. Qu'est-ce qu'il ne pouvait pas ? Mener la vie que menait Sebastian, ou celle qu'il menait lui-même, ou bien celle qu'ils menaient tous les deux ? Il n'en reparla pas, et pourtant l'endroit où ils se voyaient le mettait de plus en plus mal à l'aise.

Parfois, Emil se disait que ce qu'ils faisaient serait un jour étouffé sous l'assaut sourd des choses dont ils ne parlaient pas, comme un incendie dévastateur qui, une fois qu'il a éclaté, doit être empêché de s'étendre. Ils ne parlaient pas de ce que les événements leur réservaient. Ils ne parlaient presque jamais de ce qu'il se passait en dehors de ces quatre murs où ils se retrouvaient, entourés de tous ces objets que Sebastian refusait de jeter bien qu'ils ne soient plus de son âge.

Ils repoussaient l'idée de changer quelque chose à leur liaison sans avenir, jusqu'à ce qu'elle finisse par leur paraître immuable. Au point qu'ils n'osaient même plus en parler.

La vie d'Emil semblait se limiter de plus en plus à leurs rendez-vous, ces quelques heures par semaines où ils pouvaient faire la seule chose importante à leurs yeux. Ce qui se passait avant et après n'avait pas beaucoup de sens. Pendant ce temps, Veronika se consacrait à sa grossesse.

Un après-midi, quand je revins de l'école, ma mère m'attendait. C'était inhabituel. Sans dire un mot, elle me remit une enveloppe. Il était clair qu'elle savait qui avait expédié cette lettre, car le nom et l'adresse d'André figuraient dessus, bien visibles. Elle ne retira pas tout de suite sa main, au lieu de cela, elle attendit. Il était étonnant qu'elle n'ait pas posé la lettre sur la commode en me laissant le soin d'en parler avec elle, ou, selon l'habitude que j'avais prise ces derniers temps, de me taire éloquemment. Sa main resta suspendue un instant au-dessus de l'enveloppe que j'avais prise, et, aussi étonnant que cela paraisse, elle voulut me dire quelque chose. Mais pour une raison quelconque elle en fut incapable. Lentement, sa main s'abaissa.

Au lieu de me retirer dans ma chambre sans avoir ouvert la bouche, comme je le faisais depuis des jours, je dis : « Ça vient d'André, mon parrain à Paris », et à ses oreilles, cela résonna comme le signal que j'étais prêt à parler de ce qui me préoccupait depuis des semaines. Elle y réagit en disant doucement : « L'ami de ton père », comme si je l'ignorais ou comme pour me faire comprendre qu'elle savait de quoi il était question, et même mieux que moi.

Je hochai la tête et répétai :

– L'ami.

– Qu'est-ce que tu veux savoir ?

Nous étions debout face à face, le souffle coupé.

Et soudain, je pus sans difficulté lui raconter la découverte que j'avais faite à la bibliothèque universitaire, et elle ne fit pas semblant d'être surprise, pas assez surprise en tout cas pour qu'il soit nécessaire de lui montrer la page de journal que j'avais déchirée. Je mentionnai les deux avis de décès, pas seulement celle de mon père, celle aussi de l'autre jeune homme, du nom de Sebastian Enz, et elle dit : « Le garçon. » Puis elle redevint muette. « Quel est le lien entre ces deux avis ? » demandai-je. Elle semblait attendre d'autres questions. « Il doit y avoir un rapport entre les deux hommes et les avis », dis-je. Elle hocha la tête et, plus que toute autre forme de réponse, c'était un oui sans équivoque.

Elle se détourna lentement de moi en direction du salon. Elle m'invitait à la suivre et je le fis. À ce stade, il y avait encore de la compréhension entre nous. Marchant dans son dos, je gagnai le jardin, et je me rendis compte soudain combien elle était petite, combien l'ombre qu'elle projetait était frêle, combien elle paraissait faible, et sa démarche traînante. Quel âge avait-elle ? Était-elle réellement sans âge comme il me semblait à moi qui étais trop jeune pour donner un âge à un adulte ? Avais-je grandi ces dernières semaines ou bien la percevais-je différemment, plus fragile, plus faible ? Mon père, à mes yeux, était un jeune homme, mais elle, je n'arrivais pas à l'imaginer jeune femme.

La chaude journée d'automne touchait à sa fin et nous nous installâmes à la table du jardin, posée dans l'herbe humide. Pas de nappe, pas de verres, pas de bouteille, pas de carafe. Quelques années plus tard, Roland fit creuser une piscine à cet endroit. Mais quand je repense à notre jardin, et cela n'est pas rare, je revois toujours cette table.

J'attendais, elle allait parler. Mon regard tomba à l'endroit où, la semaine précédente, son vernis à ongles avait laissé une tache dans l'herbe.

– Sa mère, finit-elle par dire, sa mère.

Elle respira à fond.

Je ne compris pas de quoi elle parlait. Je savais que ma grand-mère était morte d'un cancer quelques mois après la mort de mon père, un cancer du col de l'utérus, ainsi que je l'appris plus tard. Je savais que la mort de son unique fils avait été très douloureuse pour elle. Pour quelle mère cela aurait-il été différent ? Qu'y avait-il avec sa mère ?

– Je voudrais une cigarette.

Quand ma mère avait-elle fumé pour la dernière fois ? Je ne l'avais encore jamais vue fumer. Cela ne correspondait pas à l'image que je me faisais d'elle. Néanmoins, je sortis le petit paquet bleu froissé de la poche de mon pantalon, j'en fis jaillir une gauloise en le cognant contre le rebord de la table, et je la lui tendis. Il était interdit de fumer à la maison. Jamais auparavant je n'aurais eu l'idée d'allumer une cigarette devant elle.

Elle glissa la cigarette entre ses lèvres et se pencha en avant, pour me regarder dans les yeux, et je soutins son regard. Je frottai une allumette et lui donnai du feu. Cela ne l'étonnait pas que je fume. Elle le savait depuis longtemps. Elle avait senti l'odeur dans ma chambre. Elle aspira profondément, elle tremblait de tout son corps. Il était évident que la cigarette ne la calmait pas.

La lettre d'André gisait sur la table entre nous, elle n'avait pas été ouverte. Je n'attendais pas de courrier de sa part. Je n'avais aucune idée de ce qu'il me voulait.

Ma mère parla hâtivement :

– Je ne pensais qu'à toi, à l'enfant qui n'était pas né et que je portais dans mon ventre ; pour moi, c'était ce qu'il y avait de plus important, pas étonnant si je n'avais d'yeux pour rien d'autre, si je ne voyais pas ce qui se passait, c'était impossible que je le voie, tu comprends ? Je ne me laissais distraire par rien ; d'autres, par contre, ont eu le temps de voir ce qui ne les regardait pas, dit-elle.

Je ne comprenais pas ce qu'elle voulait dire, mais je ne l'interrompis pas, car j'avais la conviction qu'elle allait trouver les mots qu'il fallait.

Lorsqu'ils sortirent du train en gare de l'Est, Emil respira à fond et se sentit soudain libre, et en regardant Sebastian, il constata qu'il en allait de même pour lui. Dehors, il faisait encore noir, mais l'air était tiède. Il tombait un petit crachin puis cela cessa.

Les six couchettes du compartiment avaient été occupées par des dormeurs agités, des hommes et des femmes dont l'unique point commun était la destination qu'ils avaient désormais atteinte. Personne ne s'était dévêtu, et pourtant, dans l'étroit compartiment confiné, avait rapidement régné un mélange nauséabond de désagréables odeurs corporelles. Mais à présent, tout cela était derrière eux. Ils traversèrent et s'installèrent dans le premier café venu et commandèrent un petit déjeuner copieux. On était le 23 décembre, et contrairement à Emil, c'était la première fois que Sebastian venait à Paris.

Maintenant que leur voyage de nuit appartenait au passé, ils pouvaient se plonger dans la masse comme s'ils en avaient émergé. Des gouttes dans un lac, des rapides dans un fleuve. Hormis quelques mendiants, qui dormaient encore à cette heure, personne ici ne ferait attention à eux. Deux jeunes hommes se tenant par le bras, chacun avec une valise contenant le strict nécessaire, se remarquaient moins que des chiens errants.

À part André, auquel Emil avait téléphoné quelques jours auparavant et qui lui avait conseillé un hôtel modeste et abordable dont les chambres disposaient certes d'une salle de bains mais s'avérèrent assez miteuses, ils ne connaissaient personne. Rien n'aurait pu mieux leur convenir ! Ils ne voulaient voir personne. Il avait décliné la proposition d'André de venir s'installer chez lui, et celui-ci n'avait pas insisté. Viendrait-il seul ? « Non. » Allait-il lui présenter son épouse, Veronika, qu'il ne connaissait pas encore et qu'il était impatient de connaître ? « Non. » Ne voyagerait-il pas avec sa femme ? « Non. » « Alors avec qui ? » Comme il savait que Veronika n'était pas loin du téléphone, Emil avait préféré ne pas répondre. Pourraient-ils se voir ? « Oui, naturellement. »

Lui et Veronika s'étaient mis d'accord : quand l'enfant serait là, ils fêteraient Noël ensemble chaque année jusqu'à la fin de leur vie. Veronika avait donc décidé de passer les fêtes chez ses parents, seule pour la dernière fois. Pendant ce temps, Emil rendrait visite à son camarade de classe à Paris. D'une certaine façon, André avait été mis dans la confidence sans réellement connaître les détails du secret, sinon par les suppositions qu'il était implicitement invité à faire. Si jamais Veronika lui téléphonait, son ancien camarade ne le trahirait certainement pas. Mais il était improbable qu'elle téléphone à Paris.

Comme la petite chambre d'hôtel près de l'Odéon n'était pas encore prête à leur arrivée, ils ne purent s'installer que l'après-midi. Au risque de se perdre, ils se mirent à suivre sans plan des rues de la ville inconnue. Ils n'avaient pas grand-chose pour s'orienter, ils se repéraient grâce au fleuve, à ses ponts et aux curiosités qui le bordaient. Cette promenade sans but, qui ressemblait presque à une dérive, en avait d'autant plus de charme. Vers midi, ils s'installèrent, épuisés, dans un restaurant, et tuèrent le temps jusqu'à quinze heures en bavardant. Au moment de partir, ils demandèrent où ils se trouvaient, et ils apprirent qu'ils étaient tout près de leur hôtel de la rue de Tournon, une rue large et calme, à un saut de puce seulement de l'Odéon.

Jamais auparavant, ni à Collioure, ni dans la chambre à coucher de Sebastian, ils n'avaient été aussi proches l'un de l'autre qu'ici, entièrement hors de portée de leur famille, comme si la distance qu'il y avait entre eux et leur foyer les avait rendus intouchables.

Contrairement aux objets inutiles de la chambre de Sebastian, qui n'avaient pas la moindre signification pour Emil, les quelques meubles de celle-ci – une armoire étroite, deux chaises, une table minuscule, une gravure jaunie au mur et un miroir presque aveugle près de la porte – ne renfermaient pour aucun des deux la moindre histoire hormis celle qui allait s'y dérouler silencieusement. Dès le moment où ils avaient posé le pied sur le linoléum brunâtre usé et bombé par endroits, dont le motif en partie effacé imitait tant bien que mal un parquet, une nouvelle ère avait commencé. Elle correspondait à ce pan de leur histoire qui ne comprenait pas d'autres participants, ni de spectateurs. Même si elle fut de courte durée, elle seule était bonne. Un début y semblait à portée de la main. Quant à une fin, ils n'y pensaient pas. Pourquoi ne pas saisir cette occasion et étirer indéfiniment ce nouveau départ ?

Entre ces quatre murs, ils parlèrent pour la première fois de l'éventualité de rester. Rester aurait signifié continuer à mener cette vie pour une période indéterminée. Ils discutèrent de l'éventualité de ne pas retourner chez eux, que se passerait-il s'ils coupaient les ponts et commençaient une nouvelle vie ? Ils ignoraient eux-mêmes s'ils étaient sérieux. En tout cas, ils en discutaient comme s'ils y pensaient sérieusement. Mais leurs plans restèrent à l'état d'ébauche.

Ils se couchèrent et savourèrent le reste de la journée au lit. Ils avaient acheté une bouteille de vin blanc et ne se relevèrent, un peu éméchés et très affamés, qu'à dix heures du soir passées, s'habillèrent, quittèrent l'hôtel vers onze heures, traversèrent la Seine et à cette heure tardive trouvèrent près des Halles encore très animées d'innombrables petits restaurants où l'on servait sept jours sur sept jusqu'aux premières lueurs de l'aube. Ici, la vie était si différente de celle qu'on menait chez eux, et tellement plus riche, qu'elle ne semblait pas avoir de rapport. Sous la table, où ils mangeaient quelque chose qu'ils n'avaient jamais mangé, dont ils ne connaissaient même pas le nom, qu'ils trouvaient meilleur que tout ce qu'ils avaient mangé jusque-là, ils se tenaient par la main des minutes entières, et personne n'y prêtait attention. Plus tard, ils regardèrent dans le dictionnaire de poche d'Emil ce qu'ils avaient mangé, c'était du ris de veau.

Dans cet établissement étroit, bondé et bruyant, ils burent du vin rouge. Ils eurent à peine un regard pour les joyeux clients de toutes origines qui se réunissaient ici pour boire un coup entre deux arrivages de viande fraîche ou fuir la paralysante solitude nocturne. Des travailleurs des Halles, des spectateurs de théâtre, des acheteurs, des artistes, deux hommes à une table, affamés, amoureux et optimistes.

Parlerait-on de fuite s'ils ne revenaient pas ? Quelles formalités cela exigeait-il ? Quelles mesures les autres allaient-ils prendre ? Qui avait le droit de les juger ? Qu'en était-il de la paternité d'Emil, qu'ici aussi ils n'évoquèrent que brièvement, comment Veronika allait-elle se sortir de cette situation, quels mensonges étaient nécessaires pour la protéger des médisances qui suivraient si la vérité, ou même une partie seulement de la vérité, était mise au jour ? Répondre à ces questions était impossible étant donné les résistances qu'elles rencontraient en eux.

L'euphorie dura une semaine, jusqu'au 30 décembre, et ni la pluie qui tombait occasionnellement, ni l'argent qui commençait à manquer n'y changeaient rien. Seule la date inexorable de leur retour commençait à les inquiéter. Ils retournaient aussi souvent que possible là où ils avaient dîné la première fois. Ils rentraient rarement à l'hôtel avant deux heures du matin.

André les invita dans son spacieux appartement de la rue Blanche, qu'il devait à un père fortuné, décédé depuis. Il y vivait seul avec sa mère, qu'ils ne virent d'ailleurs pas. Elle passait beaucoup de temps à la campagne, mais ils ne surent pas où elle se trouvait à ce moment-là. Un jour, beaucoup d'autres jeunes hommes étaient là. Il y avait beaucoup de bruit, un gramophone jouait du jazz, on dansait, cependant Emil et Sebastian, d'abord admirés comme des attractions, ne restèrent pas longtemps. Ils étaient étonnés que les voisins ne se plaignent pas du bruit. Ils ne dansaient pas. Ils ne se sentaient pas à leur place. André ne leur reprocha pas véritablement leur départ prématuré, mais il était évident qu'il ne lui faisait pas plaisir. Il devait les juger ingrats ou arrogants ou bien, tout simplement, trop provinciaux. Il pensait sans doute leur avoir offert quelque chose qu'ils n'avaient pas su apprécier.

– Vous étiez heureux ? voulut savoir Sebastian lorsque, après la soirée, ils parlèrent d'André, et Emil n'eut pas à réfléchir longtemps.

– D'une façon infantile, nous étions très heureux. Du moins au début. Pourtant, nous n'étions plus des enfants. Les enfants ne font pas ce que nous faisions. C'était autre chose. Nous étions des adolescents pleins de vigueur. Des garçons fougueux. André, en tout cas, l'était. Moi, je ne savais pas ce que je voulais, je savais seulement ce que je devais. Je pensais que cela passerait comme les séjours à la clinique.

– Et aujourd'hui ? demanda Sebastian.

– Maintenant, c'est autre chose.

– Je veux dire, est-ce que tu le sais aujourd'hui ? Est-ce que tu sais aujourd'hui ce que tu veux ?

– Oui, répondit Emil, sans conviction.

Le lendemain, ils avaient rendez-vous avec André, qui avait insisté pour les photographier ensemble.

– Je pense que vous devriez le faire, avait-il dit en les voyant indécis. Finalement, ils avaient accepté, presque à contrecœur.

André était d'avis que leur relation avait besoin d'un témoin objectif, une photo étant une preuve irréfutable de ce qui est et de ce qui a été. Ils y allèrent donc dans l'après-midi, à l'heure du thé. Comme il les pressait, ils s'installèrent sur le lit d'André et regardèrent l'objectif. Au-dessus d'eux s'étalait un baldaquin en damas bleu, le sommet nuageux d'un meuble hérité, supporté par quatre piliers ouvragés. Aux murs étaient accrochés des gravures et des tableaux anciens qui semblaient avoir fait corps avec la maison et ne se distinguaient presque plus du fond.

– Cela me vient de ma grand-mère, expliqua André en désignant le baldaquin, et il leur sembla que la vie réservait à un Français comme lui tous les raffinements et toutes les libertés possibles, tandis qu'eux-mêmes ne pouvaient trouver le bonheur qu'en étant ensemble.

Après avoir fait plusieurs clichés dans sa chambre à coucher, qui aurait pu contenir tout l'appartement de Sebastian, et où il n'avait rien à cacher, ajouta-t-il malicieusement, il leur demanda de se mettre devant la fenêtre du salon, moins compromettant. Là, il les photographia délibérément contre la blême lumière d'hiver, si bien qu'on ne voyait que leur silhouette, leurs cheveux, leurs épaules, mais ni leurs yeux, ni leur bouche. Il se mit à parler des cheveux de Sebastian, et Emil eut un pincement au cœur en s'apercevant qu'André essayait de capter l'attention de Sebastian, et un pincement plus fort encore lorsqu'André se dirigea d'un air déterminé vers Sebastian et lui repoussa une mèche du front. Un regard suffit pour lui faire comprendre où étaient les limites. André sourit d'un air de défi, mais il recula aussitôt et revint à son appareil. Sebastian semblait n'avoir rien remarqué de leur manège.

Ils se tinrent durant une heure devant la lentille d'André qui s'ouvrait et se refermait, obéissant docilement à ses instructions et à ses exigences. Ils devaient regarder l'objectif, s'embrasser ou bien se mettre dos à dos, personne à part eux ne verrait jamais ces photos, André promit de ne les montrer à personne, à moins que « vous le permettiez, ce qui signifie naturellement que vous choisissez de sacrifier autre chose ».

Emil ignora cette allusion, fidèle à l'habitude qu'il avait prise de ne pas réagir aux coups de griffe d'André. Mais quand André les encouragea à se donner un baiser devant l'appareil, Emil refusa, tandis que Sebastian ne sut que dire.

– Pourquoi pas, demanda André, quelle différence ça fait ? Ce seront de belles photos.

En effet, pourquoi pas ? Aussi, Emil embrassa Sebastian sur la bouche, et Sebastian répondit à ce baiser avec aussi peu de réserve que s'ils avaient été seuls, et André appuya sur le déclencheur.

– Et voilà. Cela ne vous arrache pas l'âme du corps comme aux Hottentots, dit-il. Une belle photo est une belle photo, peu importe ce qu'elle montre, peu importe ce que les autres en disent. Vous êtes deux beaux garçons, vous le savez bien, mais – il fit une brève pause – vous devriez vous demander comment tout ça va continuer.

Tout ce qu'ils pouvaient faire, c'était faire comme s'ils n'avaient pas entendu. Emil ne répondit rien. Ils avaient compris ce qu'André avait voulu dire, et celui-ci comprit pourquoi il attendrait vainement une réponse. Dans un premier temps, cette ombre qui les frôlait ne put en rien entamer leur insouciance limitée. Mais peu à peu, le nombre d'heures décroissait. Il ne restait plus que trois jours. Plus que deux jours. Les aiguilles de l'horloge, qui les attendait à la gare avec un flegme impitoyable, avançaient inexorablement. Le pendule mortel d'Edgar Allan Poe descendait sans merci sur la poitrine d'Emil.

L'avant-dernier soir, ils allèrent à l'Opéra. Ils se mirent sur leur trente et un comme un couple marié. Ils discutèrent de choses sans importance et firent des suppositions sur ce qui les attendait. Quand les lumières s'éteignirent, engloutissant l'or et les ornementations, ils se tinrent enlacés dans l'obscurité de la salle de spectacle. C'était la première fois que Sebastian allait à l'Opéra, quant à Emil, il n'y était pas allé très souvent lui non plus. Aucun des deux ne connaissait l'opéra qu'ils allaient voir, *Così fan tutte* de Mozart. À la sortie, ils allèrent dans une boîte où les hommes dansaient joue contre joue. C'était

André qui la leur avait conseillée. Les femmes présentes s'avérèrent être des hommes maquillés. Chez eux, cela aurait été impensable, et même les aurait choqués. Ici, ils l'acceptaient, joue contre joue, en silence.

Ce ne fut que lorsqu'il devint clair que les dernières heures de leur liberté limitée s'éteignaient toujours plus distinctement dans le nombre décroissant des jours, que les ailes de cette ombre qui avait été d'abord si faible et si insignifiante commencèrent à s'étendre, à peser et à s'obscurcir. Et soudain, il n'y eut plus moyen de s'en débarrasser. C'était l'impression d'Emil. Pour ne pas inquiéter Sebastian, il n'en laissa rien paraître. Quant aux sentiments qui assaillaient Sebastian, il préférait ne rien en savoir.

Tôt le matin avant le départ, qui devait avoir lieu en fin d'après-midi, Emil se réveilla. Il crut étouffer. Il se leva silencieusement, alla à la fenêtre sur la pointe des pieds et l'ouvrit. Il contempla la rue inanimée en contrebas et alluma une cigarette. Et si nous sautions maintenant ? se dit-il, c'est assez haut.

– Que se passe-t-il ? dit la voix de Sebastian derrière lui, une voix interrogative, un peu inquiète, peut-être perturbée.

– Je croyais que tu dormais, continue à dormir, rétorqua Emil, demain matin, nous ne serons plus là, alors tout sera – il fit une pause, il ne voulait pas le dire, mais le dit quand même – tout sera fini. Nous devrions y mettre un terme aujourd'hui.

En les prononçant, ses paroles lui parurent peu sincères et en même temps adéquates.

– Ça n'irait pas de toute façon, ajouta-t-il.

Avait-il dit cela lui-même ou l'avait-il laissé dire par un autre ? Avaient-ils fait ce voyage dans l'espoir inexprimé de prendre une décision pour la vie au cours de ces quelques jours ? À présent, l'heure était venue, le moment précis. Emil savait quelle serait la décision. Elle serait différente de ce qu'ils avaient souhaité, mais exactement conforme à leurs capacités limitées, à leur insuffisance.

Sebastian émit un son inquiétant. Quelque chose qu'on étouffait de force. Emil ne se retourna pas, il continuait à regarder fixement par la fenêtre, il ne voulait rien entendre, ni le verre qu'on brisait ni le tissu qu'on déchirait. Il n'y avait personne dans la rue, personne derrière les fenêtres, il n'y avait ni lumière ni mouvement. Il ne voulut pas regarder, il se retourna, mais il le sentit, il sentit la peur, le doute, le désespoir et la fin, et il entendit le vol sifflant du pendule. Il crut voir une ombre passer furtivement sur le miroir.

– Si nous n'y mettons pas fin aujourd'hui, il faudra le faire plus tard. Si nous ne le faisons pas plus tard, un jour les circonstances y mettront fin. Je veux dire, les autres. C'est ce que tu veux ? C'est ce que tu imagines ?

Il entendait que Sebastian refoulait tout ce qu'il aurait pu dire. Le train. Le chemin de fer. Le voyage. Train, chemin de fer, voyage, partir, pensa Emil, il ne voulait penser à rien d'autre.

– J'ai choisi cette vie, une femme et, pour finir, un enfant. Pour finir, il vient toujours un enfant.

Un enfant et la responsabilité qu'il représente. Et sans doute pas seulement celui-ci, d'autres enfants encore. Nous sommes une famille. À la maison, ma famille m'attend, ma femme et mon enfant à naître. Nous n'y pouvons rien. Le mieux serait que nous fassions nos bagages tout de suite, dit-il. Le mieux serait que nous rentrions par le premier train. Nous prendrons deux compartiments différents, dans deux wagons différents, aussi loin que possible l'un de l'autre, et nous recommencerons à zéro.

Il avait déjà dit tout cela, vécu tout cela, exactement de la même façon. Pour ne pas entendre ce qui se passait derrière lui, il pressait ses mains sur ses oreilles, aussi fort qu'il pouvait, jusqu'à entendre le sang vrombir dans sa tête.

– Non ! Non.

Il l'entendait quand même. Autour de lui, tout était noir. Demander à Sebastian d'allumer la lampe de chevet ou le lustre, il n'y arrivait pas. Était-ce ce qu'il voulait ? Il ne voulait pas regarder autour de lui. Il voulait continuer à regarder par la fenêtre, où il n'y avait rien en dehors d'une façade percée de nombreuses fenêtres derrière lesquelles rien ni personne ne bougeait. La chambre commençait déjà à se transformer en souvenir, une première porte qui s'ouvrait de l'intérieur et se refermait de l'extérieur. Lui, il se trouvait quelque part au milieu, entre deux chaises. Un oscillement confus et hésitant. Il n'y arrivait pas. Il n'arrivait à se raccrocher à rien. Un lieu de désir insatisfait et insatiable. À K..., il avait vu des gens qui entendaient des voix et des bruits qui n'existaient pas, et il aurait été rassérénant qu'en cet instant précis résonne le sifflement du train, le martèlement des roues, le feulement de la locomotive, le souffle énergique de la vapeur. Mais il n'y avait rien hormis les halètements, les tremblements et les hurlements de Sebastian. C'était donc ainsi que tout finissait. Dans la pièce d'à côté, quelqu'un frappa contre le mur : *« Silence ! Merde !** » Étaient-ils si bruyants que cela ?

La lettre était posée, pas ouverte, sur le journal que Veronika ne lisait jamais avant qu'il l'ait feuilleté. Il la prit et la retourna. Veronika s'activait dans la cuisine, elle ne l'avait pas entendu rentrer. Il tendit l'oreille. La radio était allumée. Il rentrait déjeuner chaque fois que c'était possible. Veronika préférait cuisiner à midi plutôt que le soir. Ce n'était pas une bonne cuisinière.

Il devina en voyant l'enveloppe qu'elle était funeste. La mère de Sebastian n'avait aucune raison de lui écrire. Elle ne le connaissait pas. Il ne la connaissait pas. L'expéditrice n'avait pas écrit au dos son nom en toutes lettres, mais les initiales étaient suffisamment parlantes. Mme R. E. Les deux lettres, petites et tassées comme pour se cacher, ainsi que le nom de la rue et le numéro de la maison, ne laissaient aucun doute, c'est elle qui lui écrivait. La mère de Sebastian. Il ne l'avait jamais rencontrée. Dans son salon, qu'il fallait traverser pour atteindre la chambre à coucher de Sebastian, il n'y avait aucune photo d'elle.

Il ne connaissait même pas son prénom. R. pour Roswitha ou Regula. D'autres prénoms féminins en R ne lui vinrent pas à l'esprit. Il examina l'enveloppe. Il n'aurait pas été surpris d'y trouver une trace de terre, après tout elle était en contact avec la terre. Mais l'enveloppe était blanche et sans tache, le timbre était collé bien droit. Comme si elle s'était efforcée de donner un aspect officiel à son courrier. Pourquoi une lettre ? Une missive ordinaire à un destinataire extraordinaire, l'amant du fils. Le timbre représentait le nouvel aéroport avec l'aileron d'un avion de la Swissair au premier plan. Elle avait dû écrire la lettre chez elle.

Il l'ouvrit, il voulait absolument la lire avant que Veronika revienne de la cuisine. Si elle lui posait des questions au sujet de la lettre, il lui répondrait qu'elle venait de la mère d'un élève. Recevoir du courrier de parents soucieux n'était pas inhabituel. Mentir ne l'était pas non plus. L'école et son métier lui offraient beaucoup de possibilités. Les élèves innocents lui permettaient de ménager ses arrières.

Il la survola, il la lut. Ce qui caractérisait la lettre, ce n'était ni une fureur crédible, ni une consternation sincère, ni non plus du désespoir. C'était tout à fait autre chose. La rage de détruire. Ce qu'il lisait entre les lignes était aussi choquant que le contenu lui-même. Cela s'équilibrait. Le papier semblait se consumer entre ses mains. Les lettres ressemblaient à de minuscules crochets et griffes, qui se dissipaient devant ses yeux. Involontairement, il se la représenta : des cheveux sombres et une peau blanche couverte de cicatrices. Un chignon ou une permanente. Une odeur douceâtre de savon. Une blouse blanche, une veste cintrée. Il crut mal lire, en même temps il savait qu'il s'y était toujours attendu. À cela, précisément. Rien ne venait de rien. C'était lié à l'incapacité de Sebastian à quitter la chambre de son enfance, de son sommeil et de sa vie amoureuse. Cela venait de là où ils se cachaient devant le reste du monde.

Il était debout et regardait ses mains. Elles tremblaient si fort que le papier bruissait, un son étrange dans cet environnement familier, pendant que dans la cuisine quelque chose crépitait dans la poêle et qu'une voix langoureuse sortant du poste de radio chantait : *« Si, mi chiamamo Mimi »*. Cela sentait le mouton et le parfum. Il faillit avoir la nausée. Était-ce l'odeur de Veronika ?

Les mots étaient clairs et disaient que *par des considérations personnelles* – elle avait réellement employé ces mots, soucieuse qu'elle était de conférer à son langage maladroit, empesé et défaillant un ton officiel – *par des considérations personnelles j'ai malheureusement dû prendre connaissance de la nature qui est la vôtre, une crapule, un séducteur perverti qui pourrait bien regretter un jour de s'être approché de mon garçon, de l'avoir séduit et l'avoir contraint, si bien que ce dernier est désormais marqué à jamais, ce qu'on ne peut pas réparer une fois que c'est perdu.*

La lettre occupait les deux pages d'une feuille, écrite de haut en bas, de gauche à droite, elle n'avait laissé ni bordure ni marge, ni en haut, ni en bas, ni à gauche, ni à droite, pas un coin, pas une retraite pour d'autres pensées, pas un espace blanc. Elle avait utilisé un papier très fin à filigrane, elle l'avait sans doute acheté à la papeterie ou bien elle avait prié son chef de lui en donner quelques feuilles. Ou bien elle avait utilisé le papier que Sebastian lui avait un jour offert pour son anniversaire. Ou bien elle l'avait volé à la jardinerie. Elle devait avoir fait tout ce qui était en son pouvoir pour écrire cette lettre. L'écriture n'allait pas avec le papier, elle était brutale et devenait de plus en plus grande et large, de la même façon que ce qu'elle écrivait devenait de plus en plus brutal et agressif et possessif : *et je vous enjoins par la présente de cesser une bonne fois pour toutes de toucher à mon fils qui est presque encore mineur et l'était probablement quand vous l'avez séduit.*

Alors qu'il n'arrivait pas encore tout à fait à saisir ce qu'elle voulait dire et faire, alors qu'il n'arrivait pas à mesurer ce qui lui arrivait, ce qui se passait en lui et ce qui avait pu se passer en elle, il se demanda pour quelle raison elle utilisait toutes ces formules alambiquées alors qu'elle savait parfaitement à quoi elle voulait en venir, car il tombait sous le sens qu'elle le savait. Quelle raison pouvait-elle avoir de transcrire dans son langage, un langage cérémonieux dont les mots n'étaient pas les siens, une situation dont elle n'avait en réalité aucune idée ? Et puis il y avait cette phrase qu'il était impossible d'ignorer plus longtemps :

Si vous ne le faites pas, dégoûtant, ordure et vaurien que vous êtes, je vais vous dénoncer auprès de l'administration et des parents, de façon, je vous le jure, que vous ne serez plus heureux pour le restant de votre vie. Pour le restant de votre vie, je vous le garantis, au cas où vous ne laisseriez pas mon garçon tranquille avec vos sales doigts, je n'en dirai pas plus, je me verrai dans l'obligation dans ce cas de force majeure d'informer la police ou l'administration scolaire responsable et votre épouse, pour qu'il soit mis un terme à cette affaire, si vous ne laissez pas mon fils tranquille, bel exemple pour notre jeunesse que vous êtes.

– Emil, tu es déjà rentré ?

Il réussit à masquer son désarroi et à amener un sourire sur son visage, à lui faire la bise et en même temps à cacher la lettre dans son dos, lettre à laquelle elle n'avait évidemment pas accordé d'importance et dont elle avait apparemment déjà oublié l'existence.

– J'ai préparé des côtelettes panées, je sais que tu aimes ça, et il fit semblant d'être surpris et content, bien que l'odeur, qui lui imprégnait les cheveux, lui donnait une telle nausée qu'il ne pouvait imaginer en avaler la moindre bouchée. Pas un agneau, mais un porc, pensa-t-il. Ce ne fut que lorsqu'elle remarqua « mais tu transpires » qu'il dut brièvement chercher une réponse, car Veronika avait raison, son front était couvert de sueur et ses mains étaient moites. Mais il retrouva rapidement son assurance feinte.

– Il fait plutôt chaud ici, dit-il.

– Oui, répondit-elle, enlève ta veste, tu auras moins chaud.

Elle passa sa main sur son front et dit sur un ton soucieux :

– Fais attention à ne pas prendre froid. C'est une saison dangereuse.

On était pourtant en juin, une saison tout sauf dangereuse.

– Je fais attention, dit Emil, et il faillit s'enfuir en courant.

– Celle qui doit faire attention, c'est toi, ajouta-t-il, car leur enfant allait bientôt venir au monde.

Une personne était au courant, et elle était malveillante. Impossible d'échapper à des témoins comme celui-là. Ils vous livraient et vous mettaient à nu. Avait-elle soupçonné Sebastian, l'avait-elle obligé à parler et à trahir son secret, ou bien avait-elle surpris les deux hommes sans que ceux-ci la remarquent et les avait-elle observés en secret, les avait-elle suivis et avait-elle attendu le moment qu'elle pourrait utiliser à son avantage ? Un avantage ? Quel avantage ce savoir pouvait-il lui donner à part celui d'avoir un pouvoir sur son fils et sur l'ami de celui-ci ? Peut-être ce pouvoir lui suffisait-il déjà ? Juridiquement, la situation était claire. Il y avait suffisamment réfléchi. Elle ne pouvait pas leur nuire. Juridiquement, elle ne pouvait pas leur nuire. Mais elle pouvait détruire sa vie, et, si elle le voulait, la vie de Sebastian avec. Peut-être allait-elle préserver le nom de Sebastian et n'offrir que le sien à l'opprobre publique. Lui, un homme marié, futur père d'un premier enfant, fils unique de parents honorables, un enseignant apprécié de ses élèves et de leurs parents, avec un père commerçant dans l'électroménager, une mère atteinte d'une maladie dont personne ne pouvait dire la gravité.

Si elle en avait discuté avec Sebastian, Emil l'aurait certainement appris, Sebastian l'aurait averti, à moins qu'elle soit plus forte qu'Emil et qu'elle ait fait taire son fils par quelque menace. Un léger doute subsistait. Pour qu'il ne grandisse pas, il devait en parler à Sebastian.

Quelques minutes plus tard, il s'installait à table et se forçait à avaler la viande que Veronika avait fait cuire. Elle était dure.

Il attendit qu'elle ait quitté la maison pour aller voir son gynécologue, elle y allait au moins une fois par semaine. Elle avait avec lui une relation, disait-elle, presque familiale. Il ne fallait pas sous-estimer son influence sur l'enfant à naître. Emil ne comprenait pas ce qu'elle voulait dire, et il attribuait cela à son état. Elle était convaincue de mettre au monde un garçon.

Il composa le numéro de Sebastian, il comptait exiger des explications. Il voulait s'assurer de ce qu'il savait, de ce qu'attendait sa mère et si le danger qu'elle représentait était aussi sérieux qu'il le pensait. Ils se téléphonaient rarement, ils convenaient de leurs rendez-vous chaque fois qu'ils se voyaient. Leur prochaine rencontre n'était prévue que dans une semaine, mais il ne pouvait pas attendre jusque-là, il fallait qu'il parle à Sebastian immédiatement.

Leur séparation après leur retour de Paris avait été de courte durée. Deux semaines exactement après s'être dit adieu à la gare, Sebastian était venu l'attendre devant l'école. Emil n'en pouvait plus, lui non plus. Bien entendu, ils avaient fait semblant de se rencontrer par hasard, mais cela avait été difficile. Personne ne sut jamais que cette rencontre s'était terminée dans une chambre d'hôtel.

Ils avaient fait une tentative, celle-ci avait échoué, ils n'avaient pas réussi à réaliser leur idée d'une séparation définitive et d'un retour à leur vie d'avant.

Il voulait lire la lettre à Sebastian et entendre ce qu'il avait à lui dire. Il y eut deux sonneries, puis on décrocha.

À l'autre bout du fil, il n'y avait pas Sebastian mais sa mère. Pas un instant, Emil ne s'était attendu à l'avoir elle. S'il s'y était attendu, il n'aurait pas téléphoné. Cependant, il ne céda pas à sa première impulsion de raccrocher sur-le-champ. Il pressa l'écouteur contre son oreille. Sa voix ne ressemblait en rien à celle de Sebastian. Elle le frappa brutalement comme une gifle.

– Enz !

La voix était mordante et sonnait presque comme si elle avait attendu son coup de fil.

– C'est Emil, l'ami de Sebastian.

Il essaya de garder son calme. C'était peut-être la bonne voie, un premier pas. Il devait faire bonne impression. Elle se tut. Pas un son. Pas un mot. Puis :

– Vous êtes son ennemi.

Il ne s'était pas attendu à cela non plus.

Il chercha ses mots :

– Nous devrions peut-être nous rencontrer.

– Je ne vois pas pourquoi.
– C'est plus facile de se parler en face qu'au téléphone.
– Parler de quoi ?
Il y eut un silence.
– De la lettre. Et vous pourriez apprendre à me connaître.
– Nous n'avons pas à en parler. Tout ce que j'ai à dire est écrit dedans. Je n'ai pas envie de vous connaître.
– Mais je n'ai pas la possibilité de vous répondre. J'aimerais vous répondre.
– Je n'attends pas de réponse. Je n'attends pas la moindre réponse.
– Mais alors ? Qu'est-ce que vous attendez ?
Sa voix était devenue stridente, et ce que dit alors la mère de Sebastian eut raison de tout ce qu'il pouvait lui opposer :
– Vous devez tout simplement disparaître de la vie de mon fils. Vous m'avez bien comprise. Tout est écrit dans la lettre.
– Et si je refuse ?
Il n'eut pas de réponse.
– Et si je refuse ? Sebastian est-il au courant de cette lettre ?
– En quoi mon fils vous regarde-t-il, monsieur l'enseignant ?
– Vous en avez parlé avec lui ?
– Vous savez, dit-elle très calmement, je n'ai pas de comptes à vous rendre. Je parle avec mon fils de ce que je veux, mais je n'ai pas à en parler avec qui

que ce soit d'autre, et surtout pas avec quelqu'un comme vous.

– Alors discutons-en tous les trois ensemble. C'est une possibilité.

– Non, ce n'est pas une possibilité.

C'était la première fois qu'elle avait élevé la voix, signe d'une légère irritation. Ou bien était-ce une autre raison qui l'avait fait parler plus fort ?

– Je ne tiens pas du tout à ça. Je ne veux pas vous voir et rien ne m'y oblige. Toute votre façon d'être me dégoûte. Des gens comme vous, moi, je les...

– Dites-le donc !

– J'en ai déjà trop dit, répondit-elle. Je ne veux pas discuter plus longtemps avec vous. Je vous ai écrit cette lettre, ça suffit. Je ne discute pas avec des gens de votre espèce.

– Non, ça ne suffit pas, hurla-t-il dans le combiné, votre fils m'aime – et il ne se rendit compte qu'à cet instant qu'elle avait déjà raccroché et qu'il s'y était mal pris et que de toute façon il n'aurait pas pu bien s'y prendre. Elle refusait de discuter, elle refusait de le voir, elle refusait de savoir, elle ne voulait pas changer d'avis. Elle voulait le haïr. En expédiant cette lettre, elle l'avait mis devant le fait accompli. Et si Veronika l'avait entendu ? Il regarda autour de lui. La chambre était vide, il passa dans toutes les pièces, l'appartement était vide. Lui-même était vide.

Je n'interrompis pas ma mère, et lorsque Roland nous vit assis dans le jardin, il se retira rapidement comme si le seuil de la porte était une limite infranchissable. Il devait bien savoir de quoi nous parlions. Il ne voulait pas nous déranger, ma mère d'ailleurs ne l'avait même pas remarqué. Pendant ce temps, montait de l'herbe une humidité qui, le lendemain, allait me valoir un gros rhume avec fièvre.

Après m'avoir parlé du jeune homme dont mon père était tombé amoureux, qu'elle-même cependant n'avait jamais vu et que d'ailleurs elle aurait refusé de rencontrer, si l'occasion s'était présentée, du jeune homme pour lequel il l'avait quittée pour toujours et avec lequel il s'était suicidé, et dont, aujourd'hui encore, elle prononçait le nom à contrecœur, elle saisit sans réfléchir l'enveloppe et la retourna plusieurs fois distraitement entre ses mains. Naturellement, elle ne l'ouvrit pas. Son regard impénétrable était fixé sur autre chose. Elle reposa simplement la lettre sur la table.

La mère de Sebastian Enz, ce fait était certain, avait essayé de faire chanter mon père, et peut-être aussi, comment savoir, son propre fils. Avait-elle également exigé de l'argent en contrepartie de son silence, faute de quoi elle mettrait à exécution sa menace de tout divulguer et de détruire la réputation de tous, y compris la sienne ? Ma mère ne le savait pas. Elle n'avait jamais vu Renate Enz, bien que celle-ci ait essayé plusieurs fois après la mort de son fils d'entrer en contact avec elle. Mon père ne lui avait certainement pas donné d'argent, car il en possédait aussi peu que ma mère ou Sebastian. S'il avait demandé de l'argent à mon grand-père, ma mère l'aurait su. Non, apparemment l'argent n'avait joué aucun rôle dans cette histoire. Elle me regarda. Peut-être craignait-elle que j'aie l'intention de faire ce qu'elle-même avait refusé de faire, parler à la mère de Sebastian, en tout cas elle dit :

– Elle n'est plus en vie. Elle ne s'est pas fait de bien avec cette histoire. Elle a perdu tout ce qu'elle avait : son fils, le respect d'elle-même et sa dignité. Elle a la mort de deux personnes sur la conscience. Je préfère ne pas savoir comment on peut vivre avec ça. Elle a précipité la mort de ta grand-mère. Elle a causé le retrait prématuré des affaires de ton grand-père et son déménagement à Lugano. Je ne sais quelles rumeurs ont tout de même fini par circuler. Je ne veux pas en parler. Les gens discutaient de cette affaire. Moi, je me taisais. Je ne voulais pas en parler. J'en savais trop et pas assez pour avoir une opinion objective. Aucun retour en arrière n'était possible. Je l'avais perdu. C'était affreux, et d'une tristesse indicible. Mais je t'avais, toi, cela mettait des limites à la douleur. C'était ce qui m'a sauvée. D'abord, j'ai eu du mal à ne pas le haïr. Mais on ne peut pas haïr très longtemps un mort qu'on a aimé, autrefois. Deux hommes que je connaissais à peine. On ne devrait pas haïr ce qu'on ne comprend pas. Si on le fait quand même, on commet un péché, même si on a perdu la foi depuis longtemps.

– La mère d'Enz, ça ne l'en a pas empêchée.

– Non. Ça ne l'en a pas empêchée.

Elle ne connaissait pas les causes de cet acte monstrueux. Peut-être tout simplement la déception et la jalousie, le souhait de rendre autrui responsable de son destin, une vie sans accomplissements en dehors de ce fils qui ne correspondait pas aux attentes de la mère, une ambition désespérée d'acquérir un peu de pouvoir dans ce camp des vaincus, un pouvoir qui s'épuisait, littéralement, à faire chuter les autres, ceux qui s'approchaient de son fils.

Mais c'étaient des réflexions toujours vagues, jamais vraiment tangibles, qui ne mûrirent en moi qu'au cours des ans, surtout quand je suis devenu moi-même père et en essayant de me faire une image de cette mère qui avait poussé son fils et l'amant de celui-ci au suicide. Aujourd'hui encore, aucun visage ne se découpe sur ce brouillard laiteux, rien d'humain ne se glisse devant cette inconnue.

Je ne sais pas à quoi elle ressemblait. Peut-être sa photographie m'aiderait-elle. Mais à quoi ? Je ne voudrais pas lui donner la satisfaction posthume que moi, le fils de son ennemi, aie pu avoir de la compréhension pour l'état d'âme qui avait conduit à cette lettre. Parfois je lui avais souhaité d'être morte dans d'atroces douleurs. J'avais vite compris que je m'abaissais ainsi à son niveau. J'avais donc décidé d'en rester là, et peu à peu je l'avais bannie de mon esprit.

Dans la lettre d'adieux de mon père, que ma mère avait détruite avant même son enterrement, il était question de chantage.

– Il écrivait que la mère de son amant le faisait chanter, dit-elle.

Cette expression était suffisamment précise pour exclure toute autre raison à son suicide qui, d'ailleurs, était annoncé sans équivoque dans ces dernières lignes adressées à ma mère. Mais le fait avéré du chantage avait moins d'importance pour ma mère, et était moins douloureux pour elle, que la constatation que son mariage avait été une farce, un prétexte, une protection... il y avait bien d'autres mots blessants pour décrire la tentative, longtemps couronnée de succès mais en fin de compte vaine, de mon père pour donner le change au monde entier par un simulacre dont ma mère était l'involontaire instrument.

– Qu'est-ce qui était pire ? Qu'on le fasse chanter, ou bien qu'il ait un – elle s'interrompit, mais c'était elle et personne d'autre qui devait dire ce mot à présent – qu'il ait un amant ?

Elle se tut. J'eus l'impression que désormais tout était dit, qu'elle avait tout dit, en tout cas tout ce qu'elle pouvait se rappeler après toutes ces années.

Mais elle ajouta :

– Il fallait que je lui pardonne après coup. Je ne pouvais pas faire autrement.

Elle tendit la main, non pour prendre la lettre encore fermée, cette fois-ci, mais pour saisir la mienne. Elle entoura mon poignet et, de son ongle, dont le vernis commençait à s'écailler, tapota le verre de ma montre, la montre d'Emil.

– C'est bien que ce soit toi qui possèdes la montre, maintenant.

Puis elle se tut. Ce fut ce silence qui m'incita à ouvrir la lettre d'André en sa présence, peut-être aussi pour oublier toutes les révélations auxquelles je venais d'être confronté, et qui avaient complété l'image de mon père au point que sa dernière action me paraissait finalement cohérente. Cependant, il resterait toujours un peu d'étrangeté et d'incompréhension, à laquelle même une explication de mon père – et il n'y en avait pas – n'aurait rien changé.

Ma mère eut un tressaillement d'effroi en voyant les photos. C'était une douzaine d'images représentant mon père et son amant. Si je l'avais su, j'aurais caché ces photos à sa vue. Il était inutile qu'elle les vît. Elle n'aurait jamais dû les voir. Elles ne lui étaient pas destinées. Je ne sais pas ce qu'elle reconnut en les voyant, combien la douleur était enracinée profondément en elle, douleur qui se révoltait maintenant. Elle eut la respiration coupée. Mais elle ne put détourner les yeux.

Il fallut que je lui arrache les photos presque de force. Je les glissai hâtivement dans leur enveloppe sans les avoir réellement regardées. Je le fis plus tard, lorsque je fus seul. Nous n'évoquâmes plus jamais ces photos.

Notre conversation au jardin avait marqué un point final, aussi définitif, d'une certaine façon, que la mort d'Emil. Après, nous n'en avons quasiment plus jamais reparlé. Son histoire existait, mais lui-même semblait s'être évaporé avec Sebastian. Les circonstances exactes de sa mort restèrent longtemps un mystère pour moi, et ce que j'en appris, je ne l'appris pas de ma mère, que je n'ai jamais interrogée à ce sujet, mais du rapport de police du

16 août 1954, que je ne lus que des années plus tard. J'en ai retenu quelques éléments qui dépassent le simple cadre judiciaire : Sebastian et Emil avaient réservé et payé pour plusieurs jours leur chambre dans un hôtel à la périphérie de la ville, alors même qu'ils ont mis fin à leurs jours dès le premier soir. Ils avaient été trouvés tournés l'un vers l'autre, étroitement enlacés. Ils étaient en pyjama. Aucune trace de violence infligée par autrui. Un petit électrophone Dual était placé près de leur lit, portant un disque d'extraits d'*Andrea Chénier* d'Umberto Giordano, interprétés par Benjamino Gigli et Maria Caniglia. J'imaginai qu'il tournait encore lorsqu'on les a trouvés, le 16 août 1954, peu après treize heures – à 13 h 05 exactement – dans leur chambre, sans vie. Et finalement, la montre que mon père portait au bras – une Omega *Seamaster* automatique – s'était arrêtée à 11 h 45 précises ; le jour ou la nuit, cela ne fut bien sûr jamais éclairci.

D'après le rapport du médecin légiste, la mort avait été provoquée par l'ingestion d'au moins trois cachets de Medinal par individu, précédée par l'ingestion d'un cachet par individu du somnifère à effet rapide Evipan. Selon le témoignage de son épouse, ces deux médicaments, que l'on n'obtenait que sur ordonnance, se trouvaient dans la boîte à pharmacie de première nécessité d'Emil depuis son séjour en clinique psychiatrique. Ces deux barbituriques qu'on avait longtemps employés avec succès étaient à cette époque des somnifères tout à fait courants, mais mortels même en légère surdose.

Je pris la résolution de brûler les photos qu'André m'avait envoyées et de répandre les cendres sur leur tombe à tous les deux. Je résolus de le faire, mais plus je vieillissais, plus cette idée sentimentale me mettait mal à l'aise, cependant elle restait quelque part dans ma tête. Je ne cessais de remettre à plus tard cette cérémonie privée, je résolus de me rendre au cimetière et sur les deux tombes, je voulus voir à combien de distance les deux hommes étaient inhumés. En répandant les cendres sur leur tombe, je leur rendrais quelque chose. Mais aujourd'hui encore, après de nombreux déménagements qui m'obligeraient à chercher longtemps les photos avant de remettre la main dessus, je n'en ai encore rien fait. Je n'ai ni brûlé les photos, ni vu les tombes. Plus tard, peut-être.

Remerciements

Je remercie la fondation Pro Helvetia pour son aide financière. Merci aussi à la Deutsches Haus de New York ainsi qu'à mes amis Anna Webber et Tamás Németh, qui savent mieux que quiconque pourquoi.

BABEL

Extrait du catalogue

1192. LYONEL TROUILLOT
La Belle Amour humaine

1193. ARNAUD RYKNER
Le Wagon

1194. CAROLINE LUNOIR
La Faute de goût

1195. SÉBASTIEN LAPAQUE
La Convergence des alizés

1196. DENIS LACHAUD
J'apprends l'hébreu

1197. AHMED KALOUAZ
Une étoile aux cheveux noirs

1198. MATHIEU LARNAUDIE
Les Effondrés

1199. SYLVAIN COHER
Carénage

1200. NANCY HUSTON
Reflets dans un œil d'homme

1201. RUSSELL BANKS
Lointain souvenir de la peau

1202. CLARO
CosmoZ

1203. DAVID VAN REYBROUCK
Le Fléau

COÉDITION ACTES SUD – LEMÉAC

OUVRAGE RÉALISÉ
PAR L'ATELIER GRAPHIQUE ACTES SUD
REPRODUIT ET ACHEVÉ D'IMPRIMER
EN AOÛT 2013
PAR NORMANDIE ROTO IMPRESSION S.A.S.
À LONRAI
POUR LE COMPTE DES ÉDITIONS
ACTES SUD
LE MÉJAN
PLACE NINA-BERBEROVA
13200 ARLES

DÉPÔT LÉGAL
1re ÉDITION : SEPTEMBRE 2013
N° d'impression : 132915
(Imprimé en France)